《中国首个“文学之乡”典藏》

编 委 会

2017 中国首个“文学之乡”典藏

行者

李继林 著

黄河出版传媒集团
宁夏人民出版社

图书在版编目(CIP)数据

行者 / 李继林著. —银川:宁夏人民出版社,2017.10
(中国首个"文学之乡"典藏)
ISBN 978-7-227-06771-9

Ⅰ.①行… Ⅱ.①李… Ⅲ.①散文集—中国—当代
Ⅳ.①I267

中国版本图书馆 CIP 数据核字(2017)第 280310 号

中国首个"文学之乡"典藏

行 者 李继林 著

责任编辑 李彦斌
责任校对 王 艳
封面设计 马春辉
责任印制 肖 艳

黄河出版传媒集团
宁 夏 人 民 出 版 社 出版发行

出 版 人 王杨宝
地 址 宁夏银川市北京东路 139 号出版大厦(750001)
网 址 http://www.nxpph.com http://www.yrpubm.com
网上书店 http://shop126547358.taobao.com http://www.hh-book.com
电子信箱 nxrmcbs@126.com renminshe@yrpubm.com
邮购电话 0951-5019391 5052104
经 销 全国新华书店
印刷装订 宁夏精捷彩色印务有限公司
印刷委托书号 (宁)0007082

开本 720 mm × 980 mm 1/16
印张 15.25 字数 230 千字
版次 2017 年 10 月第 1 版
印次 2017 年 10 月第 1 次印刷
书号 ISBN 978-7-227-06771-9
定价 36.00 元

吉祥西吉　文学花开

中共固原市委常委、西吉县委书记　马志宏
西吉县人民政府县长　武维东

一脉文心传万代，千古不绝是真魂。文脉不仅是一个地方精神的折射和文明的体现，而且在本质上更是一种认知的基石与发展的动力。

西吉历史悠久，文化源远流长。在月亮山下、葫芦河畔的这片吉祥之地上，回汉各族群众创造了灿烂的文化。农耕文化、游牧文化、红色文化等相互碰撞、相互交流、相互融合，形成了独具特色的民俗文化、丹霞胜景、红色圣地等四大文化名片，呈现出思想艺术俱佳、风格独特多样、雄浑典雅并存的艺术景象，有力地促进了全县经济社会各项事业的和谐发展。

改革开放以来，在县委、政府的正确领导下，西吉发生了翻天覆地的变化，全县经济繁荣、民族团结、社会稳定、群众生产生活水平不断提升，文学艺术蒸蒸日上、枝繁叶茂，结出了丰硕的果实。郭文斌、火仲舫、了一容、火会亮、古原、单永珍、牛学智、赵炳鑫等一大批有朝气、有才华、有创意的西吉作家相继亮相全国文坛，以讴歌时代、讴歌人民、讴歌家乡、凝聚力量、鼓舞人心为己任，辛勤实践，努力耕耘，创作出一大批优秀文艺作品，深情讴歌西吉改革、开放、发展的历程，生动描写西吉各族人民的生活，充分展示生活中源远流长的美好情愫，尽心阐扬“团结包容，奋进创新”的西吉精神，极大地激发了广大干部群众热爱西吉、建设西吉的热情，令人欣慰，让人振奋。尤其是2011年10月10日，中国首个“文学之乡”

落户西吉，又一次向世人证明西吉文学的实绩和西吉作家的实力，文学成为西吉的“铁杆庄稼”。

党的十八大以来，西吉县委、政府认真贯彻“四个全面”战略布局和“五大发展理念”，全面落实《中共中央关于繁荣发展社会主义文艺的意见》和习近平总书记在全国文艺工作座谈会、中国文联十大、中国作协九大上的重要讲话精神，西吉文学艺术事业如雨后春笋，空前繁荣，强势崛起，涌现出了马金莲、刘汉斌、王西平、西野、刘岳、李兴民等一批新作家，他们以独具特色的文学创作再次步入宁夏、全国文坛，成为西吉文学的新亮点。更为可贵的是周彦虎、王雪怡、李义、李耀斌、李继林、樊文举、火霞、马强、袁志学、康鹏飞、单小花等一大批坚守故土的作家，在繁忙的工作和生活中，坚持笔耕不辍，作品屡屡跻身全国文学大刊，成为新时期西吉文学创作的骨干和生力军。尤其是近年来，县委、政府全面贯彻习总书记建设经济繁荣、民族团结、环境优美、人民富裕的新宁夏指示精神，认真落实自治区第十二次党代会精神，大力实施“文化振兴”工程，西吉作家捧回了鲁迅文学奖、“五个一工程”奖、茅盾文学新人奖、全国少数民族文学骏马奖、春天文学奖、民族文学奖、飞天文学奖等全国大奖，捧回了一大批全国书画、戏剧、摄影、民间文艺等艺术作品大奖，这不仅为西吉文学艺术事业赢得了荣誉，也为西吉文化大发展大繁荣做出了积极的贡献。同时，还进一步激发了全县人民立志打赢脱贫攻坚战，与全国一道全面建成小康社会的坚定信心和决心，为实现“两个一百年”的奋斗目标和中华民族伟大复兴的中国梦奠定了坚实的思想基础。

2016年5月，中国作协在西吉启动了“文学照亮生活”全民公益大讲堂，中共中央委员、中国作协主席铁凝做了题为《文学照亮生活，生活照亮文学》全民公益大讲堂第一讲。这不仅是对西吉各项事业发展的肯定，更是对西吉文学艺术的鼓励和鞭策。县委、政府审时度势，为秉承文化传统，服务基层作家，汇集优秀作品，树立学习典范，弘扬“爱国、为民、崇德、尚艺”的文艺界核心价值观，为建设开放西吉、富裕西吉、和谐西吉、美丽西吉增光添彩，深入推进“文化振兴”工程实施，决定启动《中国首个“文学之乡”典藏(2017年卷)》项目,为全县有一定影响的作家、诗人编辑出版代表性、经典性的作品选集,旨在展示中国首个“文学之乡”西吉文学创作成就,为西吉文学进一步繁荣发展注入强大活力。《中国首个“文学之乡”典藏(2017年卷)》项目由西吉县文联负责实施,他们始终坚持“二为”方向、“双百”方针和“三贴近”原则,充分发挥“培扶人才,编研作品”的职能,以流芳百世为目标,选取了思想艺术性上乘的佳作,高质量完成了这套“典藏”的资料搜集、编辑校对、设计印刷等各项工作。今后,我们要将此项工作形成长效机制,一以贯之,使该项目成为西吉,乃至宁夏文艺界的一个响亮品牌,成为外界了解西吉的一个重要窗口,成为西吉文艺事业大发展大繁荣的一个具体看点。

《中国首个“文学之乡”典藏(2017年卷)》从现有的西吉作家中选取了在小说、散文、诗歌创作中具有代表性的郭文斌、了一容、周彦虎、李义、李继林、马强、马越七位作家,他们的创作各具审美趣味,各有艺术追求,既有西吉文学传统的一面,又有超越地域影响而呈现出的大格局,一定程度上代表了西吉文学发展的普遍实力。

挖掘历史,留住记忆;复兴文化,普及新知。相信《中国首个“文学之乡”典藏(2017年卷)》的出版,定会对促进西吉文化体系建设,提升西吉文学发展起到积极的促进作用。也期望通过本套丛书的发行,能够引起社会各界对西吉的进一步关注,汇聚更大的社会力量来推动西吉发展。

是为序。

守护故乡的行者

——我的二哥

不久前，二哥说他准备出一本散文集，让我为他的文集写点东西，高兴之余我竟然不知该写些什么东西。作为兄弟，想说的自然很多，但是总觉得说出来的便是有限的，可我又确实不能不说，那就想到哪里说到哪里吧。

二哥比大哥小三岁，比我大三岁，但二哥更多的是跟着大哥，而不是带着我，因此他俩总是一起上学、一起玩耍、一起受罚，而我只能在需要协助干农活的时候和他们一起做事。我也因此自小学会了纵横之术，在村子里的同龄人中发展自己的“势力范围”，再到后来去外地上学生活，就和他们离得越来越远了。我和两个哥哥一直是若即若离的关系，但在内心深处却始终是不即不离的状态。

小时候，大哥、二哥和一个堂哥，是一个小团队，大哥是决策者，二哥和堂哥是执行者，他们的协作非常高效有趣，我很羡慕，但也只能有羡慕的份。因为有大哥的策划和鼓动，我一直觉得二哥非常厉害，会做很多我无法想象的事情。他用土坯掏成的小火炉是小伙伴中最漂亮的，用木头削的陀螺是最匀称的，还会上点色彩，旋转时感觉流光溢彩。我最早崇拜他的是能爬到很高很高的树上，这种技能在我们小时候是非常重要的。故此，春天可以在老高的榆树上折到最甜最嫩的榆钱，还能在树上掏到鸟蛋或捉到刚会飞的小鸟。这种登高技能所能取得的最高成就是在每年杏子熟了之后，可以偷摘到杏子。村子里只有两三户人家有杏树，并且是在土墙围成的果园里，而果园就在我们每天经过的路边。每当杏花绚丽多彩时，我们就开始关注杏树的存在了。之后，小小的青杏在一群馋嘴孩子热切的目光照耀下，逐渐变红或变黄，光灿灿地，炫人眼地挠人心地挂在树上。这个时候的杏树主人就会像狮子一样不时地巡逻着自己的果园，村里的孩子们就像一群鬣狗发现被狮子放倒的野牛一般，总是有意无意地在杏树方圆数十米晃悠，目光时不时瞟一眼枝头泛黄的杏子。等到主人打盹或吃饭的那一刻，技艺高超的孩子，就在短短的三五分钟内，翻墙、爬树、摘果，然后下树、返回，把杏子掠了下来，这一连串的动作，干净利落，一气呵成。摘的杏子是从领口灌进束在腰间的衣服里的，往往成功返回的孩子会挺着鼓鼓囊囊的大肚子，和树下接应的伙伴在笑声中狂奔而去。村子里大多数孩子都能完成这些基本动作，但是真正的高手只有那么两三个，二哥就是其中一个，那时对于他敏捷的身手，我是发自内心地崇拜。随着年龄的增长和勤学苦练，我似乎更胜一筹，崇拜感也就自然而然消退了。

然而，小时候的二哥依然出类拔萃。据母亲描述，那时村子里有所小学，不过是一间破房子而已，一位姓边的民办老师带着几个一二年级的学生在里面上课。边老师还是我姑奶奶的儿子，按辈分我们叫姑舅爸。当时，大人到地里干活时，只有四五岁的二哥无人照看，他就自己溜达到小学教室门口，趴在门槛上看老师给学生们上课。有一次，边老师教学生读课文，教几遍后很多学生仍然读不下来，趴在门槛上的二哥就说他能读下来，果然就全读下来了。边老师非常欣喜，让他进教室和学生们一起上课。那时候家里太穷，没钱买书和作业本，边老师就让他在其他学生用过的作业本背面写字。二哥是班里最小的学生，始终是学习最好的一个。

二哥的聪明在同龄人中似乎非常突出，经常能听到有关他学习方面得到学校和老师嘉奖的消息，同学们因此索性把他的名字“李继林”念成“李机灵”。对我冲击最大的一件事是，在全乡小学数学竞赛中二哥竟然获得了第三名，抱回来了一堆奖品。其中有一支纯钢壳的钢笔，银光闪闪，看上去很晃眼。还有一个大笔盒，里面有崭新的塑料直尺、三角尺、量角器和圆规。此外，还有一张印刷的国画，画上画的是月光下一只上山的老虎在回头张望，画上用毛笔字写着“奖给……”的话，下面还盖着一个鲜红的印章。据说这些奖品大概值十元钱，这对当时我们这样的家庭是非常珍贵和值钱了，尤其是那张奖给二哥的画贴在我们家那泥巴墙上真是蓬荜生辉。这张画在我们家小房子的墙上贴了很多年，我觉得它就像当时的革命宣传画一样，给予我无限的光辉和力量。对于二哥的荣誉和奖品，我垂涎三尺，爱慕不已，多次把钢笔和文具偷偷拿起来，摸了又摸。可是二哥从来也没有想到给我分享一样奖品，为此我心中多少有些不快，但想起这个巨大的荣誉和奖品属于我们家，还是觉得非常自豪，和别的孩子闲聊时，我总喜欢把话题引到二哥的奖品上来。后来，我发觉二哥对我多了几分傲慢和不屑，而我对他的敌意也就从这个时候升起，并开始憧憬自己哪天抱回一大堆奖品之后，将如何面对他的情景。但作为小弟，更多的时候还要仰仗他的鼻息，否则他不让我玩他的东西将是对我无法承受的制裁，更何况身在“江湖”常常和同龄孩子打架，扛不住时还需要二哥的庇护，所以有些不满也只能引而不发。现在想起来，在我小时候的心里，二哥总使我有一种难言的复杂感情。

中学时期的二哥似乎时运不济，开始上学的学校是一所村办中学，老师和学生平常以劳动为主。不久，这座学校撤并到乡办中学了。二哥原来所在学校的学生学习状况整体很差，加之他的年龄又比同年级的同学小，在新学校里受歧视和欺负是常有的事，所以再也听不到有关他的好消息了，见到他时也总是一副蔫蔫的样子。

往事悠远，但并非如烟。在我的记忆里，二哥有两样与生俱来的爱好：一个是书法，另一个是文学。小的时候，我就觉得二哥的钢笔字写得特别好看。后来，功课里加进了毛笔字书写，二哥在完成作业之余，就不停地写毛笔字。那时家里没钱买墨汁，他就和大哥一起研制墨汁，用锅底的煤灰兑上水装在空墨汁瓶里密封，埋在地下十多天后挖出来试用。我不记得效果如何，但那股浓烈的霉臭味至今萦绕在我的记忆中。后来他不知从哪里找来一些书法字帖临摹。不久，他的毛笔字就写得有模有样了。我也曾满怀嫉妒地练过几天书法，但直觉告诉我，这辈子别想在这方面超过他，便不得已放弃了。二三十年后的今天，看到他还在其乐融融地揣摩书法，而且写出来的作品愈发有味道了，我便庆幸自己太有自知之明了。我还记得他识字后，就在找各类的书籍来读，尤其是在中学混得比较背运时，他似乎把读小说作为一种最好的消遣方式，他也总能搞到各式各样的文学书籍。在他的影响下，我也逐渐喜欢读文学作品了。而每逢二哥搞到新书时，我便守候在他旁边，只要他一放手，我就拿起来赶紧看，争取在他还书之前也能读完。在被二哥带入的文学世界里，我发现了一个奇妙无比的新天地，我在《雾都孤儿》中感受着英国伦敦的冷漠，在《巴黎圣母院》中想象着法国巴黎的繁华，在《静静的顿河》中体味着哥萨克民族的勇敢和苦难……放牛的时候也总是躺在山坡上看二哥不知从哪里借到的小说；干农活休息的时候，也会忍不住摸出书来瞧几眼。在我们家似乎形成了一种阅读习惯。书就像狼群猎到的食物，大狼肆无忌惮地咀嚼时，小狼只能从大狼嘴边叼吃一口，或者等大狼吃饱了舔嘴之际赶快抢吃。后来上大学了，我才意识到无意中跟着二哥读了很多文学名著，它使我受益无穷。那时每到寒暑假，家里就有大堆的农活等着我们弟兄三个，帮父母播种、收割、施肥等。沉重的体力活常常使我们筋疲力尽，甚至痛苦难熬，二哥是我们弟兄中的主力，他劳动的强度和痛苦就可想而知了。也正是这些文学作品，滋润了我们饥渴的心灵，喂养了我们贫乏的精神，也增强了我们抵御身体痛苦的力量。

经过几年虚浪的中学生活和艰难的挣扎，在做了半年中学英语代课教师之后，二哥高考时考进了固原卫校。这是不容得考虑和选择的机遇。能从繁重的体力劳动中解脱出来，是每个农家孩子最伟大的理想，也是最显赫的人生收获。因为写得一手好字，又能写点文章，还当过学生会的什么干部，二哥在卫校时似乎混得很不错，身上散发着一些得意少年的意气风发的味道。而我那时正混得背运，他对我不争气的失望也是溢于言表，我暗下决心要活出点样子来给他瞧瞧。后来，我考上大学的消息飞到我家的麦田里，一向沉静默然的二哥突然扔下手中的镰刀，欣喜若狂地抱起我转了好几圈。那一瞬间，我陡然感觉我们兄弟是一体的。多少年后，我才深刻地意识到自己受二哥的影响是多么大。我就像长跑中紧紧跟随在第一名运动员后面的队员，一直准备着在最后冲刺时刻超越他，但朝哪个方向沿着哪条道往下跑却是由他来决定的。正是因为他在领跑，避免了我跟在后面有更多的歧途和磨难，从而使我更加清楚地看到自己以后的道路，才能顺利地考上理想的大学。对此，我也只有在多年之后，才深深地体味到作为哥哥的不易和作为弟弟的幸运。

二哥后来成为一名医生，常年在乡下卫生院行医看病，他的专业素养和聪明才智完全能够胜任他的工作，但他的书生意气似乎给他带来了一些麻烦。由于生性耿直，看不惯各种社会现象，又不善于周旋应酬，常常遭到别人的误解。他很少跟我谈起这些，但我总能感觉到他那个时候的郁闷。后来，他有机会来西安盘桓数月，我们便有了成年之后一段较为密切的接触。在此期间，他也有机会接触到更多的不同的人，尤其是西安医科大学一位退休老教授经常和他攀谈聊天。短短的几个月，我能感觉到他的思想发生了很大的变化，最明显的是，他由过去对传统文化不屑一顾，而转到后来逐渐有了浓厚的兴趣。

在我心中，我始终觉得二哥是个很有悟性的人，尤其是从他最近几年的言谈举止、为人处世到写字作文，我都能深切地感觉到二哥身上发生的巨大变化和提升，似乎原有的傲慢之气转化为一派谦和温存的君子之风；作品中的矜持飘逸也渐渐滋生出一种深沉温厚的感觉。二哥是一位医者，在乡间行医的经历，使他对人世间的生老病死有着更为深刻的解读；他也是一位以舞文弄墨为乐的文人，在他的作品中弥漫着一种浓郁的乡土气息，这气息是我熟悉的故乡味道，也是我所喜爱的他生命中的那股顽韧和灵气。

如今，故乡已在千里之外，但是二哥在乡下著文行医的行迹却存活在我记忆中的每一个毛孔。二哥已经出版了一本小说集，现在又出版这本散文集。他常调侃自己是不务正业，但我总觉得他在业余之际写就的这些作品，正是他生命的另一种显现。在我看来，对于人体的剖析和疗治，与对人心灵和精神的关怀是同等重要的。看二哥行医救人时的温柔敦厚，看二哥的书法飘洒俊秀，看二哥的文字静雅清丽，这是一种多么好的人生结合。二哥以一位乡村医生的身份兼而得之，这也是一种有意义的人生角色。山道弯弯，心路悠然，每每读他的文字，我便感觉到了自己长期混迹于都市之中的浮躁和麻木，儿时有关他的所有记忆和景仰之情，以及今天对他深深的敬爱眷恋之心便又泛出、弥漫。

李继武

（作者系陕西省社会科学院宗教研究所所长，研究员）

在乡村，庄重深情地活着

每年回村庄，都是最冷的时候。要过年了，我们从城市回到乡下，在母亲的热炕上过几天安逸的日子，没几天，就要躲避着老人不舍的目光，狠心地离开了。

那时候，二哥刚刚有了车。我们的火车常常是半夜到站，下了车，幼女踩着积雪，脚下咯吱吱响着，清冽寒冷的风扑面而来，站台上灯光昏暗，二哥已在出站口候我们多时了。

过年是热闹的。在外地打工的兄弟们都回来了，少不了要来看已九十多岁的奶奶。除夕夜，屋子里烟雾腾腾，二十多位本家兄弟挤在一起，喝酒，猜拳，为祖先守岁。瘦小的奶奶，穿了孙儿买的新衣服，安静地坐在炕头，看着她的子孙们。

二哥和兄弟们一起玩闹戏耍着，他完全是他们中的一员，没有"文人"的样子了。有老亲戚来，他恭恭敬敬地在门口迎着。也常有人抱了哭闹的孩子来，让他瞧病，或者有老人颤颤巍巍地来找他量血压。他总是笑眯眯的，和来人拉着家常。他对故土的熟知，让久别家园的人心生愧意。

默守故土四十多年，当年读书有成"跳出农门"的二哥，却从没有离开过生养自己的地方。所以，当他用文字触摸村庄时，就如触摸自己的骨肉一般熟悉。

而我们都是浪子，早早离开父母远行，将自己的村庄弃之如敝屣，直到有一天发现自己已无法回去。

过去的这二十多年，世界的变化如此之大，在急剧飞奔的中国列车之外，大地上的村庄被抛弃了，那些曾滋养生命、滋养文学，为繁华的大城市输尽血液的乡村，日渐萎缩，破败凋零。

而二哥一直是村庄的看护者。他的看护方式就是他的书写。这些年，无论是小说还是散文，他数十万字的书写，都以生长于斯的故乡为题，表达的始终是被主流时代文化漠视的乡村生活。而且，他的书写不只是审美意义的，也不是对田园风光的把玩。他书写乡愁，更记录村庄的命运，记录苦难中人们的挣扎和微笑，记录那些被刻意遗忘的村庄苦难史。

就如《墓地的阳光》一文中，他写道："往往，书写成文字的历史里充满了谎言。"于是，他去写那些真实的人，以祖辈的命运串联起家族的历史。而在今天，人们终于认识到，个人的历史是大历史中极其重要的组成部分。在那些被宏大叙事、意识形态"统一书写"的历史之外，是一个个鲜活的生命，一个个真实的村庄。而在二哥的笔下，这些生命、这些村庄，即便是一个片段，都还原为真实的面目。

二哥也记下了乡村的美好。乡村给予了他生命的滋养，赋予了他审美的能力。在黑暗的没有电的夜晚，听老人们讲"古经"长大的孩子，对自然的神秘，生命的艰辛与泪水中的微笑，有着本能的感怀，成为他生命的底色。在他的笔下，贫瘠乡村的端午也是如此美好。

> 柔长的柳树枝被折下来，躺在地上，树叶上露珠散落，潮湿温凉。翠绿的柳树叶在黎明微薄的晨光里，闪耀着节日的光芒，洁净、祥和、灵性、神圣。我们拣最长最嫩叶片最多的柳枝抱回家，插在每个门楣上。还有艾蒿。艾蒿的香味浓烈，略带苦涩……太阳尚未露面，我们家每个门楣都已经被精心地打扮好了。翠绿的柳枝，灰绿的艾蒿，叶片上尚有许多细密的露珠，闪闪发亮。平日里干枯寂寞的门楣突然间焕发生机，神话一般复活了。仿佛待嫁的女子，妩媚，娇羞，云鬓初成，珠光宝气。（《香气氤氲忆端午》）

这是二哥所发现的寻常生活中乡人的尊严。贫穷生活也有光辉，而美是超越一切的。

二哥的书写是文学性的，可他写的都是真实的生活。几乎每一篇都是真实的场景，也可以看作是他的生命记录。

> 村子里柳絮飞扬之时，想必奶奶做了非常艰难的抉择。柳絮对于奶奶来说，是一个时间的概念，更是一个充满希望的佳音。奶奶也许从那些漫天飞舞的柳絮里看见了三秦大地上大片成熟的麦浪，那是实实在在可以活命的粮食。我们这地方，春夏之交，正是青黄不接的季节。那个时代，饥荒每年都在发生着。那些随风飘飞的柳絮，在奶奶看来，沉重得如同麻线口袋里金黄的麦粒。一位目不识丁的农妇，不会有其他丰富的感想，没有什么比吃饱肚子更要紧的事情了。(《枝上柳绵吹又少》)

二哥就这么多年写作不辍，可他的本职工作其实是外科医生。医生见多了生老病死，加之他对文字的敏感体悟，让二哥终于亲近了佛学。他的医术日渐精湛，在治病救人中也更多了一份悲悯。而他爱好佛学，则更注重于日常生活中的自省，并不像当今的许多人是赶时髦将佛法作为装饰，而是为了真正作用于自己的生命。

他的文字，常常有滚落而出的自问，例如《考核》等文。我想，那是他面对自己时的声音，佛学深奥无边，却也可用四字缩言，那就是“自净其意”，自省正是生命上升的前提。

我常常讶异于二哥，这么多年，在西北偏远的贫瘠乡镇，能如此庄重、深情地活着。有时也想，或许是他和佛法的缘分，最终能引导他的生命在中年以后没有下堕，而是上升，最终活成一个如此安宁踏实的状态吧。

在《墓地的阳光》一文中，二哥写道：“文字也确实不是为了乡野草芥而存在。但谁又能够抹杀山野乡村的历史呢，这些文字之外的历史，真实而永恒，如同绵延的起伏的山脉。”从这些话中，或许能看出他作为乡村书写者的生命自觉。

而且，这个纯粹的书写者，也是相信文字的力量的。就如他所说的：“明白文字是有力量的，不是让人行走的力量，也不是让石头滚动的力量。是如同超声波一般，直入内心，让你的心轻轻悸动，甚或震动的力量。突然间生出放声大哭，或者放声大笑的冲动。但不敢放肆，看见一泓清泉如镜，自己疲惫的影子苍凉而猥琐。”（《嘛呢悉地》）

如是，一个乡村历史的自觉书写者，在这个苍茫空旷的时代，这个将一切卷入其中、让人魂不守舍的时代，悉心守护着自己生命的根系，得以在大地上站稳脚跟，如一棵树，让自己的生命舒展。

他是幸福的。他的村庄是幸福的。

江　雪

（作者系资深媒体人）

目录

岁月履痕

乡间行走

山野物语

且思且吟

岁月履痕

SUI YUE LV HEN

放 生

去年夏天，母亲突然病了。

当时我在单位宿舍里睡着，天还没有亮，大概五点钟。母亲打来电话说，她晚上吐了很多血，吐了两三次，现在头晕得厉害，不能起来了。母亲的声音已经很虚弱了，几乎说不成话。我赶忙起床，叫上离我家很近的大姐一起去看。

十分钟后我赶到家里，母亲躺在床上，处于半昏迷状态。房子里一股浓重的血腥味，地上有很多血迹，脸盆里有半盆血。奶奶坐在母亲身旁，拉着母亲的手只管啼哭。我赶忙给母亲输了液体。大姐帮着我把母亲抱到车上，一会就到了乡镇医院里，查了一下血压，80/50mmHg，我一下慌了神，知道情况比想象的严重多了。

母亲又吐了一次血，说话的声音已经微弱到难以听清楚了。我急忙往县医院赶，一边打电话叫大哥和姐夫来帮忙。我听见母亲在交代后事，反复说着一句话，她走了留下奶奶咋办呢。

奶奶和母亲在一起生活了五十多年，父亲去世后，她们婆媳一直守着老院子相依为命，情同母女。

半小时后我们赶到县医院，在住院部楼下等电梯时，母亲又吐了一次血，就完全昏迷了。

母亲脸色苍白，很平静，像睡着了一般。我们都没有喊叫母亲，默默地流泪，把所有的希望寄托在医生身上。

主治医师叫我签字、谈话，气氛很是沉闷。医生叫我在病危通知书上签字，并且交代了很多不可预知的事项和可能。我没说什么，只是颤抖着写上了自己的名字。作为医生，我知道上消化道大出血的凶险程度。我只能默默祈祷母亲不要这么突然地离开我们。

母亲最近几年开始信仰佛教，自己念佛，还经常劝我不要杀生。

母亲一直昏迷着，用药以后没有再出血。我们轮流守护着，等待着母亲醒过来。妻子给母亲换下内衣来，才知道母亲大便下来的也全是血，内裤被污染得不成样子了。妻子拿去洗了。

按照当地的规矩，我给舅舅说了母亲病危的情况。舅舅很快赶来了，但舅舅也没能叫醒母亲。我也给弟弟打电话说了母亲的情况，弟弟问能不能转到西安大医院去看。我说当时肯定不敢转院，等休克矫正了，要是再不能止血，怕是非转院不行的。弟弟在西安干着急，一会儿说要马上回来，一会儿说要联系医院。

第三天时，母亲醒来了。相关检查都做了，肝脏胆囊都好着，没啥大问题，初步考虑是胃溃疡出血。我当时想，有多大的溃疡呢，能出那么多血。只能等情况好转时做胃镜看了。

母亲病情稳定时，叫我去上班，说不能耽误。她这几年每年都得一次大病，都要住院。她说我待的时间长了，在单位上影响不好。

我就白天去上班，下班后去医院看母亲。

从我单位到县城的路上，有一座水库，近几年雨水丰沛，水库里积水很多，水库因此变得大了许多。靠水库边的公路旁，有几个卖鱼的地摊。几只大水盆里，盛着许多刚从水库里打捞上来的活鱼，拥挤在水盆里游动着。许多过路的车辆停下来买鱼。

那天下午我回县城时，卖鱼摊旁的公路上停了好几辆车，路有点堵，我只好把车停下来。

我突然想到买鱼放生，就下车到一个卖鱼摊旁。我没有谈价钱，把一盆鱼全买下来，请摊主帮忙装进一只水桶里。我提着水桶沿一条小道走到水库边，把那一桶鱼全部倒进水库里。看着那些鱼高兴地游入水中，我突然感觉特别轻松，几天来积压心里的那些不快在那一刻随着那些鱼一起得到了释放。当时的心情难以言说，我知道那些鱼最终还是会被打捞上来，被某个人买走吃掉。但它们毕竟可以多活一段时间了。

母亲奄奄一息地躺在病床上。我也希望母亲能够在这个世界上多照看我们一些时间。

我到县医院时，母亲精神好转了许多，和姐姐断断续续地说话。

母亲的病恢复得很快，一周后吃喝都没有问题，可以下床活动。我陪着母亲去做胃镜。做胃镜的医生是熟人，看得很仔细，我也在胃镜室里跟着看，溃疡已经完全愈合，只有一点很小的愈合疤痕。

这事情过去已经一年多了，不能说母亲的康复和我的一次放生有相当的关系，但在我心里却是很安慰的一件事。

一直没有给任何人讲过这件事情，其实我也早已经忘记了。母亲从那次重病康复后，一直很健康，多年的慢性胃溃疡也没有再发作。

昨天下午路过那座水库，看见有很多人在水库里钓鱼，又想起去年放生的事，就写下来记在这里。

陪　伴

母亲是突然发病的，刚听到消息时我不太相信，觉得是不可能的事情。母亲好好的怎么会突然病了呢？我的脑子里想象着各种可能的情况。那些老年人常见的突发疾病，一个个在我的记忆中呈现出来，是一些乱七八糟的概念，很多我见到过的病人的面孔，一并闪现。画面凌乱而快速转换，无法形成完整的连续的情节。母亲的身影、面容以及声音，倏忽间无数次在脑海里出现又消失，让我更加焦急烦躁。等我匆忙赶到老家时确认了母亲得病的事实，母亲已经需要别人搀扶着才能走动。

农历十月一那天，我们姊妹几个陪同母亲回老家送寒衣。我在车上开玩笑说，让母亲干脆住到医院里来，和我住一起，这里有暖气，比较暖和，等到过年时再回老家去。不料一语成谶，只过了五天时间，母亲真的需要住到医院里了。

镇上开物资交流大会，请了大戏班子唱秦腔，母亲本来计划好了要看戏的，说好了我明天去接她的，结果戏刚上台，她却病倒了，看不成了。母亲最爱看秦腔，也能看得懂。从二十世纪八十年代初，古装戏解禁，母亲每年都要看上几场大戏，对每场戏里的故事主角都理解得很清楚。我对于戏剧的了解，基本都是随着母亲看来的和听来的。那时候条件差，都是草台班子，人气却很旺盛，场面热闹火爆。记得冬天夜里步行十几里路看一场戏，手脚冻得僵硬了，心里和身上却是火热的。那时候，母亲总是拉着我的手，或者是我拽着母亲的衣襟，母亲走路的速度需要我小跑着才能跟上。

几十年时间流逝，恍惚如昨日，眼前是母亲苍白而凌乱的头发，还需要别人搀扶着走路。

母亲说，没啥大病，就是头晕得不行，不敢抬头，不敢低头，头一动，就天旋地转的，连眼睛都不敢睁。母亲的叙述总是那么详细，犹如一位熟练的小说家，总能把所有的枝枝蔓蔓都牵扯出来，详细得让人生厌。我说妈你说简单一点吧。母亲继续说她的，并不听我的劝告。我一边听着母亲说话，一边扶她在车上躺好了。我早已经习惯了听母亲这样曲里拐弯的说话方式。从老家出来有一段泥土路面特别颠，我怕母亲磕碰了。奶奶也要跟着来，没办法也只好一起拉在车上。

当我从车上往下扶母亲时，突然感觉到特别的孤独和凄凉，一种莫名的无助感从内心某个地方升起来，刹那间将我整个包围。奶奶几乎需要我抱着才能下车来，母亲更需要搀扶着，我的两只手实在不够用。那一刻我多么渴望有个亲人来帮我一下，也只有在那样的情况下，才可以体会到兄弟姐妹的重要。我有两个姐姐，弟兄三人，只是这时候没在身边而已，我知道他们很快会来帮助我的。我不敢想象将来我们这一代人，面对独生子女，老境将是何等凄凉。

我给母亲量了血压，180/100mmHg。有点吃惊，母亲的血压一直正常，怎么会突然间升高了呢？不会是出血了吧？母亲的头痛不是很明显，只好先把血压降下来再说。给母亲输了一天液体，口服了降压药。母亲的血压是降下来了，但头晕没有丝毫减轻，看来不敢轻视。

我说需要做个 CT 检查一下，动员母亲到县医院看病。母亲闭着眼推脱，不想去。说她估计不是煤烟中毒了就是多吃了几颗杏仁中毒了；要么就是父亲不高兴了，不叫她离开家里呢。说她准备到镇上看戏，要把奶奶托给别人看管，一定是父亲不高兴了的缘故。我觉得好笑，又觉得悲伤。父亲去世已经半年多了，怎么会不高兴了呢。看来在母亲的心里，父亲仍然活着。父亲在世时，脑出血瘫痪在床十年时间，母亲几乎没有离开过，万不得已离开一会，父亲都会很生气。想起母亲每次要出门时，父亲像个小孩子一样闹别扭的情形，原来觉得好笑，现在却这样心酸。

我知道母亲的心思，不是怕看病，是怕花钱，怕折腾我们。但母亲知道拗不过我，最后总得听我的话。

CT 检查的结果很快出来了，是脑梗塞，不是很严重，但毕竟是已经梗塞了。我无法预计母亲今后的状况，心情自然沉重了许多，突然就想起来我见过的很多病人的惨状，不寒而栗。

县医院离我在城里的家很近了，但我没有带着母亲去我家里。我知道那些楼梯台阶对于母亲已经像山一样高，是一个不可以攀爬的高度。也许母亲这辈子再也不会进入我的家里了，只能心存遗憾，早点断了那份牵挂。

想找个人说话，可没有人听我诉说。我不敢给母亲说什么，总担心自己的承受能力，一旦不堪负重，会在母亲面前暴露了我的无助或懦弱。我不想母亲看见我的那一面，那样将会给母亲增添另一种牵挂。

舅舅赶到医院里来，问了些情况，和母亲说话。母亲说，她将近七十岁了，即使一口气上不来，也算圆满。只是奶奶尚在前面，总归不是好事。父亲撒手走了，把九十岁高龄的奶奶留给母亲照看，她要是有个万一，奶奶谁来照看呢。说着说着竟然哭了，惹得我也一阵酸楚。奶奶现在像个小孩子一般依恋母亲，几乎寸步不离。母亲出来几天，回到家里，奶奶总是哭着不让母亲再出来，说要出来也要带着她。要不就给她买些方便面自己在家里吃，其他哪里都不去了。我们都知道，奶奶近乎失明，饭碗放到手边也看不见，不要说自己生活了。谁忍心让她一个人在家里生活呢。我感动于母亲的孝道，伺候婆婆五十多年，自己都不能自理了，还要想着婆婆。

我不想让母亲住在医院里，想自己给母亲做治疗护理，想多陪母亲一些时间。好在我是医生。父亲离开了，即使有多么想念，也没有机会陪伴了。树欲静而风不止，子欲养而亲不待。文字背后的意义，需要体验，阅读永远在表面概念上。我已经有二十多年没有和母亲一起住过了，属于母亲的时间在日益减少，陪伴的机会也许稍纵即逝，我也需要考验一下我的耐心，看我究竟有多少耐心来尽一个儿子的心。

现在母亲就在我旁边的床上睡着，我听着她轻微的鼾声，坐在这里写这些文字。我已经很长时间没有静下心来写一点东西了，今晚却变得非常安静。我侧脸就可以看见母亲的白发。突然间明白，母亲永远是我们心灵的港湾，我永远都是个孩子。

能够陪伴母亲，每个漂泊的心灵，在母亲的气息里，在母亲的白发中都会变得安静。在母亲身边是人间至真的幸福。

那些名字

前几天，我在街上闲转，随意走进了一家店铺，是修理电器电机的。店主是我们村的，我们从小一起长大。他看见我进来，一边忙着捣鼓电视机，一边招呼我坐下来。我们用最地道的方言开着玩笑，彼此揶揄着，称呼着小时候经常称呼的名字。这些名字已经有好些年没有人叫了，在这里突然叫出来，感觉亲切而陌生，有一种难以言说的特别的味道。埋藏了许久的记忆就随即被枝枝蔓蔓地牵扯了出来，散发着霉变的新鲜和一丝莫名的惆怅。

他很快忙完了手中的活计，他的妻子倒了茶，我们就坐在他家店铺里说闲话。玻璃门开着，秋天午后的阳光照进来，温暖而令人惬意。我们论说起了年龄的事，我说和他同岁，我比他大几个月。他说他比我大一岁，他属猴，我属鸡，并且说起了村里许多同岁的人，都叫着乳名。随着他说出来的每一个名字，那一个个身影就从我的脑海里放映了一遍。许多都是孩提时代的样子，仿佛一些旧照片，被不经意间翻开了。而我眼前的他，虽说还保留着原来的大样子，但那鬓角已是华发早生，凌了霜一般。

其实我心里清楚我们的年龄，只是打趣他，但他却如数家珍般说出了那么多名字。属羊的有谁谁几个，属猴的有谁谁几个，属鸡的有谁谁几个，属狗的有谁谁几个。男的现在干啥事情，女的嫁到哪里了，目前情况如何，等等。他的记忆好像一本流水账本，一不小心被打开了，便哗啦啦翻开来，都是些熟知的名字和面孔。我们都是从小一起长大的，相差不到几岁，几乎一直长到二十岁左右才相继离开了那个村庄，有一部分人至今尚在那里盘桓着。我们也一直没有离开过那个村庄,围绕着村庄寻找生活,隔三岔五或者年头节下总要回村子里看看。那个村庄里有我们美好的记忆,有我们离不开的根系,对于那里的人事的稔熟是最自然不过的,不需要刻意回想,那些面孔身影都深深雕刻在脑海里,只需要启动一下开关,比如像我们这样无意的聊天,所有的故事都会如连续剧一样徐徐演绎出来。

我们谈论得似乎非常兴奋。我们在一起上学一直到高中毕业,后来我去外地继续上学,他则去了外地当保安,在北京、银川等地转了好几年,后来回家领着一个外地媳妇,在街上开了店铺。我们一直断断续续联系着,见了面抬一阵杠,不像小时候整天在一起闹腾了,毕竟都要过自己的生活,没有原来潇洒自由。前年他媳妇生病,找我帮忙联系医院看病,过后还给我送来一桶清油。我便感觉到一种生疏。也许这就是成年人的生疏感,每个人都在失去童年,同时也失去了那些毫无瑕疵的清纯。成熟并不是美好的事情,成熟的同时,一种伪装的壳也伴随着形成。我们之间已经有了明显的距离或隔膜,只是远近和厚薄的差别不同而已。但我们之间有着更加牢固的一点,那就是乡情。乡情是一种浓烈得难以化解开的情节,好像是一种共同遗传的基因,流淌在每个人的血液里。我们毕竟熟悉彼此身上的那些泥土的气息。

谈论很快结束了,但一些熟悉而陌生的名字却让我难以抹去。那是一些曾经和我一起成长过的名字,现在却只成为了记忆里的一部分,他们的身影永远定格在最后一次见面的情节里。

我们的村子有一个共同的习俗,就是每个人的乳名后面都加着一个"子"字,比如小圆子、红缨子、对子、狗娃子等。每一年都有好几个孩子出生,他们同岁,一个属相,小时候在一起耍,每个人都知道自己和别人的属相,同岁的人有几个,男娃几个,女娃几个,像一个常识。和我一样属鸡的有六个,两个女娃,那时候就记得很清楚。有一年谁家娶媳妇,阴阳先生看过了,需要用一个属鸡的人娶亲,村子里找不到,只好跑到单位来找我。我说其他人呢,那人说,都没了。一句话说得我心里冰凉冰凉的,空前孤独,好像突然间被扔在大漠里,前不巴村,后不着店,一望无际的沙丘被黑暗包围着。

他们确实没了。一个很小的时候就夭折了，不知道得了什么病。一个是十几岁死了，记得临终时全身的皮肤像橘子皮一般黄，后来知道是得了肝炎。一个死的时候大概二十岁，结核病，瘦成了一把干柴。这个对我影响比较深，和我在一起念过几年书，小学毕业了，没有再念。包产到户后，有一次他偷我家的苜蓿喂猪，被我抓住了，美美打了一架，我好像是战胜者，那时候他已经得病，有些虚弱。记得我打完架就上山去，到山上才发现帽子丢了，回来找到帽子，帽碗里被他尿了一泡尿。后来的记忆是他蹲在十字路口上的情形，那时候他发了病，瘦得没了人形，站着的力气都没有了，老是蹲在路口的墙角下，使劲地咳嗽着。没有人愿意到他跟前去，他就那样孤独地晒着太阳。那是他给我最后的记忆。据说他临终时只剩下一个骨架，我没有见，大概是我上卫校那几年的事吧。另一个是在新疆去世的，据他母亲说得了什么急病，在一家诊所用了药，突然间就死亡了。尸体没有埋葬，放着打官司，一年后才火化了。我对他的记忆也很深刻。我们是同一年结的婚，结婚不久他就去了新疆，后来他父亲去世后他还回来过。他父亲烧三年纸时，我在街上遇见他置办东西，很精神，塞给我一盒新疆出产的天池香烟。我们还在一起打过麻将，他是那种狠毒的人，有天生的赌徒性格。那时候据说他非常有钱，已经有了老板的架子，但在村子里还是很规矩的样儿。具体他是哪一年死亡的，我不大清楚，只是听别人说的。

有一个和我同岁的女娃，去年时来找我，给孙子看病。邋遢的样子俨然一个标准的农村奶奶形象。她随口叫出了我的乳名，立即就知道失口了，显得很不好意思，遂改口叫李大夫，给她的孙子比着叫爷爷。我没有在意，反倒觉格外亲切。我也叫她的乳名，她叫麦穗儿。农业社时期，我们经常一起跑到田地里找各自的母亲，母亲们在一起锄草或者收割粮食。好像母亲说过或者是开玩笑的事情：我母亲给她母亲说叫麦穗儿给我当媳妇。她母亲说，贫下中农的女子嫁给富农家，怕是不太合适。那一天我们还开了一会儿这个故事的玩笑，麦穗儿也没有否认，只是说，你哪能看得上我呢。

其实还有好多人，我懒得详细叙述了，都是我们一个村子的。比我大的，比我小的，死亡了的，搬迁到外地的，我不能一一记下来。平时，我很少记忆起他们来，我与他们不过是曾经在同一个村子里生活过，曾经很熟悉而已。每天为自己的生活而忙碌着，我很难顾及那些曾经的人事。但此刻，我却想起了他们。夜晚非常安静，只有电脑的风扇发出细微的声音。没有干扰，我的记忆异常清晰，伴随着那些熟悉而陌生的名字，他们仿佛一个个从我眼前走过，并和我亲切地说了一会儿话一般。但我知道，有许多人，这一生再也不会见着了。

突然地非常想他们。

他们都到哪里去了呢？

偷

晚饭时，儿子问我小时候读什么书，我便给他讲了下面的故事。

我小时候，基本是没有书可读的，所能见到的书，除了课本还是课本。据父亲讲，家里原来有很多老书，后来“破四旧”时全被烧掉了。就那课本，有一两年，刚发下的新书，却被红的黑的毛笔涂得一塌糊涂，有一部分字句无法看清，那时我不懂为什么印得好好的书却要涂掉。后来才渐渐明白，我们从小学起，就要接受政治教育了。那个时代，学生是有等级的，报名时有个成分栏，要填写出身。贫下中农的孩子自然趾高气扬，而地主富农的子女便自觉低人一等。但不知为什么，在我的印象中，就学习成绩而论，却总是地主富农的孩子占上风。这些都是题外话，下面说我偷书的事。

将近三十年了，我记不起具体的时间。有一家姓杨的邻居，老两口和一个傻儿子，那傻儿子自有傻福，二十好几了，七弯八拐却娶来一个城里的媳妇，是一个知青寡妇的女儿，也是个傻子，寄养在邻村一个亲戚家，经人托说就嫁了过来。不到一年那寡妇死了，留下不少遗产，自然归到女儿名下，拉了一汽车来，家具都是时兴的式样，引得全村人赞叹羡慕。其中有几箱书勾起了我极大的兴趣。那时候我特别爱读书，只要是有文字的东西都会仔细地阅读，包括土墙上刷的标语、毛主席语录、糊在墙上的报纸等，我都会一字不落地读下去。如同对于食物的需求一样，天性使我对文字有一种饥渴。那几箱子，是我见到过的最多的书，我觉得足够我读一辈子的。甚至有几个晚上，我因此而无法入睡，满脑子都是那些书，那是城里人看过的书,一定非常有趣。不能读到那些书,成了我的一块心病,成了我一生最大的遗憾,我死不了那份心。杨老婆子是村里最小气的人,一碗油换不来一碗水, 更莫说借她城里的亲戚遗下的东西了。经过好一段时间的谋划,我终于想出一个办法:十借不如一偷,干脆拥有,慢慢地读。

因为奶奶和杨老婆子关系好,她又最疼我,听我的话,于是我和奶奶“合作”进行了偷书的事。在一个秋天的下午,奶奶先把杨老婆子叫出来,在看不到她家大门的树荫下闲聊,并给了杨老婆子一个玉米棒子啃着。我便乘机溜进她家屋子,打开一个小书柜,没锁的,不管三七二十一,抱了十来本就跑,等跑回家,心差点就从嘴里跳出来了。那种成功的高兴劲儿不能用语言形容,抱了一叠书在炕上直打滚,像得了宝藏似的。突然一转念,又呆了:万一被那杨老婆子发觉,骂不上三天三夜肯定不会罢休,屁股上少不了要挨母亲的鞋底,结果书还得还回去,那不是要我的小命么? 那一刻,我就像一只吹胀的气球,那念头就像一枚刺,一下子把我的气全放了。在关键的时候, 每个人的念头都是转得飞快的——把我的旧课本给她“还”回去不就得了!反正她家没人识得一个大字。奶奶和杨老婆子聊得正欢,我便天衣无缝地偷梁换柱。整个过程不到十分钟,杨老婆子那个玉米棒才吃了不到一半。那是一个机密的行动,直到今日,除了奶奶,恐怕没有人知道此事。杨老婆子去世十几年了,那傻儿媳去世也有几个年头了。那傻儿子带着两个一般傻的孩子住在政府扶贫的两间土房里, 至今凄苦地生活着。那些书大抵生了火或者当作废品卖掉了。我偷来的那几本书里,印象最深的有两本:一本是张扬著的《第二次握手》,写丁洁琼和苏冠兰之间的故事;另一本是张恨水著的《魍魉世界》,写抗日战争时重庆的故事。

另一个故事是我偷笔的事。

姑奶的家在离我家约有二十里远的山里。她有个儿子,在一所小学当老师。那一年母亲去看姑奶,带着我。我八九岁的样子,上三年级,开始学写大楷了。记忆中那二十里山路,差点要了我的命,那是一种可怕的遥远,似乎是一条没有尽头的旅途。太阳炽热地烤着,没有一丝风,山路上静得可怕,偶尔有一两声昆虫细细的鸣叫,或从路旁悄悄地窜过一只黄鼠。我一直担心会突然跳出一只狼或者狐狸什么的，我的心整个儿被巨大的恐惧笼罩着，紧紧抓住母亲的衣襟，一路小跑。我忘记了是怎样到达的。后来母亲啥时候提起过那次行走，说是我最终睡着了，不肯再走一步路，害得她背了好几里地。但我记得最清楚的是，我吃了一顿白面饭，有三小碗吧，还要吃，却没饭了，那儿媳难为地只往母亲脸上看，母亲便瞪我说吃饱了，吃饱了。再就是我突然发现她家的一张小木桌上有一支毛笔，插在一个棕色的瓶子里。瓶子是装去痛片的那种，毛笔是一支小楷笔，用竹竿做的，笔尖用铜帽套着。刹那间，我的心就被那支毛笔牵扯住了。我想起了每年春节时，大伯写春联的神态。大伯在中华人民共和国成立前读过书，高中快毕业了，写得一笔好字。他用一支很破旧的笔，也能在红纸上写出漂亮的字，对联也是他顺口编的。曾经有一段时间，大伯是我的偶像。我想，能写出那么漂亮的字，编出那么顺口而有意思的对联，大概就是读书的最高境界了。那时候我不知道考大学、上大学的都是贫下中农的子女，不考试，直接推荐。我想起了每次写大楷时，等着借别人的毛笔时难过的心情；有时先替别人写，然后再给自己写，倒是一件美差，偶尔还能获得半个饼子的报酬，心里私下算计得了多少便宜。既练了字，又饱了肚子，世上哪有这等好事？那天发现那支毛笔后，心里巨大的矛盾将我折腾得坐立不安，我已初懂廉耻，知道“偷”字的可怕力量，贼的形象模模糊糊地时隐时现，一会儿是说不清的不认识的人，一会儿就清晰地变成了我自己。我甚至被自己羞红了脸，想哭，没哭出来。最终是拥有那支笔的心理占了上风，就那样决定了，那将会成为我最荣耀的财产。房子里只有母亲和姑奶；还有一个小孩，在炕上睡着了。母亲背桌而坐，只要避开姑奶就行。于是我就慢慢地靠近小木桌，装作无所事事的样子，心却跳得厉害，脸肯定是涨得通红了。母亲和姑奶有一句没一句地说着话，没在意我的行动。我不停地鼓励着自己，有几次差点就打了退堂鼓；靠近小木桌至伸手能拿到毛笔的过程大概用了将近半个小时，其实那不过一米多点的距离。炕上的母亲和姑奶，面无表情地拉着家长里短，压根儿就没把我当人看似的，这给了我极大的勇气。我迅速地将那毛笔从瓶里拿出来扔到地上，再用脚轻轻地踢到炕沿下，然后很随便地蹲下，把笔插进袖筒里了。其时已经是午后。我记得那小孩睡醒了哭着要撒尿，院子里有一只老黑狗，卧在阴凉处，吐着红红的舌头无精打采地望着我。天很蓝，飘着几朵白云和几朵黑云。我开始催母亲回家。母亲本来是要住一晚的，最后我只能以哭来迫使母亲改变主意而提前回程。离开那个村子后，我兴奋地唱起来，蹦蹦跳跳地把母亲扔下老远。直到过了几个山头后，母亲才将我赶上。我不敢把我丢人的机密告诉母亲，怕挨打。小时候我最害怕的人确实是母亲。是我的心虚将我出卖了，过一道土坎时，母亲伸手拉我，正好是筒着毛笔的那只手，我一躲，绊倒了，毛笔掉出来，吓得我一动不敢动，定定地望着母亲。母亲怔了老半天。一句话也没说，慢慢地将我拉起，她一直拉着我的手，再也没有松开。我偷偷地看母亲的脸，我清晰地记得泪水漫过她的脸，在午后阳光的照耀下，像一条波涛滚滚的大河。

那时我很不理解母亲为什么没有打我，她为什么要哭？

石 磨

老家院角,有一盘石磨,闲置着,很多年了,一直占据着那个角落。

石磨上厚积了泥尘,失去了原来红润的光泽,安静地蹲居墙角。粗看不过一块圆形板石,其实是两块合在一起,磨口里也塞满了泥土,愈加像是一块了。

电磨普及以后,石磨成为一个走进历史的名词。子侄辈大抵已不知道它的用途,甚至叫不出它的名字。磨台在多年前倒塌了,磨绳、磨棍也作鸟兽散,不见了踪影。我家这盘石磨在废用后,一直没有被搬出院子扔掉,关于它的归宿问题很是让我们为难。

石磨是我们祖上遗留下来的唯一幸存的物件。据说是爷爷的爷爷用两匹骡子从平凉驮来的,时间大概是清代中期。算来已有一百多年历史了。那时我们家族的光阴日渐殷实,人口增多,非有一盘自己的石磨不可了。奶奶说,在她的婆婆时代,那盘石磨在一匹专用的黑色毛驴的拉动下日夜不停地轰响,一天能磨掉三斗麦子。后来,许多东西都消失了,比如那些木制的农具、桌椅板凳,铁制的犁铧、铲镐之类,要么被当成柴火烧掉,要么给收废品的换了钱。而这盘石磨被保存了下来,在经历了一百多年岁月的凄风苦雨之后,石磨完成了它的历史使命,但并未破损,成为我们家最古老的一件家具。

我仔细考察过石磨保存下来的原因,最后得出两条很是让我失望的结论:一是它是石头做成的,二是它太结实了。

石磨与我有不可解脱的渊源，沉重地根植于我的记忆中。小时候，让我深感痛苦的事就是帮父亲推磨。那是农业社时期，家里成分高，生产队里推磨的毛驴不借给我家，我们一家人吃的面全靠人力推石磨。石磨沿上有两个孔，拴了绳套，磨棍撬进去，父亲和我一人抱住一根磨棍，推动石磨绕着转圈。那是一条永远走不出的圈道。我在无聊至极时量过，磨道的周径是十一步，有时十二步。石磨轰轰作响，单调而烦闷，我们踩着重复的脚印几个小时地走。磨盘上粮食堆得尖高，然后中间就慢慢陷下去，像沙漏一般，粮食从磨眼里滑进去，变成面粉从磨口里漏出来，在磨台上围成一个白色的面圈。父亲不时用笤帚遮扫着粮食或面粉，防止它们掉到地上。我被那无休止的旋转折磨得精疲力竭，一心只想磨眼再大一点，快把粮食吃光。只要父亲叫推磨，我便开始抹眼泪，直到从磨道里逃出来。那时我在心里恨死了父亲，他把我像驴一样驱使。

但对于父亲的仇恨是短暂的，仅仅限于驱使我推磨的时候，更多的时间，父亲对我疼爱有加。当石匠背了褡裢来到我家时，我甚至还得到了一点点的快乐，因为他满足了我对石磨的好奇。石磨的牙老了，石匠来錾磨。石匠和父亲把上磨盘抬着翻过来后，石匠便坐在磨盘上叮叮当当錾起来。他的活做得很仔细，铁钎在磨齿间像鸡嘴一样啄着，磨盘上溅起青色的石尘。他干活时嘴里哼着动听的小曲，姿势也很优美。他的活并不太繁重，还能挣到几元钱。他是一个很老实的中年人，个头高大，体魄结实，后来和父亲成了朋友。我把那活计叫作给石磨磨牙。等所有的牙都被磨得锋利后，我们就又推动石磨磨面了，那时面粉像流水一样从磨口里流下，石磨也变得轻松了许多。我在很小时就弄清楚了石磨能够把粮食变成面粉的原理，但一直没有弄懂那石磨本来是砖红色，而石匠錾起的石尘却是青色。有一段时间，我甚至想做个石匠。

最终，我没有去学石匠谋生，也不再推那沉重的石磨。村里有了一台电动磨面机后，各家的石磨相继停歇，磨台因年久失修而倒塌，磨窑也腾出来装了柴草。

我家的石磨歇业后一直搁在院子里，因为沉重，没有人去动它。后来甚至很少有人去注意它。

有一年,母亲病了,求医问药,折腾了好长时间总不见好。父亲便到邻村杨阴阳家去问卦,不料那阴阳开口就说,犯白虎煞,家里磨口没合严。父亲回家一看,果然两扇磨盘分开来顺墙立着,暗自吃惊,赶紧把磨盘放置好,上下盘对齐合严,又烧几张黄表,洒些奠酒,一副恭敬样。母亲的病悄然痊愈。从那以后,一家人对石磨便生出另一份敬畏心来。

石磨成为废物,几次修整房屋时明显碍事,我们准备搬出去扔掉,但扔到哪里合适随即成为一个问题。要是条石或方石,或可铺了台阶,圆石就缺了别的用途。表面上看来,它只是两块没用的石头,但真要扔掉时,却又想起它是一个有名称的祖上传下来的物件,它曾经喂哺了我们家族的几辈人,曾经和我们的生活、生命紧密地联系着。它至今完好无损,要是按在磨台上推起来,仍然会把粮食变成面粉。所以,对石磨的处理让我们有些犹豫,不能像碎砖烂瓦一样把它扔到沟里去。有一种割舍不下的情绪围困着我们,就像家里的猫狗一样,只要它还活着,即使把它扔掉了,还会回来的。

我们最终没有把石磨扔掉,让它仍然占据院子的一个角落。在这个问题上我和父亲达成一致的见解。其实不论是父亲还是我,都在心里对石磨有一种说不清道不明的依恋。到这时我才明白,人对石头也会生出感情来。要说世界上有什么比较恒久的东西,石头算是一种,我家的石磨就是例证。

鸟 窝

鸟窝里孵着我童年的记忆。

我小时候年幼无知，凭着好动的天性，只以破坏为乐，见着鸟窝就掏，不管是空窝，还是正孵着蛋，或是正哺育着雏鸟，统统捣毁了完事。从中我似乎没找到多少欢乐，也未觉得过分，就像走路时看到一枚石子，踢着它滚，直到不见了，随即忘却。那时候我不知道一个鸟窝就是一个家，也没有人讲众生平等，也不讲保护生态环境，麻雀还被当作“四害”除呢。现在回想起，有点后怕，那时候不仅打鸟，甚至打蛇，抓野兔，抓山鸡。我们人类才是动物们最大的天敌。

我掏过的鸟窝，最多的是麻雀窝。那时，村子里到处是麻雀，清晨被麻雀的吵闹声唤醒，夜晚在麻雀的吵闹声里入梦。麻雀那灰黑的身影，充斥乡村单调的生活。屋檐下，院子里，麦场上，道路边，树林里，田地里，都有麻雀在跳跃，在飞舞，在歌唱。印象最深的是夏日黄昏时分，一家人坐在院子里吃饭，门前老榆树上落满了觅食归来的麻雀。它们藏在老榆树茂密的枝叶里，只听得一片吵闹声从树叶间散播出来。奶奶说，那是麻雀们在开会算账哩，一天吃了多少虫虫、多少粮食，都要算清楚呢！远处有此起彼伏的蛙声，村子里有狗的汪汪声，还有谁家女人唤儿回家的呼喊声。乡村夏天的傍晚，是一首优美的抒情诗。

麻雀喜欢跟人接近。虽然人们并不喜欢它们，但它们全住在村子里。墙缝、屋檐、柴草洞、树洞……只要能容下它们瘦小的身子，它们就能安顿一个温暖的家，就会在家里生儿育女。我常常在黄昏里看着它们飞进窝去，便约上哥们儿，搭了梯子，用一根一头被破割成几瓣的细竹子，伸进去，转几下，感觉差不多了，往出拉，一个家就生生地被拉出来。老麻雀会惊恐地飞走，旋在周围，悲切地啼叫。正好窝里有雏鸟时，它们会奋不顾身地扑打，不自量力地向人进攻。有一次，我在墙缝里掏出了四只出壳不久的雏鸟，一只老麻雀扑在我脸上，要拼命，被我一巴掌打到墙上碰死了。从那以后，我开始知道，麻雀也有灵性，有感情，也会像娘一样护着自己的子女。

其他鸟儿与人较疏远，多在山上、田野里或者草丛里安家，较隐秘。但伙伴们还是常常捣毁鸟窝，或拿走鸟蛋，或捉走雏鸟，只是一时的兴趣所致。捉山鸡倒是很有趣。偶尔捉住一只大山鸡，还能解馋享一回口福，有二三两肉，鲜美可口。山鸡翅膀小，飞不高，顺着山坡往下冲起，能飞出几十米，抓不住。我们盯稳了，从山下往上赶，它们只能跑，但跑着跑着就不见了，抱住一个土块把自己压在下面，粗眼人就很难发现。乌鸦的窝多在悬崖上，有的窝里有蛇，不敢去掏，会摔死的。老癞子就是掏乌鸦窝时，被一条黑麻蛇咬在胳膊上，掉下崖摔死了。

燕子窝我没掏过。我家老屋的屋檐下有两个燕子窝，就明晃晃摆在檐板上，放了几十年，直到老屋拆掉。我却从未动过要捣掉的念头。母亲说，穷雀儿，富燕儿，鹁鸪坐的金殿儿。燕子到谁家垒窝，这家人日子就要好过，快要富了。鹁鸪落在谁家屋脊上，这家就要出贵人。我喜欢燕子，老早就盼着它们来我家安家。我家盖了那座两道檩的正屋后，果然燕子就在檐边上安了家，我没有向别人诉说过自己内心的喜悦，只是默默地看着燕子筑巢、生蛋、孵育、喂养雏燕的全过程，感觉从未有过的亲切。我不止一次自豪地说过，那是我家的燕子。

喜鹊窝在高高的树枝上，很显眼。外面是干枯的刺，靠近不得。我没捣过，却见别人烧过，是在我们邻居老杨家那棵大柳树上。老杨的外孙子拿着一个火把爬到喜鹊窝下面，点燃了。那时是傍晚时分，老远就可见一个火球在高高的树枝上燃起，被风吹得呼呼响，干枯的刺烧起来，噼噼啪啪像在放鞭炮。两只喜鹊喳喳地叫了两声飞得不见了影踪。燃烧着的喜鹊窝突然炸开来,满树的火往下落。老杨的外孙子下到半树时,被烧了头发,从树上掉下来,摔折了腿。父亲说,喜鹊是神鸟,动不得,要遭报应。从此我便对喜鹊怀着敬畏。但对喜鹊我一直没有好感,尽管说它们叫时是在报喜。喜鹊的叫声单调而沙哑，毛色也只是黑白相间。父亲给我讲过另一个故事:汉光武帝刘秀落难时,被追杀,情急之中,躲入一人家烟洞中,追兵至,一只喜鹊便飞到烟洞上嘎嘎大叫,刘秀气得半死,以为喜鹊在出卖他,既诅咒,此鸟义短,让它三伏不要喝水,九九不要进窝。刘秀可是大汉光武皇帝,真龙天子,金口玉言,说出来的不能改。喜鹊从此就沙哑着喉咙。这是传说。喜鹊是否真的三伏不喝水,九九不进窝,我不得而知。我总觉得光武帝冤枉了喜鹊,喜鹊哪里认识那些人是追兵呢,只是看你钻进烟洞,怕被呛着,急得在那乱叫,不料被诅咒,真是好心未得好报,活活害了一个种群。我没见过喜鹊大概二十年了吧,它们都到哪里去了,不知过得可好。

前几年天旱,村子里连麻雀都不见了。那几年回老家,总觉得少了点啥,心里悲戚戚的。鸟儿没了,猫儿狗儿也没了,就剩下人,孤独地活着。有人说天旱,麻雀们忍受不了,乘火车到新疆去了;有人说是吃了农药喂过的虫子毒死了;有人说飞到天上集体自杀了。我没说什么。总觉得鸟儿的消失与我们的残暴有关系。有一次在银川中山公园里闲逛,看到树上有许多人造的鸟窝,下面还写着制造者的名字。不知鸟儿们是否领情,去里面安家?心里确是得到了安慰。我们正在培养着一颗颗慈爱之心,懂得了爱惜一切有情无情之物。我们只有与神奇的自然和谐相处,生命才会得到终极的乐趣。这两年,麻雀又渐渐多起来了,老家的院子里,又听到麻雀“开会算账”了。而喜鹊至今还是没有回来,大树都被砍光了,他们回来在哪儿搭窝呢?好在这几年砍树的人少了,种树的人多了,等小树们都长大了,喜鹊们会回来吗?

梦 魇

我惊醒时,大概是半夜时分,听得到高一声低一声的鸡鸣,隐隐约约有一两声狗叫,从遥远的夜空里传来,幽静而恓惶。屋子里有一盏煤油灯。迷迷糊糊亮着,一缕黑烟,细细的,摇曳着射向屋顶,在半空却没了气力,散开来,屋子里充满呛鼻的油烟味。母亲正在把一片厚麻袋片往窗户上堵;门用一根铁锨把顶着,门缝里也夹了麻袋片。煤油灯昏暗的光以及父母悄悄的说话声就完全被圈在屋子里。地上立着一只大背篼,里面装满了麦穗,一把一把齐刷刷的,熟透的麦粒红鲜鲜地露出麦壳,像金子一样泛着饱满而美丽的光芒。父亲的额头上渗出一层细密的汗珠,身上沾满泥土,裤子破了个洞,膝盖处皮肤擦破了,红的血渗出来,和着泥土,变成黑乎乎的一片。他不时用手揉一揉,手掌也就沾满黏乎乎的血土。他的眼睛里充满了疲劳的恐惧和成功的喜悦。母亲找出一块破布片,缠在父亲擦破的膝盖上,低声说,痛吗?父亲说,没啥,上坎子时绊到了,一直没发觉,这时才觉得有点痛。之后他们不再说话,把背篼里的麦穗一把一把拿出来,放到地上的砖头上,麻利地用手搓。麦粒麦衣便很快聚成一堆。屋子里除了油烟味,也飘满了新鲜的麦香味。我的鼻子被这新鲜的味道冲击,唾液开始旺盛地分泌。我看到一大堆白面馒头,像元宝一样闪着光泽;我看到一大锅白面面片,漂了一层汪汪的油花,腾腾地冒着热气。我一口气吃了十大碗面片,又吃了十个馒头,还是没解决问题。肚子却咕噜咕噜闹翻了天,我大口大口咽着唾沫。母亲心痛地看了我一眼,捧了一捧麦子,吹掉麦衣，放到炕头，说，嚼烂，要不肚子痛。我的牙齿便石磨一般运动起来，满嘴生麦浆。那滋味，甭提有多美。我在那美味的陶醉中又睡着了，却似乎醒着。梦里还牵挂着天亮了有一顿白面饭吃。父母一直没有合眼，他们把麦子收拾干净后，在锅里炕干，在石磨上磨成面藏好了；麦秆、麦衣要全部烧掉，不留一丝痕迹。那时候几乎每天都有支书、队长领了一大帮人家家转着搜东西。庄稼成熟那阵，每天都要被偷。要是谁家被搜出来，可是不得了的事，批斗、游行，弄不好还要绑了送到班房（监狱）里去的。

我记得在饿了三天后，快要死时，我们又活了下来。但没有吃到馒头和面片，是喝着面糊活下来的。父亲裤子上的补丁，一层叠着一层，但从来没有被抓住过。父亲说，他和队长一起干过。

姨夫就没有父亲这么好的运气。虽然他比父亲更“勤快”，但据姨妈说他家有一个孩子确实是被饿死的。并且姨夫被抓住了一回，打折了一根锁子骨和两根肋骨。那一年姨夫来看病，拍了一张胸片，我看到那锁骨仍然断着，两根肋骨畸形愈合，一侧肺已经萎缩了。他至今尚活着。

姨夫家在离我们村十几里远的山里，日子过得比我家更难肠。队里分下来一年的口粮，不够维持两个月，其余就全靠接济或者偷。那时亲房亲戚都好不到哪儿去，自家都难以保全，哪能顾得了别人。姨夫个头矮小，走路却飞快，一般人小跑都赶不上。那一年入冬不久，记得下过一场小雪，白天天气还不太冷，夜晚的西北风在呼啸，却是十分寒冷。有天晚上，我们家人刚睡定，就听见有人敲门，母亲点亮了油灯，父亲去开门。进来的是姨夫，他肩上扛着一口袋粮食，呼呼地喘着粗气。那口袋水桶般粗，立在地上和他个头一样高。他穿了一件破羊皮袄，腰里捆了一根麻绳，头上一顶油腻腻的瓜皮帽，手里一把铁铲，刃是斜形，略尖，看上去锋利无比，木把末端楔一横木，磨得光滑称手，是他随身必带的物件。他脸上积了厚厚一层尘土，正在被汗水和成泥巴，胡须上结了一层霜，在灯下灿灿地闪光。姨夫说挖了我们队的仓房，背不动，先存下半袋，后半夜来取。父亲说，你胆子够大，这会儿看仓房的人都还没睡，就到手了。姨夫说，他们还在场房里喝茶扯闲呢！这时辰最好，没人注意，后半夜静，响动大。说话间他向另一只口袋里投了半袋，是黄灿灿的玉米。又说，两天没吃了，有吃的给一口。母亲找了几个煮洋芋来。他抓起来两三下全塞进肚子里去了，又喝了两缸子冷水，美美地打了个嗝，扛起半袋玉米，悄无声息地闪进了黑夜。

两个月后的一个夜晚，快过年了，天黑得像锅底儿似的，老北风呼啸着，天上的星星也被冻得藏了起来。突然全村的狗炸了锅似的叫了起来，接着大喇叭呜哩哇啦乱叫了一阵。就听见有大门咯吱咯吱的开闭声和稀稀拉拉的脚步声。父亲出去了一会儿，回来说，姨夫挖仓房时，被放哨的贫协主席抓住了，绑在场里的碾柱上。我便忍不住跑去看。姨夫被背绑在碾柱上，一只马灯挂在旁边，冷冷地发着白光。两个民兵站在一边看守着。他还是那件破羊皮袄，乱草一样的头发和胡须上沾着一层尘土，他的脸上没有一丝表情，似乎麻木了。他的铁铲横放在碾台上，闪着寒光。我想去拿那铁铲，被一个民兵喝住，说那是反动派破坏革命成果的工具。再看姨夫，就觉得他特别像电影上的革命烈士。姨夫被连夜送到公社革命委员会，接着就劳改了一年，锁骨和肋骨就是那时被打折的。等他劳改期满，他的一个孩子已经死了。据说他没有改造好，回来后仍旧四处流窜偷粮食，养活了一家人，直到包产到户后才洗了手。

姨夫至今活着，现在生活也算富裕。应该说他是幸运的一个。我至今仍清晰地记得邻村那位姓金的老汉瞪着老大的眼睛，后来我才懂得那就叫死不瞑目。

那时我已上小学了。我们大队有五个小队，学校在一队。中午放学回家的路上，见有两个民兵押着一个老汉游行。那民兵背着真枪，老七九。羡慕得我们一路跟着看。被押着的老汉个头高大，头发花白，背上背着一大捆麦子，刚割的，麦穗随着他走路的节奏唰唰响。他走得很沉稳，不紧不慢；汗水从他的脸上淌下来，滴到衣襟上湿透了一大片，他的手被捆着。指头一般粗的麻绳，深深地勒进他的肩膀。他的表情非常平静，眼神里没有羞愧、愤怒或者绝望。他一直那样不紧不慢地走着，跟没背东西似的。他不能停下来，他必须背着那一捆麦子，从一个小队到另一个小队，直到转完五个小队。我从一队一直跟着游行队伍，过了二队到三队，我们村是三队。

村口有一条水渠，不到一米宽，没流水，渠底淤着烂泥，所有的人都是跳着过去的，很容易的事。但金老汉没有跳过去，栽倒在烂泥里，那一捆麦子捆死在他的背上，也陷进烂泥里。他拼命地往起爬，一切努力终归是徒劳，他实在没了气力，就闭着眼在烂泥里歇息。那两个民兵说，就让他缓一会儿。两个民兵就背着枪去村里找水喝。我们也都各自回了家。等我们吃完饭去学校时，金老汉已经死了，还是那个姿势斜躺在烂泥里，眼睛却瞪得老大，眼仁儿快要蹦出来了，只是没了光，散了神，让人害怕得不得了。几只苍蝇在他的鼻孔边嗡嗡地飞绕。渠边围了一大群人，准备把他弄出来。我听支书说，反革命分子畏罪自杀，自决与人民吧。

那是我见过的第一个死人，那么真切，尤其是那眼睛，有好一段时间，我晚上不敢闭眼睡觉，一闭上眼睛，满世界便是那瞪得圆圆的、无光无神的眼睛。小时候所做的梦，最恐怖的是死人瞪着我看，常常在黑夜里，被那种梦魇惊醒。

节　日

提起节日，我总会想起几十年前的六一儿童节。

一般情况下，儿童的节日总是与欢乐之类相联系，而那个节日之于我却是沉甸甸的一份记忆，永远地搁浅在我心灵的最深处。

离六一还有一两个星期，我就开始盘算着怎样吃那一个煮鸡蛋和喝那一瓶白糖水了。在我的记忆中，属于孩子的那种节日的欢乐并不重要，重要的是在那天能够完整地吃下一颗鸡蛋，尽情地喝完一瓶甜得要命的白糖水。节日最重要的内容似乎就是这一吃一喝。这是在平日里无法享受到的待遇。我知道妈对那两只瘦骨嶙峋的老母鸡盯得很紧，家里称盐倒煤油的重任，全在它们身上驮着。我们哪里敢吃掉一颗鸡蛋呢？

但六一这天是特殊的，即便是我不止几十次地提醒妈，妈也决不会忘记在前一天晚饭时悄悄往锅里放进一个鸡蛋。这时我总是趴在厨房门框上偷偷监视，或者找借口帮妈烧火，以便看着那只鸡蛋在开水里翻滚的情景。节日的快乐被我提前消受了。而且这一晚我决不会提起那颗煮熟且浸泡好了的鸡蛋，我知道它迟早属于我。但我却会在梦里梦见它，嫩白的蛋白，黄澄澄的蛋黄，那种香啊，真会香破头的，三天后打个嗝，还是一股蛋香味。

我会想象，六一上午的活动已经结束，到了中午，同学们便会围在一起，各自从书包里掏出早已准备好的午餐，在欢声笑语中享受节日的乐趣。那时我已经是饥肠辘辘了，我也会掏出那颗抚摸了无数次的鸡蛋，那时的同学们每个人都会有一颗鸡蛋，像是大人们约定俗成的。我会仔细地剥去蛋壳，不让一点点蛋瓤粘到蛋壳上，蛋壳里面附着的那层薄皮也要留下来，不能叫蛋壳粘了去，然后慢慢地一小口一小口吃，用牙尖刮着吃，吃得耐心细致。先吃蛋白，等蛋白吃完了，再吃那圆圆的蛋黄。这时更不能急，绝不能在别的同学吃完前吃完自己的鸡蛋。其实那不是在吃，而是在用牙齿雕刻，雕刻的过程会使我精疲力竭，而最终，鸡蛋消失了，吮吸牙齿间残留的余香时，巨大的后悔便弥散开来，为什么不再慢一点吃呢？一颗鸡蛋根本不会满足我的饥肠。我会奢想，要是妈能给我煮上十个或者二十个鸡蛋，那该是多么幸福而辉煌的场面啊！煮鸡蛋一定是世界上最美味的食物。

但悲剧还是发生了。

不能怪妈。妈还是和往年一样，尽了最大的责任和爱心。是我那双破损的鞋背叛了我。那双鞋是妈用碎布片做成的。我一年只有这样的一双鞋可穿，无论春夏秋冬。家里没有布，那些碎布片还是妈平时捡的或者向邻居家媳妇们要的。即使有布料，忙里忙外的妈也没有时间为我们姐弟五人每人做出更多一双的鞋。那双鞋是过年时新穿的，尽管十分珍惜，天稍暖和时或者下雨天，我都把它装进书包里，让它休养着。即便如此，它还是不可避免地裂了帮，还动不动就掉。而六一这天，不穿鞋实在太烂了，要走十几里砂石路到另一所学校去联欢，脚会磨破的。

那天我起得很早，妈在我的书包里装了一块麦麸烙的馍，还装了那颗前一日晚上煮好的鸡蛋，还有一瓶凉水，她没有忘记取出一小包不知存了多长时间的白砂糖，倒进水瓶里。我一百分满意地向学校走去。我知道我的书包里装着节日的快乐。我不时地把手伸进书包，触摸那颗让我痴迷让我兴奋让我幸福的鸡蛋。

我们上学的路上必须经过一条水渠。那条水渠没有桥，有一米多宽一米多深。就在我跨过水渠时，我那双破烂的鞋无情地将我出卖了，其中一只鞋掉进了水里，像小船一样顺水漂走了。我便拼命地爬到水渠边上打捞那个“叛徒”。我知道还有几个月的时光，得靠它帮我度过。叛徒是我后来给它的定义。在当时,它是我的命根子,我不能丢了它。

鞋子终于被我抓到了，但我的鸡蛋和水瓶却乘机从我斜挎着的书包里逃跑,一齐钻进流水里不见了影踪。我不敢跳进流水里去抢救我的丰盛的节日宴,我怕丢了小命,那时我不到十岁。

接下来的事情很模糊。哭是肯定的。对一个不到十岁的孩子,眼泪能够表达一切。那个节日是怎样度过的,我无法叙述,因为此时我的情感已经失重。我不能再写下去了,我的内心在经历着一场丰沛的雨水。

我只能说,那个节日是灰色的,那个时代是灰色的。

火炉

天气渐凉以后，我总是想到火炉。

单位上已经在请人维修锅炉管道，晚上都在加班，叮叮咣咣一直吵到半夜。小区的门口张贴着催交这个年度取暖费的公告。山里的气候四季分明，白天有太阳时，尚不觉得寒冷；夜里或者天阴的时候，屋子里已经很是寒凉，坐在地上，总觉得腿脚处不舒服，被冷气包裹着似的，不得不开着电暖器或者直接上床盖了被子躺着。

季节的脚步走得如此匆忙而固执，一刻都不肯停下来。炎热的夏天早已走远，连一丝背影都看不见了，秋天似乎比夏天更加匆忙，仿佛急着回家的旅客，顾不得和路人搭讪就溜过去了。几场霏霏的细雨之后，凉飕飕的秋风就吹了起来。人们一个个都突然间胖了许多，秋衣或者棉衣加身，少了夏日的淡薄清爽。天更加蓝、更加悠远了，但好像没有看见几次天空，湛蓝的天空飘浮着几朵悠然的白云也被疏忽了。这样的情景一定有，山里的天空没有被现代化的建设污染。这里没有大的工厂，几个小规模的淀粉厂不足以对我们的天空造成威胁。看见过浓烈的雾气飘逸在山腰和田野的景象，但没有看见过南飞的大雁。好多年都没有见过大雁了，许多鸟雀都没有见过了，不只是大雁。十几岁的孩子，要是看见天空飞过“人”字形的雁阵，听见那嘹亮而悠长的鸣叫声，一定不知道是什么鸟，还以为是什么新发明的飞机呢。

季节的脚步如此飞快，没有什么力量可以阻挡。这些感觉是近年来才有的，原来总是感觉不到时间的流逝。还有一种感觉，那就是时间的力量。这种力量之大，无法用算术来计算。时间非常慈悲公平，也非常残酷无情。要是有上帝存在，那么上帝就是时间，无处不在，无比强大，没有任何事物能够超脱时间而存在。在时间的河流里，生命渺小、卑微、短暂。我终于懂得了什么叫白驹过隙。

我总会想到母亲。母亲飘扬的白发、佝偻的身影以及她絮絮叨叨的话语，还有她亲手做的滚烫的洋芋面。母亲住在老家里，老家的土屋里也该如此冰凉了吧。母亲此刻一定是蜷曲在热炕上。母亲不喜欢坐沙发，一辈子了，只要闲下来，她总是坐在炕上。一坨热炕是母亲的奢望。许多农村里的老年人，所有的要求就是一坨热炕、一碗热饭。事实就是这么简单，我没有丝毫夸张。

我们家在冬天里有真正意义上的火炉是二十世纪九十年代的事。更早些时候，家里也有过火炉，但那不是用来取暖的火炉，那是真正的红泥小火炉。提起小火炉，我总想到那首古诗："绿蚁新醅酒，红泥小火炉。晚来天欲雪，能饮一杯无！"不知道我家的小火炉是不是古诗里的小火炉。白居易老先生的小火炉，在严寒里流露着温馨的浪漫。他在那个下雪的夜晚，就着火炉喝茶品酒，与朋友畅聊，日子该是相当惬意的。而我家的小火炉不会有那样的浪漫和惬意。我只是从红泥那个词上联系到了这首诗。我家的小火炉里燃烧着寒酸、凄苦、贫穷和酸涩的记忆。

我家的小火炉确实是红泥做的，高一尺余，圆柱形，中间炉腔杯口大小，下面火刺用铁丝扭成，底部是空腔，有一风门。父亲用红胶泥和了短发丝细麦衣手工制作而成，坚硬光滑，火腔乌黑，燃烧后火焰非常利落，但很沉重，那时候我几乎抱不动它。我家的小火炉虽然很是精致，只是我们很少使用。它长时间默默地蹲踞在家里的某个角落里，廊檐下或者土窑内，表面积满尘土，炉腔里塞满杂物，有时候甚至被老鼠用来做窝。那个时代，家里很少有茶叶存放，当然也不会有煤炭，所以小火炉从诞生的那一天开始就注定了寂寞的命运。

父亲虽然亲手做了小火炉，估计也只是一时兴趣所致。那时候，他没有喝茶的习惯，甚至连喝开水的习惯都没有养成。但家里没有一个小火炉似乎说不过去，偶尔会有亲戚光临，没有一杯热茶招待实在过于寒酸。所以，父亲做了那只火炉，好像是一个理想，他希望或者想到将来要过上有茶叶的日子，亲戚来了可以熬上一杯热茶招待。父亲的寄托竟然那样漫长，有好些年月，日子并没有因为理想而改变，家里依然没有茶叶，火炉依然像废物似的冷落着。

记得有几次，舅爷或是舅舅来了，父亲尴尬地抱出了火炉，甚至点燃了柴火，是树根劈成的小木块，火焰在炉腔里热情地燃烧着，舔舐着漆黑的茶罐，水已经在茶罐里沸腾了。父亲在擦拭着茶杯，已经准备着为客人斟上一杯浓烈可口的罐罐茶了。可父亲心里明白，家里没有一丝茶叶可以放入茶罐。每当这个时候，大伯总会及时出现，变戏法一般使我家的火炉完成了一次次重大的使命。当淡淡的茶香在屋子里弥漫的时候，我的内心会充满节日的愉快和满足，觉得那个小火炉温情而高贵。

我的记忆中，大伯非常慈详而随和，没有父辈们的严厉和苛刻。大伯老年时命运不济，大脑萎缩，几乎痴呆，晚年时痛苦不堪，最后自缢。生命何其无常，大伯走了好几年了，父亲也随后而去。我时常想，他们弟兄俩在那边还是那样相濡以沫吗，还会相对静坐，熬着喝罐罐茶吗?

我家的红泥小火炉的结局不知所终，毕竟它没有多少用途，形同废物。只要弃置于院子里，一场雨水就可以毁之于无形。以泥土而成，归于泥土，这是必然的命运，没有什么可以逃脱，即便是肉体的生命最终也注定要回归于泥土。人的一生也许和一只红泥小火炉的意义等同，最终都是归于虚无。

我家究竟什么时候有了一只铁制的小火炉，我的记忆很是模糊。只记得四叔不知道在哪里搞到了一截钢管，有大碗口那样粗，用钢锯截成了几节，是制作火炉的好材料。四叔的手艺非常好，他用钢管做了炉身，用灰铁皮做了炉面、炉底，底上还安装了三只用钢筋做的炉脚，漂亮极了。那时候，已经可以买到一些煤炭，用煤炭烧起炉火，坐在周围可以感觉到温暖，烧茶水既快又少烟。那种铁制的小火炉几乎成了乡村生活富有的象征。

村子里几乎每家都有那样的小火炉，有的用木材烧，有的用煤炭烧，只要家里来客人了，喝罐罐茶已经成了招待的礼仪。我家里当然也没有缺少那种铁制的小火炉，家里也开始经常有茶叶存放在茶叶罐里，另一个盒子里还有一些白砂糖或者红糖。父亲喝茶的习惯就是那时候养成的。记得每天天不亮，父亲就点燃了火炉，开始熬罐罐茶，一边喝茶水一边吃馍馍，一直喝到天亮，然后下地干活。火炉里剩余的柴火自己燃烧着，红得透亮，在炕头上散发着温暖的光晕，直到渐渐熄灭。父亲闲下来时，喜欢用斧头劈一些木材，将其存放在廊檐下，干透了作为火炉的燃料。

那种铁制的小火炉不能用来取暖，取暖用的火炉大概在二十世纪九十年代逐渐在乡村里推广开来。火炉是生铁铸成，方面，圆身，下面有三只脚支撑着。早些时候，只有在机关单位、干部家里可以见到，那是身份地位的象征。机关单位干部可以分到煤炭，绝大多数老百姓没有那个能力或者殊荣。我们家里有了第一只大火炉，村子里每户人家早都已经有了那样的火炉。寒冷的季节，火炉立在地上，炉腔里的煤炭热烈地燃烧着，烟筒伸出廊檐，徐徐地冒着白烟。屋子里总是温热，即使坐在地下的椅子或沙发上，不至于腿脚冰凉。日子也因此变得温润而满足。节俭的家庭，火炉里只是续着火，没有熄灭，用封火盖封着，来人了要炖茶或者自家炖开水要么是实在太冷了才捅开来。

我的父母亲一直保持着这种习惯，平时不让火炉无故燃烧。父亲得病的那些年，他瘫痪在炕上，看着火炉没封，总会喊着母亲赶快封了火炉。有时候我们在家里让火炉一直烧着，父亲就念叨着太浪费了，每一块煤炭都是钱买来的，烧的是钱啊。我们只好封了火炉，看见父亲脸上路出赞许的笑容。那个时代已经够让人怀恋了，但给每个住人的房间里都安上火炉也是很奢侈的事情。一般的家庭，都是在上房里安个火炉，其他年轻人住的房子很少有火炉。有一家婆婆说，媳妇子的房子里哪能有火炉子呢。虽说这句话到现在还当笑话传说着，但在当时却是事实。

最近几年，那种铸铁的火炉已经退位了。各种式样的烤箱成为流行的取暖家具。烤箱干净、体面，燃烧快、散热快，烧开水、做饭、烤馍、烧洋芋等，快捷方便。村子里的人入冬之前必须要做的一件事情，就是要拉够一个冬天烧的煤炭。住人的房子里，没有火炉的已经很少见到了。生活确实好了，饥寒交迫成为一个过时的词语。但愿这个词永远不要出现在我们的生活里。母亲房子里的火炉，多时还是封着，就像她吃完饭要舔碗一样，已经是一种固有的习惯了。但每年过年时间，她总是提前好几天把其他几个屋子的火炉烧着，一直不封火，每天操心着添加煤炭，好让屋子里热得透透的，等我们回家过年。母亲说，屋子时常不住人，寒气渗人，得早点把寒气驱散了好住人。我懂得母亲的心思，在母亲的身边时，总能感觉到火炉般的温暖。

秋天倏忽而逝，冬天的脚步日渐清晰。温暖注定成为一个温暖的词语。现在是暖气时代，可我总是会想起热炕和火炉，那是摸得着看得见的温暖，是承载着亲情的温暖，是让人难以忘怀的温暖。

明天该回家给母亲安火炉了。

南瓜饭

想起南瓜饭时，自然想起老家的热炕。其时一定飘落着霏霏的秋雨。

先说热炕吧。山里人家，不论人口多少、家底薄厚，少不得有一盘土炕。盖了房子，首要的是砌炕，其他家具都在其次。没炕的房子空落落的，缺少家的气氛，只要炕热起来，家的轮廓便渐渐清晰。木格窗里的窗花，门楣上的辣椒串，屋顶的炊烟，是山里人家的象征。我觉得飘逸在屋檐下的炕烟更写意，透出一丝温暖来。

土炕完全用泥土砌成，占去了屋子的大半空间。做土炕，就要老早打好炕基，四块、六块或八块。炕墙围起来后，里面立好炕脚，上面铺上炕基，要紧凑，留不得一丝缝隙，先用粗泥幔，再用细泥幔，直到光滑得不落一星泥巴，才算成功。然后给炕洞里填了牛粪、麦衣、烂柴草，一并点燃了烘干。这样还不行，怕潮，再在炕面倒上麦衣，焐几天，叫发汗。这样的土炕冬暖夏凉，确是实惠。我真佩服我们祖先的智慧。父亲是砌炕的好手，我给他打下手时也学会了砌炕。但那手艺一直没得用。

原来，我们偌大的一个村子，见不到一张木板床。席梦思沙发之类的是最近几年才兴起。家里来了客人，第一要紧的是上炕，先炕上坐了，再拉话、抽纸烟、喝罐罐茶，然后吃长面。上炕坐是抬举客人的礼仪，长辈或者客人要坐在上罡子，晚辈在侧旁陪着。同一盘土炕，位置尊卑不同，坐错了会失礼。家底殷实的人家，竹席上还要铺上羊毛毡、褥子、床单，自是舒服排场。穷人家就一片光席，但只要热着，日子也就温暖得过去了。我见过穷的没有炕席的人家,炕面磨得光滑,像上了一层釉,几个孩子在炕上打闹,一炕的欢乐。小时候家里穷,满炕一张竹席、一床被子。冬天里,全靠那一坨热炕活命。晚上脱得精光睡觉,早晨起来,身上印满了竹席印,我和哥哥就裸着身子比谁身上印子多。那时候不懂饥寒的愁苦,缺衣少食,但不缺少欢乐。下雨下雪的日子,母亲不出工,我们便围坐在炕上,听母亲说古经。母亲手里做着针线活,嘴里说着优美的古经。她的古经永远说不完,我们也永远听不够。母亲给我们说了多少古经,记不清了。我能够记起来的有《忘恩背义》《雀儿皮袍子,老鼠皮褂子》《狗找朋友》《黑麻白麻长虫》等。那些古经是民间的经典,也是我喜好文学的启蒙。

稍长大一点后,我的嗜好是和几个同伴一起挤在谁家的热炕上打扑克。大人们一圈,小孩子一圈,大人们赌纸烟,我们赌杏核。那是我半生中最欢乐的日子。现在的日子什么也不缺,唯独没有那样的欢乐。近年来,土炕在悄悄变样:普遍小了,精致了,炕墙贴上了漂亮的瓷板,干净得很。光席的情景少见,大都苫着花床单或油布,被子有棱有角地叠放在炕角。土炕的热度没变,那种热不像电褥子的热,不像炭火炉的热,那是一种熨帖的热,充溢着牛粪羊粪味的热,满含着家的温情的热。

接着说南瓜饭。南瓜饭与热炕有扯不开的瓜葛,只有盘腿坐在老家的热炕上,才能吃出南瓜饭的真实味道来。

我们那地方不叫南瓜,而是叫番(音)瓜。南瓜长在山台的旱地里,经过一夏天阳光的暴晒,皮儿变成砖红色,普通的有篮球大,大的有几十斤,一个人抱不动。秋天时搬回家来,放在屋顶上继续晒,直到瓜皮木化了,硬得刀都砍不开。这样的南瓜才算面饱味足。

母亲知道我最喜好吃南瓜。我忘不了母亲每年都在菜地里点上几窝南瓜,精心地压蔓、施肥,侍弄的每个南瓜都是精品。储藏好了,等我回家时她亲手做给我吃。农家肥种出来的是上品,味足,有一股原始的泥土清香,还有阳光的味道;施过化肥的,虽然长得肥胖些,味道上总是觉得虚假。母亲不惯用化肥,她种的菜味儿就是纯正,比如白葱、萝卜、洋芋等。也许不仅仅是菜的原因,有些味儿说不清。我最喜欢吃母亲做的饭食,这一点很明确。

秋雨季节，是吃南瓜饭的最佳时间。雨不大，却不停，淅淅沥沥的，时紧时慢，和斜躺在炕上的父亲的鼾声合拍。我爬在窗口看帘子一样垂下来的廊檐水，看院子里水滩上被雨滴溅起的小水泡。我会把木格窗撑起来，把头伸到窗外，数雨泡。我从来没有数清过一次，但仍然乐此不疲。雨小的时候，我会和哥哥一起站到院子里比赛着喊“毛毛雨，大大下；一点一个泡，大雨往下倒”。母亲怕我们淋雨感冒，就把我们的活动范围局限在廊檐水帘子以内，我们便伸长了舌头接廊檐水，或者在廊檐水里洗手，最终衣服鞋子都湿透了。母亲把我们赶到炕上取暖，自己戴一顶破草帽，出来进去的忙。母亲在院子里淋着雨水忙碌的情景，是我记忆中一幅永恒的图画。炕被她煨得温热，屋子里潜散着淡淡的一丝柴烟味。

当母亲蹲在地上削南瓜皮时，我就知道又要炖南瓜饭了，做南瓜饭少不得苦杏仁。我便抓来一捧杏核在炕沿的砖头上打，炕沿的砖头上有一个圆圆的小窝，是我打杏核时磨出来的。母亲做南瓜饭的主料是南瓜块、洋芋块，佐料是清油、杏仁、食盐。杏仁要炒熟了，用刀背垛成碎泥，等南瓜和洋芋快炖熟时撒进锅里，随即一缕香气便在厨房里弥漫开来。我总是耐不住性子，跑到厨房里看母亲做饭。母亲就给我几颗炒熟的杏仁解馋。她不多给我，就几颗，掐去尖。母亲说杏仁吃多了会中毒，尤其是生的，千万吃不得。可我总是禁不住那苦涩中隐藏着的香味儿的诱惑，不时偷着吃几颗，心里充满巨大的恐惧，万幸一次也没有被毒倒。

南瓜饭熟了，雨水还没停下来。我们一家人围着炕桌吃饭，头凑在一起，满屋子吸溜声。

南瓜饭吃多了胀得慌，却不经时，很快就饿了。但那味儿悠长，悠长的人一辈子都不想忘记。

杏熟时节

宿舍门前有两棵树，一棵杨树，高大，挺拔；一棵杏树，依杨树而生，虽低矮，长势却喜人，树冠圆圆的，墨绿色的叶子浓密而舒畅。今年年成好，杏花开时，没霜冻，也没刮风，杏子结得繁。印象中，有一树白花开得非常灿烂，“花褪残红青杏小”的情景被我忽略了。直到有一天午后，几个孩子爬在树上摘杏子，我才注意到，那一串串绿的、黄的杏子，真是硕果累累，煞是诱人。忍不住吃了两颗，酸中带甜，又鲜又嫩，算得上美味。

我的思绪也酸酸甜甜地飘回到往昔去了。

小时候，能吃到的唯一的水果，就是杏子。苹果、梨、桃子等，知道名字，也见过，就是没吃过。橘子吃过一次，是三叔从新疆回来时带了几个，我分到一个，当时不知道名字，拿了就啃，却苦地直咧嘴，想扔掉，又舍不得，看别人剥开皮，才知道要剥了皮吃。核桃、枣子每年过年时都能吃到；年三十晚，父亲会公允地分给我们每人几个核桃、枣子和水果糖，拣大的吃一两个，小的要留着滚窝，运气好时，还能赢几个。其他的水果，名字也没听说过，莫说吃了。每年杏子成熟的时间，姐姐总会回娘家来。姐姐嫁在山里，家里光阴穷，有吃没穿的，常常对着母亲抹眼泪。日子困难，买不起走娘家的情（礼物）（我们家族户大，亲远十几家），在娘家人眼里便低了一头，不如人。但她家有好多杏树，杏子熟时，她会背上一大袋子，好几十斤，冒着酷暑烈日，赶几十里山路，走一回娘家；看着娘家一大帮人争着抢着吃杏子，像过年一样热闹，姐姐似乎体面了一回。我不知道漫过她脸上的是汗水还是泪水。

我家没有杏树。邻居张家和村东头的刘家杏树最多。张家的杏子，等不到黄，早被我们偷得精光；他家园子墙低，就在路边上。哥哥蹲在下面搭个架，我就上了墙，拉过一支较粗的树枝，一下子荡到树上，捡结得繁的嫩枝，一阵猛折，哥哥在下面接着，兼顾放哨，见有人来，喊一声，我便跳下来，一溜烟跑得没了踪影。张家老汉心疼他的树，见折了嫩枝，少不得骂上一回。惹得父亲常常给他抵上旱烟锅，赔着笑脸赔不是：娃娃家不懂事么，张家爸您老就担待着些……张老汉便消了气，远远望着我们喊：再不敢折树了，再折看我不打折你的腿！我老远站着嘿嘿笑。瞄着他下地去了，噌的一声又上了墙。从刚出花苞的青杏到酸的倒牙的绿杏再到又酸又甜的黄杏，哪一棵树上是甜核，哪一棵是苦核，哪一棵味道好，哪一棵黄得早，我都一清二楚。有一次不小心，踏折了树枝，倒栽下去，跌进一丛苋麻丛，等爬出来，脸上、手上、胳膊上，凡是露着的部位，一片一片全是红疙瘩，又痛又痒，我感觉就要死了，满地打滚，哥哥吓坏了，背着我一蹦子跑到蒜地里，挖出一大把独朵蒜，打得稀烂，见肿的地方就抹。痒是止住了一点，肿却连成片，有的部位快要出水了，脖子肿得连出气都困难，差点就要了小命。那丛苋麻被我连根挖出烧掉了才解恨，偷杏子的毛病始终没改，只是以后看见苋麻就觉浑身难受。

刘家的杏子，从来没偷过。他家的杏树全在大门前，没围墙。靠边的一棵树上，拴了一只大黑狗，缰绳有几米长，足够围住所有的杏树。那只狗恶得像只狼，会吃人的。我曾经动过毒死那只可恶的狗的念头，可惜没弄到毒药。杏子黄了的时节，我们经常在那些树周围转悠，或呆呆地望着那一串串果子解眼馋。

刘家有一个小女孩，叫杏儿，是个兔唇，上牙齿白白地露着，沾满鼻涕，穿一身碎花汗衫，脏得辨不出颜色，却是很灵性的。我们常在一起耍，就叫她豁豁。母亲和她娘说，把你家杏儿给我家正儿当媳妇吧！她娘满口应承，能行，能行。我嫌脏，杏儿却羞红了脸，在袖口上抹一下鼻涕，偷偷地看我。杏儿会趁没人时，把我的帽子刁去，很快端出一帽碗新鲜的黄澄澄的杏子,个个都是最好的。杏儿说,想吃杏儿,就喊我。然后脸红扑扑地跑了。哥哥想吃杏时,就怂恿我,向你媳妇要杏子去。我便换了一顶大帽子,看见杏儿,老远把帽子扔过去,躲在墙角等着,那种自豪劲儿,仿佛我是支书一般。我不记得我是否说过,等你长大了,把豁豁补上,就给我当媳妇。后来我一直上学,很少再见过她。直到我做医生几年后,她带着孩子来看病。笑着说,豁豁补上了,也没给你当成媳妇,娃都这么大了。你大概忘记了吧。她笑得很开心,看得出来,她现在过得很幸福。

我家至今没有一棵杏树。我曾经梦想要有一大片杏树林,春天是一片白的花,夏天是一片绿的荫,秋天是缀满枝头的黄澄澄的果。我可以躺在树底下,不用动手,只张着嘴,等着熟透的杏子落进我的嘴里。我是那样渴望有一片杏树林。有一段时间,见了小树苗就往我家园子里移栽,费了好大的心机,宝贝一样守候着,浇水,避阴凉,一棵也没有移栽活。有一年舅舅带来一包大杏子,桃子那么大,味道特别鲜美。吃完后突然想到种杏树,就在院子的墙脚下埋了几颗杏核,不料第二年夏天,真有一棵小树苗长了出来,我高兴得像娶媳妇似的,便用碎砖块垒个圈,生怕它飞了,天天守着看,盼着它快点长大,快点结出大杏子。夏天浇水,冬天堆雪。那杏树也懂人意似的,长得健壮挺拔,一年一个样,几年就冒过了院墙。但那时我已很少在家待了。母亲说,那棵杏树已结了好几年果子了,桃子一样大,香得很,每年都给我留几颗,却总是等不住,坏了。我始终没吃到那棵树上的杏子,连一点印象都没有,也好像没多少遗憾。直到前年,老院子的房子要翻修,新房子扩展了许多,被那棵树挡住了。我才注意到那棵杏树,树干已经碗口粗了,修长而挺拔,不像其他的杏树,低矮而屈曲,树冠蓬勃浓密,叶子鲜嫩墨绿,圆似桃形,已覆盖了半个屋顶,其时近立夏,细嫩的枝条上缀满了一串串青杏,指头大小,玛瑙似的晶莹,树下一片绿荫,就像一把撑开的大伞。我的思绪一下子被拉到了往昔,那一串串青杏仿佛就是我欢乐而鲜活的童年。工匠催了好几遍,我都没出声,我不能做出挖掉那棵树的决定,那每一片叶子都隐藏着我的快乐,那每一根枝条都编织着我的梦想。我犹豫着……后来有人建议:锯掉树头,可以移活的。我便在这愚蠢的建议下，干了一件愚蠢的事，那棵杏树最终还是死掉了，就像我小时候从野地里挖来的小树苗一样死掉了，虽然我动用了最大的人工，几乎没伤着它的根，连着一大块土一起移过去，当时就浇了水，以后几天连着浇水，锯掉头的上面涂了泥，还用黑色的塑料袋包裹了的，但它还是一天一天枯萎了，死掉了。这件事让我伤心了好一阵子，好像我的童年我的过去随着那棵树一同死掉了一般。

温暖的落叶

一场秋雨一场凉。中秋节过后，天气时阴时晴，太阳出来时，还是很热的。但更多的已经是阴雨天气，浓浓的灰云挂在天空，就像一团浸满水的脏棉絮，一不小心就落下了一场雨，淅淅沥沥地下着，直下得满世界都湿漉漉的，廊檐水让人心里慌慌，只盼着天晴。天果真就晴了，山川树木都变得清爽而干净，接着就有风吹过来，夹着丝丝凉意。谁也没在意，秋天深了，落叶便像花蝴蝶似的满世界飞舞了。

小时候，在这个季节，我常常跟姐姐扫树叶。姐姐背大背篼，拿大扫帚，我背小背篼，拿小扫帚，像跟屁虫一样跟在姐姐后面。我不会扫，只是给姐姐做伴，帮着占地盘。姐姐要在落叶的那些日子里，把院旁土坎下那一口大窑洞里堆满树叶。从树叶刚开始飘落到所有的树只剩下光秃秃的枝杈，她一直要扫，要把她见到的所有的树叶，全背回去，圈在我家的窑洞里。圈住了满窑洞的树叶，也就是圈住了一个温暖的冬天。姐姐的眼睛里充满了喜乐。

我们总是在天麻糊亮或者更早起身，起迟了，树叶早被别人扫光了。晚上刮过风，落叶一定比平时多，而且早晨也就格外冷。天还没有亮透，天上稀稀落落剩下几颗星，冷冷地眨眼；空气里充满潮湿的水气，是晨雾或者霜冻。东边的天空透出一片白，天空旷而高远。横卧的山峦，灰蒙蒙的，像条巨蛇。田地里还没割倒的玉米，在晨风里哗哗地响着。我的一半在炕上的热梦里，一半却在冷风里瑟瑟发抖，一边摸着鼻涕一边拉姐姐的后腿，指望着姐姐和我一样想，好回去继续那半截子热梦。姐姐却拉着我使劲儿跑。姐姐说，把身子跑活络了，瞌睡跑了，也不冻了。我就为了温暖而猛跑，不时停下来勾起鞋，背篼敲打着屁股。

出了村往东，过小河，河面上横着一棵弯弯的大柳树，背向上弓起，算是桥。我不敢过，就蹲到姐姐的大背篼里，被背了过去。再穿过一片田地，就到了那条公路上。公路两旁是两排高大的柳树，据说是刚解放那几年栽的，全是毛头树，枝叶茂盛。等我们跑到公路上时，身上早已热透。姐姐圈住一大片落叶，我在一边看守着，她慢慢地向中间扫，落叶在她的扫帚下渐渐变厚，再变成一座尖尖的小山。扫帚在清晨的寂静里响着，精瘦的落叶在扫帚尖上跳舞。有的落叶正在颤悠悠地从枝上往下落，向树枝告别，走向生命的归宿。树叶在微风中欢乐地舞蹈。我有时会爬上那些大柳树，折一根长长的树枝，骑在树上，一阵抽打，把那些还不想走的树叶们赶下来。它们是不是在抱怨我呢？它们一会儿窃窃私语，一会儿哗啦啦大笑。那些清清的露珠，是不是它们伤心的泪呢？

姐姐扫树叶的手艺很好，扫帚在她手上，好像通了神，只把落叶一片不剩地往一块儿召唤，而那些混迹在一起的土疙瘩、石子，只在原地打着滚。姐姐是老大，早已为父母分担了一份家务，冬天取暖的责任由她背着。有一次，在一片杨树林子里，姐姐圈了老大一片。杨树叶片大，脱落快，有时一夜间就全落了。姐姐估摸着能扫几大背篼，正高兴呢，二愣子跑过来要抢着扫，姐姐发了疯，抡起扫帚把就要打起来，我正拿一根长棍打树叶，蹦过去助阵。老癞子看见了，就骂二愣子把你个驴日的，亏你先人去，没本事就知道欺负女娃。二愣子便悻悻地走了。我吓得直打抖，姐姐也黄了脸。深秋的日子里，姐姐总是把树叶一背篼一背篼背回家，倒在院子里晒干，然后装进窑洞里存放。天寒地冻的时候，那些树叶便在我家的炕洞里燃烧着，温暖着我们贫穷而凄苦的日子。

那条土石路十年前就修成了柏油路，那些大柳树也早被挖掉了。新的护林带已渐渐长了起来，只是很少见到有人扫树叶。但我看到落叶时，总会记起那些寒冷而温暖的日子，总觉得那些落叶里蕴藏着巨大的热。

自行车

门诊楼前的院子里，立着一辆自行车。

院子里停放着许多车辆，有时兴的小轿车，有摩托车，也有很多款式新颖的自行车。现在的人离不开代步工具，几乎每个人都有。每天都有很多车辆，来了去了，没有什么特别，也不大引起别人关注。

那辆自行车很特别，很扎眼，像天鹅群中的一只丑老鸭，像一群年轻人之中站立着一位老头，过时、陈旧，老态龙钟、快要散架的样子。

那辆自行车确实太老了，本该早就进入废品收购站，或者进入钢铁厂回炉了。但它仍然立在院子里，说明它仍然是一件可以使用的工具。那是一辆加重自行车，缺少了很多部件，从大架的样子上，一眼就可以辨认出来是飞鸽牌。像我这样年龄的人，大抵都经历过那个时代。在这里我定义为自行车时代，现在应该叫作汽车时代，中间有十多年为摩托车时代。自行车时代曾经流行过三种牌子：飞鸽、永久、红旗。还有一种牌子叫凤凰，是轻便型，包链盒，轻巧些，也高级一点，一般乡下路面上很少见到，相当于现在的奥迪、奔驰轿车一类。

因为我对飞鸽牌自行车车型样子的熟知，也因为看见那辆破旧的自行车时，心里突然间产生了一种震颤。仿佛突然间穿越往日岁月之中，久违的稔熟，亲切而伤感。相信这辆自行车的主人是一位保守而怀旧的人。最近一段时间，常常会有这样的感觉，看见旧物件时，总会无端地带回到过去的时代里。比如老家麦场边废弃的石磨，一盏被尘土包裹了的煤油灯，一个快要散架的算盘，等等。那些老物件上面似乎被施以魔法，让我忍不住想去抚摸。那些老物件上面有岁月的沉淀、时光的痕迹、生命的包浆。我也是一个喜欢怀旧的人。

二十世纪八十年代初，一般的农村家庭不敢做拥有一辆自行车的梦想。骑着自行车在村道上奔驰的身影，是一道特别的风景，那是身份地位的象征。即使用脚后跟思想，也知道主人一定是一位脱产干部。脱产干部曾经成为一代或几代人的梦想，如同更早些时代里中举人，更晚些时代里考大学一样。鲤鱼化龙的情结在我们的基因里遗传着，也许是我们这个民族的一种文化传承。不论取得的途径如何，几乎所有的人都在努力着，以期进入更高一级的序列。不能苛责这种促成进化的动力，但我仍然担忧，一个基因片段的缺陷有时候是致命的，一种文化对一个民族的繁衍也是同样。到了八十年代早期，自行车开始在乡村流行起来。那个时候购物指标渐渐变得可有可无，曾经有价值的布票粮票之类，也趋于作废。

我家拥有的第一辆自行车是飞鸽牌的。价格多少，我不知道。我从父亲略显神秘的样子上感觉到，应该是一笔很大的数目，或者是一家人全年的收入。那时候村子里拥有自行车的人家还很少。父亲托了熟人，从几十公里外另一个镇的供销社里买回了那辆自行车，新崭崭，黑色，锃亮，仿佛黑色的闪电，令人炫目，令人内心不由自主地想歌唱或诉说。据说那个指标没有相当的关系很难搞到手。父亲半夜里起身走了，直到天快黑时骑着车回到村里。我没有到村口去迎接胜利归来的父亲，但我想象父亲骑着自行车穿过村道时的表情一定非常复杂。第二天，父亲骑着自行车，带着一斤白糖、一瓶罐头、二十颗鸡蛋去感谢那位帮忙搞到指标的人。我们全家人内心里都充满了感激之情，仿佛遇到贵人相助。那二十颗鸡蛋是母亲积攒下来的，外爷来时也没舍得给吃。后来那位有本事的贵人和老实巴交的父亲成了朋友，常有走动。再后来我们都知道了他是一个骗子，也就疏于交往了。几年前我在老家碰见他，一位行将就木的老人，很可怜，给他二十元钱做盘缠。

那辆自行车成了我们家的宝贝，每个人都呵护备至，生怕风吹了，日晒了,雨淋了。哥哥特意买回来黑色胶带,把所有的架子都缠裹起来,怕磕碰了那黑色的镀金。我们都学会了骑自行车,但很少有单独骑车的机会。父亲那时候很霸道,完全没有晚年时的那种慈祥。那时候要单独骑车出去,需要经过父亲同意才行。叔父们经常厚着脸来借自行车,我便看见母亲脸上布满秋霜一般冰冷的神情。母亲一辈子都不会骑自行车,但她那时候是自行车的主人。我上初中时离家五公里,上高中时离家十公里,一直步行着来去,每周一次回家背吃食。别的同学有骑自行车的,我羡慕得要死。那时候,人生最大的理想就是有一辆自己的自行车。

前些时候,看了一部电影叫《十八岁的单车》。有个场景很使人伤怀。那个孩子为了保住自己的单车被另一群孩子殴打,他只紧紧抓住单车不放手,任凭那一群孩子拳脚相加。凄惨的号叫声,如钝刀割肉,痛彻心扉。流着泪看完那部电影,心如坠石。联想到三十年前自己对于自行车的爱恋情景,恍如昨日。也想到我的孩子,正是那种年纪,他孤身一人在外地求学,会遭遇那样的情景吗?突然间心里一阵紧缩,被一只有力的手狠抓了一般。儿子好像对车辆并不感兴趣,他更喜欢步行。

八十年代更晚时期,自行车已经普及于普通人家。我们家先后有过几辆自行车,有永久牌的、有红旗牌的。那时候,自行车的地位归于常态,仅仅是一件代步工具而已,不再备受呵护,总是随意立在某个地方。谁想骑就骑,没有人注意。孩子们当玩具,摔坏了,自己修理一下,照常用。我曾经置办了一整套修理自行车的工具,可以很专业地修理任何损坏的部位。连圆圈那种很有技术含量的手艺都学会了。也许我曾经有过以修理自行车谋生的理想,大概只是一闪而过的念头,没有长久树立起来。我家那几辆自行车后来哪里去了,竟然没有一点印象,肯定不是我处理掉的。

我拥有的第一辆自行车是妻子的陪嫁。轻便凤凰牌自行车,是我和妻子一起去镇上供销社买回来的,是妻子陪嫁中最值钱的一件。那辆自行车在当时算是时髦漂亮,骑起来也省力快捷,尤其链条盒里那种响声,音乐般优美。最有意思的是带着儿子回老家去。当时儿子两三岁,坐在前面为他安装的童座上,不停地按动车铃,声音清脆嘹亮,一路响过去,伴随着儿子的笑声，引来无数路人瞩目。真是一段美好的记忆。影集里有张旧照片，是我推着自行车，儿子坐在童座里，路过集市的情景。每次翻看都会有诸多感慨。儿子一脸童真，我也那么年轻。那辆自行车后来被贼偷走了，我毫无惋惜之情。因为摩托时代、汽车时代接踵而至，而我也确实是一个喜新厌旧的人。

我为院子里那辆破旧的自行车拍了照片，也暗自敬重了它的主人，并且在此写了一篇关于自行车的文字。其实自行车时代并未结束，仍然伴随着摩托车、小汽车一路而行，只是更加轻巧美观了。

早 茶

我有喝早茶的习惯，这习惯养成二十多年了，要是哪天早晨喝不上一杯热茶，这一天都没有精神。因为懒惰，早晨起床总是很晚，一般是九点多才起床，然后赶着上班。我们乡下医院上班很晚，冬春季节是十点，夏秋季节是九点半，中午没有休息。不像城里单位，八点准时上班。我们八点上班无非是闲坐着，而中午时总会有许多病人，乡下人来镇上赶集，中午时分来医院看病抓药。我睡懒觉的习惯也是长期在乡下上班养成的。我喝茶的习惯也随着睡懒觉的习惯推迟了。不能算是早茶，算午茶又早了一点，就叫作上午茶吧。每天都是上班后匆忙烧一壶开水，冲一杯热茶，吃上一点馍馍，白饼子或者馒头或者油饼。馍馍吃完了，就一直喝茶，一直喝到吃中午饭。有时候，刚上班，病人已经等着了，往往顾不上冲茶，吃馍馍更不用提起，但这种情形并不多见。冲茶的时间总是有的，况且来看病的大多是熟人，也不着急，先坐下来歇缓着，一边拉家常，等着我吃喝好了再看病。有时候来了熟人，我本来是礼让一下，结果他说早晨也没喝茶，来一杯，于是，就一起喝茶。乡下的生活节奏很缓慢，这缓慢之中似乎有许多味道，就像喝上午茶。我们的领导是一个非常勤快的人，每天都是提前上班。他家住在镇上，九点钟刚过，他肯定已经到医院了。他不习惯坐在领导办公室里，多时在我们科室里坐着，陪我们几个说话，我们忙的时候，他也一起帮着忙。有很多个早晨，我正睡着，领导就在电话里叫，起来了吗，茶已经泡好了，馍馍热着呢，快来吃。我就电击了一般从床上跳起来了。这种事情总是让我感动着，遇上这样的领导也是缘分。因为感恩，我上班也比原来认真了许多，也少睡了许多懒觉。我们有时候喝一杯茶，抢着喝。

我今天起来得早，在宿舍里冲了一杯茶，慢慢喝，一边吃馒头。馒头是昨晚从老家里拿来的。每次回老家去，走的时候，母亲总是要我拿上些馍馍，说是早晨喝茶吃。我们这地方，早餐就是喝茶吃馍馍，简单快捷实惠。我在城里住时，早晨吃牛奶、豆浆、稀饭、面点、包子、小菜之类，觉得很是奢侈，但总是吃不习惯，吃过了感觉很累，一早晨都瞌睡着。上学那几年，吃过早餐后就像吃下安眠药，可以足足睡上一个上午，老师讲了啥内容不知道，急了就借同学的笔记抄。喝茶就不一样，很提神，也解渴。

突然就想起了父亲。我喝茶的习惯是父亲惯下的。父亲那时五十多岁，操持着家里十几亩土地，很是辛苦。父亲每天都很早起来，天还没有亮，就听见他在院子里走动咳嗽的声音。到秋天打磨土地的时候，父亲起来得更早，半夜里就赶着牛去耕地了。父亲起来后总是先架起火炉，一边熬着灌灌茶，一边抽着旱烟锅，我会在睡梦里听见父亲的旱烟锅磕在炕沿上的咔咔声。那时候家里没有煤炭，父亲每天都是用树根劈的硬柴烧火炉，满屋子弥漫着呛鼻的浓烟。那时候父亲喝的茶是那种砖块子茶，很坚硬的一个长方形茶块，是粗糙的茶叶压制成的。用剪刀敲开一块，放在茶罐里慢慢熬，熬得酽酽的，比中药还要苦，倒进茶杯里，只一小口，有点黏糊的样子，父亲却品着美酒一般，喝得有滋有味。一边吃着烤得干脆的馍馍。父亲喝茶喝得很慢，直到把一大瓷缸子凉水熬着喝光了，一个馒头也吃光了才算结束。父亲喝完早茶后天刚亮透，一天的生活才算开始了。父亲喝了茶以后，这一天里不论干什么活，都不会再喝水。我记得那时候父亲很瘦，但很有力气。直到十几年前父亲病倒时，一直那样精瘦，不到一百斤的体重，我可以抱着父亲一口气上到三楼去做检查。父亲胖起来是病了以后，因为行动不便，体重增加了大概有一倍多，我再也背不起来了。

没有成家以前，我多时住在家里，农忙时帮着父亲种地。父亲每天喝完早茶以后都会把败茶叶倒掉，然后再放上一小块新茶叶，很小的一块，熬好了，头一罐自己喝了，到第二罐时就叫我，起来喝茶，已经不苦了。我瞌睡着，装着没听见，父亲也不急，继续熬茶，又熬了几罐，倒在一起，放在火炉上热着。再叫我，起来喝茶，馍馍都烤好了。我就很不情愿地起来喝茶吃馍馍，连脸也不洗跟着父亲去地里干活。有时候父亲给我的茶熬苦了，我喝不住，父亲就自己喝了，重新给我熬。我喝早茶的习惯就是那时候父亲给惯成的。那时候觉得父亲给我熬茶喝是应该的，觉得他给我熬茶喝是为了叫我帮他干活。现在回想起来，那茶水里面突然间有了许多说不出的滋味。我的儿子已经十八岁了，我才开始体会到了做父亲的心情。

转眼之间，父亲去世已经两年多了，这时候突然间想起父亲给我熬茶的情景，历历在目。

番瓜包子

昨晚受凉，半夜里身上起了风疹，自己摸索着服下一片扑尔敏、一片赛庚啶。今早直到九点多还睡得迷迷糊糊。母亲打来电话将我惊醒。母亲说，她看过天气预报了，今天可能下雪，叫我不要到固原去接大哥，路上滑，不好走，叫他们自己坐班车回来。还有，要是今天有空，晚上回家来吃饭，奶奶的脚好多了，让我再给看看，顺便给她量一下血压。我地答应着，母亲大概听出来我还睡着，接着说，早点起来，该上班了。她就挂了电话。

大哥在固原住院，估计快出院了。我本来想过去接的，估计母亲已经打过电话。奶奶一个月前不小心崴了脚，不能下床，上一周我回去看过，还肿胀得厉害。

白天一直阴着，只飘过几星雪花，没有下起来。天气冷得厉害，寒风刺骨。在外面站上一会儿，身上便觉得冰凉，穿着棉衣也不顶事。一直希望着冬天像个冬天的样子，快到冬至了，严寒如约而至，冬季的味道十足。就是缺少厚厚的积雪，缺少白茫茫的雪景。冬天没有雪，算得上是一种缺憾，而这缺憾并不能由着自己的心意。看着天上积了厚重的阴云，知道那里隐藏着许多雪花，但人没有办法让雪花落下来覆盖在大地上。北方的冬天，没有雪，就像一幅人物画，没有眼睛，失去了精神。雪是冬天的魂。

下午快下班时，母亲又打来电话，问我回不回老家去。我说回去。母亲说饭已经准备好了。我就赶忙回去了。

离家还有很远的一段路程，看见我家的小狗蹦蹦跳跳地跑过来。它在我的车前面欢快地奔跑着，跳跃着转圈，很激动的样子。这只小狗本来是只流浪狗，纯白色，样子很可爱。去年时不知怎么就赖在我家不走了。当时瘦骨嶙峋的，毛色脏得灰白，好像还有眼疾，眼睛下面有两溜流泪留下的痕迹，使它看上去很丑。母亲并不喜欢小狗，还有点厌恶，但还是收留下了。每天给小狗一些饭食喂养着，它渐渐精神起来，毛色变得光亮，眼疾也好了。从此就一直陪伴着母亲和奶奶。我们每次回家去，总是第一个看见小狗在迎接我们，老远就奔跑过来，围着我们撒欢子，然后跑进园子里吱吱叫上几声，又跑出来了。好像是告诉母亲我们已经来了。

我进到屋子里时，母亲正在炒杏仁，一屋子杏仁的香味弥散开来。奶奶坐在炕上，听见我进来，喊着叫我赶紧上炕来暖着。我坐在炕上和奶奶说话。奶奶说，她的脚已经好多了，肿气消散了，不疼了，晚上能很安稳地睡觉。我看了伤处，确实好多了，关节处的淤血消散，皮肤颜色恢复正常了。奶奶眼睛完全失明，只有从声音上分辨人。奶奶说，谁给她算过，蛇年上她就要走，翻年就是蛇年，她也该走了，她走了就没人陪母亲了。奶奶说自己的死亡时，语气轻松地好像是要去浪娘家一样，甚至有些向往的意思。很佩服奶奶面对死亡竟然如此镇定、如此坦然，没有丝毫恐惧、没有丝毫慌乱。人到了晚年是否都是这样坦然地面对死亡呢？

母亲一边说着话，一边把炒好的杏仁擀碎了拌进番瓜馅里。番瓜馅黄澄澄的，母亲老早切好了，放在盆子里；面也早就和好了，在案板上醒着。母亲说，想吃烙的饼呢还是蒸的包子？我说，就蒸包子吃吧。不一会儿，屋子里水汽氤氲，番瓜的香味渐渐弥散开来。

母亲七十岁了，身体很不好，总是生病，去年住了很长一段时间医院，今年略有好转。往年时她种的园子多一些，今年只种了很少的一点。她没有忘记种上几窝番瓜，她知道我喜欢吃番瓜。因为天旱，今年的番瓜没长大，收了很少的几个，一直存着。前段时间我回去时装了一个，母亲叫我拿回去和媳妇一起炒着吃。她还存了一个，今天特意叫我回去给我做着吃。包子很快熟了，吃着番瓜包子时才知道母亲叫我回家的原因，心里就温暖地要将什么融化了似的。母亲问，香着吗？我说，香得很！母亲略带歉意地说，咸了，不小心盐就放重了。我说不咸，正好。母亲不再说啥。母亲知道，我吃东西口味很淡，和她一样。

走时，母亲叫我给媳妇带上几个尝尝。我说很快就凉了不好吃。没拿。我看见母亲眼里有些失望的神情。

天很冷，不时飘落几星雪花。我却被一种温暖包裹着。打个饱嗝，满嘴泛滥着番瓜包子的清香。

青花瓷

几天来，天一直阴着，不时飘落一些坚硬的雪花，西北风不停息地吹。刚刚探头的春天的气息，又被封锁了。时光仿佛倒流，回到严冬。

心情一如这天气，见不到春日的阳光。谁来融化我心壁下残存的积雪。渴望一缕和煦的春风，吹散满世界的阴幽。喜欢每一个阳光灿烂春暖花开的日子，讨厌阴暗潮湿晦涩寒冷的岁月。就像每个人都喜欢健康快乐地活着，而不愿意在疾病的痛苦中或者走向死亡。但谁又能够左右得了这个世界，谁又能够出离了自然的定律。月有阴晴圆缺，人有悲欢离合。在无法预知未来的路上，平坦或者坎坷，漫漫长途或者突然间中断。一切都在过程之中。对于未来，哪怕是下一秒钟的事情，我们都盲目而幼稚，像一个懵懂的婴儿，娇嫩的哭啼是我们在这个世界上唯一的诉求和表达。

生命的脆弱，经不住上帝一声轻微的咳嗽。

参加了两个葬礼。妹妹的婆婆，晚上时还帮着儿媳做饭，自己煨了炕，只说头痛，非常痛，不到二十分钟，断了气息。同事的母亲，平时只是胆囊炎并结石，并无大碍，不料发了病，仅仅两天时间，胆管破裂，一命归西去了。

葬礼一律凄凉悲怆，我只听见诵经的声音，委婉哀怨，唢呐声碎，锣鼓惊心。花圈纸火在冷风里瑟瑟战栗，仿佛灵魂急迫的诉说。灵魂是留恋生命的叹息，还是对新生的欢欣？看不见灵魂的舞蹈，感觉得到肉体枯萎的气息。香烟缭绕，纸灰飞扬。从温暖的床上移动到冰冷的地上，生死之间的距离仅仅一步之遥，仅仅在一个呼吸之间。逐渐冷却的肉体，被永远冻结了的那个表情，安详或者痛苦，覆盖在一张白纸之下，隔绝了世人的目光。阴阳之间相距一张纸的厚度。

棺椁是一个沉重的等待，盛敛着一个巨大的句号，一个突然塌陷的归途，一生的荣辱沧桑，祈求渴望、快乐或者痛苦。生于忧患，而并不能死于安乐。安乐是一个奢望，一个巨大的泡沫。没有人会为安乐的死亡去做准备，人都在向死亡的路上走着，盲目而固执。眼睛只顾着观看了两旁的风景，财色名利，芳草鲜花，忽视了前方正在塌陷迷失的道路。

棺椁狭小而局促，但足够盛敛下一具僵硬的尸体，也足够盛敛下痛惜的泪水和悲戚的哀号。生命是一个匆匆的过客，自己哭着来，别人哭着去，顾不上挥一挥衣袖，也带不走一朵云彩。生而为何，死又为何。留下了什么，又带走了什么？发问成为过去式，成为过眼云烟，成为荒诞的命题。一绺红布，写上大淑娴云云，算是世人虚伪而愚痴的定论。我只看见黄土张开的大口，然后闭合而鼓起的坟包，像一个嘲笑的感叹号。

诵经声悠扬玄妙，婉转如歌。为谁而歌，生者祈求了一份安心，逝者可否听得懂经卷中的切切教诲。那成堆的仓促印刷的纸钱，够逝者通往他界的盘缠吗？透过熊熊燃烧的大火，透过盘旋而起的纸灰，仿佛看见，逝者的笑容里一丝留恋、一丝悲戚、一丝伤感、一丝漠然。

下午的车祸让人心惊。我看见肇事者苍白的脸，在他的眼神里读懂了什么叫惊慌失措、六神无主。我听见他切切战栗的声音，他发自内心惊恐的哀鸣，像一只被突然逮住的野兔。我更哀叹于那个孩子，一棵尚未开放的花蕾，一个刚露出苗头的嫩芽，在刹那之间，也许仅仅是百分之一秒的时间里，从一个活蹦乱跳的生命，变成了一具残破的尸体。他的书包散乱地躺在旁边。一摊鲜血，在夕阳的残照里，令人炫目而晕厥。

生命其实就等于一摊鲜血。

不忍心描述这样的场景，那是对我心灵的再一次伤害，也是对读者的一次伤害。痛恨一切战争杀戮以及非正常的死亡场面，而这个世界，好像已经失去了理智，每天都在无数次地在无数个地方发生这样的场面。

这个阴冷的初春的下午，云层撕开了一丝裂缝，夕阳像一个垂死的眼神,关照了一下这个突然离去的孩子,又阴云弥漫了。

心里一直是春寒料峭。

突然觉得生命就像一只青花瓷,小心捧在手里,谁也不知道在哪一刻就失手打碎了,自己连那一声脆响也听不见。

嫁　狗

那天我和妻子回老家去。母亲要到邻村去看堂妹。堂妹做了甲状腺手术，刚从医院回来，作为娘家人，该表示关心的。我陪母亲去看堂妹，妻子在家里陪伴奶奶。晚上从堂妹家回来，我们要走时，妻说，要不把狗娃子带上吧，他奶奶（他奶奶是指母亲，我们这里对平辈分人称呼长辈时，用孩子的称呼）都说了几遍了。母亲立即响应了，找来一条袋子，把那只小白狗装了进去，要我带到外面去扔了。我已经发动了车子，实在不想干这个事情，但迫于母亲的面子，只好打开后备厢，把狗放了进去。

母亲招一招手，似有不忍之色，但接着就如释重负的样子。

车子还没出村子，妻子就反悔，叫我停下来把狗送回去。我强忍着不语，也未将车子停下来。其实内心也早已怀了巨大的后悔，或者还夹杂了许多伤感。知道自己做了一次遗弃的帮凶，且成为实施的主犯。在遗弃与收养之间，内心矛盾着、挣扎着，一时难以做出明白的判断，而车子已经将村庄远远地抛开了。

妻子已遭遇了良心的谴责，自责着一时多言而导致的错误行径。她不停地念叨着一些不忍如此作为的话语，甚而有了悲戚的声调。这样的心情同时在我心里共鸣着。

但我终未停下车子来。我不想违逆母亲，却有一丝怨怒，仿佛受了母亲的怂恿而成了凶残的杀手，遗弃的事情终归由我亲自实施。到公路上时，我找到一个并不充分的理由，凶狠地谴责于妻子，都怪她多嘴，提就起来这个事情，以至陷我于不义。妻子很后悔的样，却也无法了。

其实早在半年前，母亲就提议过要遗弃这只小狗的事，我一直含糊着，并不想帮母亲去实施。后来母亲反复说过多次，都被我模糊处理，嘴里答应着，临走时装作忘记了。不知为什么，每次我临走时，母亲也会忘记了遗弃小狗的事情。这一次我准备用同样的方法对待，却被妻子提出来，违拗不过，只好实施了。

我能理解母亲，她并非残忍的人，不能容下一只小狗。母亲有她自己朴素的信仰。小狗是母亲在两年前收留的流浪狗，虽然她并不喜欢狗，但还是收养了，一直喂养着，从瘦骨嶙峋直到渐渐健壮，也看护着不让其他人或者畜生伤害它。母亲确实当作自己家的狗来对待着，也一直夸赞它的灵性和忠实。但有一件事情让母亲很是为难。这只小狗总是要犯那个常识性的错误，充足的营养使它的本能尽情发挥，每年都要产下两窝小狗崽，每窝六只。这些小狗崽让母亲犯愁。她不能容忍一大群小狗进入她平静的生活里，当然喂养也是一个很棘手的问题。所以，母亲只好趁那些小生命还未睁开眼睛的时候将它们扔掉。这种抛弃幼小生命的行为让母亲内心很是不安。她知道那些幼小的生命毕竟也是生命，她成为凶手，而杀生明显地违背了她那朴素的信仰，并且不止一次这样做。母亲说，我七十多岁了，很造孽啊。母亲眼里含着泪花，几乎是在哀求我，其实也在逼迫我，要我找出解决的办法来。我知道没有别的办法，只有遗弃一条路可走。妻子甚至提议叫我给做绝育手术。我不是兽医，没把握，不敢做。最近几年的状况，小狗实在太多了，没有人家愿意收养小狗，实际的情况是几乎每家都养着一两只甚至一群小狗。

呜呼，其实我们都已经对这只小狗有了深厚的情感，没有人愿意做此违心之事。何况几个孩子是那样的喜欢着它。小侄女回家来过年，刚下车，没顾上问候奶奶，先问小狗狗。而小狗已经在她脚下亲昵地摇着尾巴，吱吱地欢叫着。相别一年，似有无尽思念之情。侄女和儿子都不知道我已经将小狗遗弃了，到现在也没有告诉他们。他们要是知晓了，免不了一场啼哭。

我们不忍心将小狗抛弃在荒郊野外或者陌生村庄。最终带到了我们医院里。从车里抱出来放在院子里时，小狗吓坏了，眼睛里布满畏惧恐慌的神色，全身在发抖。它看着我们，吱吱地叫着，似乎知道了我们要干什么却半途终止了。也许它用我们不能理解的语言在祈求不要抛弃了它。

也就在那一刻，我内心的某一根神经突然触动，我明白地知道我不会轻易将它遗弃了，我决定继续喂养着它，不至于它流浪饿死或者被飞驰的车轮压死。这个世界上，也许我成为它唯一的依靠了吧。

小狗很规矩。很大的院子对它显然陌生。它一直围绕着我的车子活动，它一定知道，我的车子所在地方就是我所在的地方。妻子给它喂了些吃食，它就安静地卧在车子旁。我们到二楼宿舍里时，它就一直盯着我的窗口。妻子在窗口里看着它，反复嘱咐我不要遗弃了，否则她会很伤心。

妻子在我那里住了一宿，第二天我醒来时，小狗被妻子抱到宿舍里，惶恐地望着我。妻子说，怕冻坏了，抱进屋暖和一会儿。我也不能说什么，默许了。但想到会影响别人的生活，还是让它到院子里活动，楼上毕竟住了许多同事，并不是所有人都喜欢一只小狗。

妻子回县城去上班，又叮嘱我，不要扔了，要么就再抱回去，总是一条活路。我说先喂着，再说。

而妻子却老是放心不下，怕我狠心。每天打电话过来询问小狗的情况，喂过食了吗，在哪里卧着，冻坏了吗，等等。我在电话里一一作答。同事们听见了，戏谑我，在老婆眼里，不如一只小狗了。我说是啊，这几天只问狗，不问人。

小狗胆子很小，一直不敢走出大院。看见我时，就欢快地跑过来围着打转，对其他人则警惕着躲避着。我给找了一只铁皮盒子做了它的食具，每天倒些剩饭给它吃，一顿都没饿着。它的胆子渐渐大了，可以在大院里到处转悠着，只是不肯走出大院一步。它多时卧在我的车子旁，忠实地看护着车子，有人走近车子时，它就机警地叫了起来。

前天我喂小狗时，同事的丈夫看见了，问，谁家的小狗，好可爱。我说我家的，不想养了。他说送给他，他家有一只小狗正好做个伴。我就顺水推舟，答应送给他。今天下午他来了，我赶紧找了一只纸箱，到院里捉小狗。

小狗看见了，似乎知道要发生什么事情，平时看见我就跑过来黏糊着，今天却跑远了，用别样的眼神看着我。我叫了几声，没过来，跑到楼后面藏了起来。我追到楼后面，说着安慰的话，它似乎听懂了，停下来，等着我抱。一直到放进纸箱里，放进车子后备厢里，它都没有再叫，很平静的样子。

我和同事开玩笑，问她家的小狗是公狗吗，她说是。我说那正好，嫁给你家小狗当媳妇。其他同事戏谑，你俩成狗亲家了。

印　章

因为自己的书《雨水》出版，免不了要送给朋友们指教。送书的时候，大多数人要求签上名字。我不知道签名字送书是什么意思，见过许多著名作家签名售书的场景，觉得是一种促销手段。我只是给熟人送书，签名字总觉得有点卖弄的意思。开始签名字时，感觉很别扭，没有别的意思，只是觉得自己的作品太过幼稚，都是些写着耍的东西，借个机会结集出版，基本没有多少名利的想法在里面。现在要拿这样的东西当作书送别人指教，真觉得有点儿戏。既然已经出版了，总不是自己放着当摆设，或者左一层右一层地糊墙，何况现在谁还要书纸来糊墙啊。所以还是送出去为好。自己也想通了，做了一番自我安慰式的解释：以自己的作品相送是一种传统，高雅的事情，并不丢人；签上自己的名字是表示尊重，不是卖弄的意思；另外，遇到知音者也具有纪念意义。这样一番开导之后就没有心理压力，见着相熟的人总要送一本拙作。老兄告诫，为郑重起见，名字之后应该盖上印章，更为有趣，也好看了许多。

于是牵扯到印章。

我有几枚印章，正式的名字的印章。但都不是自己刻的也不是自己用的。实在找不出用印章的地方，生活中最要紧的是领工资，原来签字后就可以拿到现金，现在直接打卡，签字也免了。那几枚印章都是为别人担保贷款用的，别人刻成，用完了，送过来，随手丢在抽屉里。再有别人要担保贷款时，同样是刻好了印章用完后送回来。也有没送回来的，我也不知道追究。现在的电脑刻章，一分钟就刻出一枚来，谁都可以刻别人的名章。渐渐的名章的意义也不太大了。连公章都是一堆一堆假的，何况个人的名章。

我还有几枚印章，一直放在一个盒子里，从来没有用过，偶尔自己拿出来看看，或者找了印泥在白纸上印出几个来自己看。这几枚印章都是石头刻的，有两枚是我的名字的篆刻，阴文的，有点复杂，不知道的人大概认不出是我的名字。还有几枚不是名字，而是其他字句，都是篆刻，两枚阳文，一枚阴文。这几枚石头印章，是几个人刻的，都很可爱，可以说一说。

最大的一枚，方形，将近两厘米见方，褐色寿山石，粗短，显得很稳重，拿在手里沉甸甸的。阳文篆书我的名字，加一个印字。对篆刻我是外行，看不懂，但总觉得很舒服，尤其在洁白的纸上印出来，那红色的线条弯曲变化，给人很舒服的感觉，不仅仅只是几个字。我知道那就叫作篆刻艺术的魅力了。那一枚印章是固原的方石先生给我刻的，他现在在固原博物馆工作，前年去博物馆参观见过一次，他还是那样笑呵呵可爱的样子。十年前我们认识，好像是在固原报社碰见的。那时候他写诗，写得很猛，自己出了一本诗集，给我送过一本。他也搞篆刻，非常勤奋地捣鼓石头。那时候我也写诗，在一起发表过，算是诗友了。我当时不知道石头上刻出文字来也是一种艺术，只觉得他是很实在的一个朋友。记得他给别的朋友送印时正好我碰上了，也就答应给我刻一枚，我自然高兴，过了一段时间他就送来了那枚印。这几年少见他的诗作，大概是我很少阅读诗歌的缘故吧。或者他不再写诗歌了。他的篆刻作品倒是见过，很有个性，我说不出所以然，总觉得很有力度，给人视觉冲击。不论怎么说，有机会一定要去看看他，要送一本书给他。

另外三枚是十画兄弟刻的。其中一枚是名章，篆刻我的名字，阴文，主题清晰，边缘有残痕，估计是故意为之。不大，一公分见方，现在我多时用这枚印印在送给朋友的书上，感觉很合适。那两枚，据他说叫闲章，一枚刻四个字："长剑秦弓"；另一枚刻一人头像，古朴的样，似出土文物一般。我也不知道这两枚章做何用途，只是一直珍藏着，偶尔拿出来看看。十画是前年在银川《朔方》开笔会时认识的，我们被安排在一个房间里住宿。他当时还是师范学院的学生，诗歌已经写得很好了。他是那种很阳光的男孩子，很健谈。他拿着打印好的一沓诗稿给我看，我看不大懂，只记得好像是写死亡和生命的主题，有浓厚的宗教情结纠缠着。那一次笔会上认识了许多人，刘汉斌也是在那一次认识的，分组交流时我被分在小说组，没有更多接触，仅一面之缘了。十画兄弟回来后我们联系过，并且给我刻了这几枚印章，叫我到固原时去拿。他当时住在出租屋里，满屋子宣纸、石头。后来听说他去银川发展，也没见过面，名字倒是经常见到。诗歌已经写得很老道了。最近做了个博客，上去就找见了十画兄弟，加了博友，偶尔访问一下，也算是续上了一段情谊。

还有一枚椭圆的印章，刻的是“村夫”二字，阳文。乳白色玉石，非常圆润。这枚印章的字体是变形的，有点像象形文字。“村”字似一丛树林，掩映在上，占去印面大部分，“夫”字较小，做人形，俯居于树林之下，边缘毛糙，不甚光整，略有弯曲状，似村庄泥墙之状。总的来说，这枚印章是很幼稚的作品，犹如儿童画。但我对这枚印章非常偏爱，主要是感情问题。这枚印章是我儿子给我刻的。儿子给我讲解了这枚印章的象征和用意，让我非常感动。我并没有给他说要刻哪两个字，是他自己想的，我曾经用过“村夫”的网名。儿子好像很理解我的内心，知道我对于乡村生活的嗜好。他说，要是爸爸将来书法写好了，可以用作压顶章。儿子在六盘山中学读高中，不知怎么就爱上了篆刻，见他刻了不少。假期里，他经常躲在自己房间里捣鼓石头，我觉得也是很有意思的事情，曾给他买过一把刻刀。我也用这枚印章给送朋友的书上用过，当然我一定得给讲清楚这个印的意思。

新农村

年初在乡政府参加过一个会议，我是顶替别人去的，具体是什么会议，一直没有弄明白，到现在基本忘却得干净了。大体记得的内容是乡长兼书记讲了好长一段时间的话，是新一年的工作安排和展望，说要搞工业园区，要搞生态移民，等等。据说工业园区因为没有人愿意投资只好拉倒了，但生态移民是政策，并没有因为种种阻力而停下来，反而搞得有声有色，但这事毕竟与自己的生活工作挂不上钩，也没有在意过，更不知道在哪里搞工程。只是见路旁的墙上有许多宣传标语，街道里更是有大幅广告牌，上面写着“搬得出，稳得住，能致富”。起初没看懂，没头没尾的，联想到搞移民的事情时，才算明白了几分。

后半年时，关于生态移民的事情渐渐听得多了。从政府的文件或者官员那里的说法是生态移民，从老百姓口里听到的是新农村，说已经建成了多少户住房，漂亮得很，就在街道靠北的那块儿。我一直没有机会去看，不知道究竟有多漂亮繁华。

前几天有事到邻村去，从街道北边那个村子里穿过，原来的土路已经修成了平直的水泥路，只是两侧的边沟还没有收拾好，加上老村子里路旁许多拆毁的土墙以及旧房子之类，显得有些凌乱。水泥路一直穿过村子，向北延伸而去。出了村子靠西侧，紧接着是一大片崭新整齐的建筑，一排一排的，坐北朝南，全一个模式。低矮的红砖院墙，灰瓦粉墙的砖木结构架子房，黑色栅栏式铁大门，宽阔的铝合金玻璃窗。门前都是笔直的水泥路，路旁堆着许多沙石泥土，看样子还没有多少人入住其中。

听说，前一阶段已经举行过搬迁移民的入住仪式，好像哪一级的首长都过来参观了，所以想看看里面，说不定能遇上一半个熟人，让进家里去坐坐。特意转了半天，走了两个过道，至少有二十几个院子，最终也没有碰到一个人。院子的大门都紧锁着，一幅冷然的面孔。大体的感觉是院子都显得局促狭小，设计又全部一个模式，规规矩矩的，缺少生活的气息，加上刚建成，没有一棵树木，更加显出了新鲜的荒芜。退出来到通往老村庄的路上，原路返回，快到和老村庄接壤的地方，终于看见有一家门口挂着门帘，烟筒里冒着青烟，虽然没有看见院子里有人活动，估计房子里肯定有人，却已没有了进去看看的兴趣，径直回来了。

记忆里却闪出两个苍老的面孔，挥之不去。

一个姓贾，是街道北边老村子里的老住户，六十多岁了。好像是在街道里碰上的，因为什么缘故说起了新农村的事情。他说，他虽然在街道里住着，但从来不会做生意，也没有做过生意，性子直，不会说话。他说，做生意的大多是些人精，脸皮厚，有利益的事情见了亲舅舅都不认。他一辈子就会侍弄土地，土地厚道得很，不会糊弄人，你把力气投进去了，它总会如实回报给你粮食。他说，建新农村时，政府征走了他的整整十亩土地，那十亩土地，从包产到户后，他在里面投入了说不清的汗水，从坎坷到平整，从贫瘠到肥沃，可没少花费心思。三十年的生命都花在那些土地里了。但最后一纸公告就征走了，他得到了十八万元钱。他把那些钱存到银行里后，心里感到空落落的，慌得不知道干啥好，整天没一点事情干，身体痒痒的，总觉得不舒服，而且晚上老是失眠。是不是人老了都失眠呢。他说不嫌丢人的话，真的他半夜里睡不着觉，一个人跑到那块地里转悠，竟然就哭了半夜。那块土地里，黑魆魆的，早已经没有了原来的模样，不能分辨出哪里是他的那一块土地。他说想起原来在那里耕种、施肥、灌溉、收割的情景，总是那么舒心、那么亲切，那里永远充满着泥土的味道、作物的清香，连风也总是轻柔的。但现在没有了，一切都没有了。他被自己的土地遗弃了，像个流浪的孤儿。他说他用十八万元买断了自己的根、子孙的根。十八万元钱很快就花完了，花完了以后呢，以后咋办呢。他问我，眼睛里迷茫地像个无助的孩子。我说，我也不知道，我不大懂政策。

另一个是迁移到新农村的一位老人，姓魏，是山里那个村子里的，早先认识。他来看病，打完吊针就回去了。我以为他在老村子里，就说，那么远，怎么走回去呢。他说在新农村住着呢，不远，出了街口很快就到了。接着说，都是这新农村给闹腾的，把他冻病了。我有些吃惊，细问才知道。他是被逼着迁来的，房子本来还没有成，潮湿得厉害，门窗刚安装好，油漆都没有上，炕更是不用说了，没干，不能睡人。灶具啥的都没有搬过来，但上面下命令，必须住进去。村干部、乡干部，一大帮子人，像驱赶啥一样把他们十几户人家强行赶进去住，为的是叫上面来检查的领导看到他们已经欢天喜地地搬进了新居，并且给他们买来了鞭炮，叫他们在啥时候燃放，显出高兴的样子。他们进来后一看房子潮湿地没法住，晚上许多人就要跑回老家去，结果每个路口都有干部堵着，不让走，就只好围着火炉坐着，有的想办法弄了床来睡觉。折腾了好几天，总算等着领导检查结束了，搬进来的人一股风又跑回老家去了。他却被冻得感冒了，咳嗽得厉害，只好来医院打吊针，晚上就在那里将就着住。

魏老汉七十多岁，拄着拐杖走了，老远都能听见他的咳嗽声。

想起那个标语："搬得出，稳得住，能致富"。怎么也吃不透其中的道理。看来真该好好学习一下政府的文件了，可惜见不着。

乡间行走

XIANG JIAN XING ZOU

行 者

我在山间行走时，突然看见了他。

首先看见的不是他，是一只淡黄夹杂黑色的狗。那只狗个头不大，也不是那种娇小的宠物狗。它的样子很适中，看上去非常健壮，充满活力。我正低着头爬坡时，它突然就跳到了我的眼前，吓了我一跳。我被怔住了，惶恐地看着它。它也有些慌张地看着我，似乎是我突然出现在它的眼前。接着我就镇静了，它也镇静了。它的眼神很友善，或者还有些顽皮的样子。它吐出红红的舌头，有那么几秒钟的时间，我觉得它是给我做了一个鬼脸。在那个很短暂的时间里，我已经完全解除了对一只陌生的狗的戒备，虽然我手里当时拄着一根很结实的棍子做拐杖。

也许那只狗已经读懂了我的眼神，我也读懂了它的眼神。我们彼此没有仇恨，我们的友善是通过眼神传递出去的，我们能够通过眼神了解对方的心思。虽然是一个人和一只狗，但是我相信我们已经用眼神很友好地打了招呼。我没有因为惊吓而出声，它也没有因为本能而吠叫。在那个人迹罕至的深山沟里，我和一只狗很快地相识了，并且和平相处。我甚至想摸一摸它的头，或者和它交谈一会儿。它是否也有和我交谈的意思呢。我没有理解它的意思，它已经跑到我前面去了。它的尾巴不停地摇动着，鼻子在山路上嗅着，似乎在寻找着什么。

我正在寻思那只狗的来路，在深山沟里，哪里来的一只狗呢？我本能地判断绝对不是一只野狗。他就突然出现在我的旁边，对着我微微一笑，算作是招呼吧，接着赶在我前面走了。我看见他背着一个米黄色的布包，一手提着一只水瓶，一手拿着一支毛笔。那条小路很狭窄，仅容一人通过，顺着山沟弯弯曲曲通向大山深处，路旁除了杂草树木之外，有很多壁立的石头。我停下来，看着旁边的石头上有几行流畅的大字，水迹未干。散碎的阳光从树叶间落下来，照在那块青石上，那些字迹在慢慢地变干直至消失，似乎从来就没有人在那里书写过。那一刻很寂静，我能听见树叶喧哗的声音，也能听见自己的心跳声。

在那块石头旁停留了很久，看着那些字迹消失了，仍然不愿意离开，想要从那些细微的痕迹里找到什么，却又不知道我需要找什么。我只是一片茫然地面对着那一块石头。那块石头不会和我交谈，石头旁边的野草也不会和我交谈，那些树木安静地站立着，枝条微微摇曳，疏影婆娑。我听见远处有清脆的鸟鸣唱和。

那一刻，我确实有交谈的欲望，或者急于诉说些什么。回过头看那人那狗时，已经走远了。狗的身影消失在树丛之中，人的背影在另一块石头前书写着，不注意时根本看不见，他和那里的一切都是融合在一起的。

想追上他说点什么，但我很累了，腿脚酸软，我坐在路旁休息。一个人孤独的时候，确实有说话的欲望，实在没有人交谈时，也许可以对着自己说，但我一向不缺乏交谈的对象，也就没有自言自语的习惯。人应该学会和自己交谈，这也是一门学问。人难免有孤独的时候，面对孤独而无法交谈时，人会慢慢分裂成为两个，或者人本来就有两个，一个在内心藏着，一个在外面活动着。内在的那一个指挥着外在的这一个，平时外在的这一个很听话，有时候就闹了别扭，或者甚至会大吵大闹上一回，接着又和解了。一直不理解有的人和自己生气，那一刻我懂得了，确实有时候真会和自己过不去。

那一次在山沟里我确实好像看见了自己内在的那一个，我们甚至友好地交谈了一会。其实是我一直想着那个人、那只狗。我觉得他们有些神秘，就像他们突然间出现在我眼前那个情景，我怎么就没有发觉呢，好像他们是突然间从地下冒出来一样。他为什么要在石头上写字呢？为什么在那个人迹罕至的山沟里写呢？他带着一只狗是为了排遣孤独和寂寞吗？我胡思乱想了很多,最终没有确定的答案。不知道他是谁,他在干什么。我甚至觉得他是一位神仙,突然出现是要为我暗示什么或者点化我,或者要拉我去做神仙,就像《红楼梦》里的那个了了真人和空空道人一样,拉着手唱着歌,从人间消失,去过逍遥的仙界日子了。

而我愚昧无知,或者因缘未至,因此错过了一个机会。但我会记住他,他的狗、他的毛笔以及他用清水写在石头上的字。那些字在石头上很快消失了,但重重地印刷在我心里了。我也很喜欢写字,我是在毛边纸上书写,在宣纸上书写,我坐在房子里,在案台上,用墨汁书写,我在古人的墨迹里寻找书写的意趣。他却把一切都放弃了,在山野里、在沟壑间、草丛中、石头上,行走、书写,接着消失,如同清风明月,行云流水,来去自如。他在山野间行走,以大地为纸,以躯体为笔,以山泉为墨,他书写着生命的另一种内涵,我无法抵达其内在的意趣。

我只是觉得,他不会孤独,不会疲倦。他一定和他的狗有非常流畅的交谈,甚至草木石头流水飞鸟昆虫白云清风,他都能够亲切的交谈。或者他们根本不需要交谈,他已经属于那里,就像那里的一棵树,他们的灵性是相同的。

我想借他的笔在石头上写几个字,或者借机会和他说几句话,但我没有力气赶上他,他早已消失在树丛之中了。现在回想起来,我觉得他就像是一个神仙,突然间出现又很快消失,但他什么也没有给我暗示。最终我还是定义他为一个行者,在大地上行走的人。

人这一辈子,难免要遇见很多很多陌生的人,除非一个足不出户的残疾人。这个世界,什么都缺乏,就是不缺人。只要出了自己家门,总是很快就混迹于人流之中了。尤其在城市里。我见过的人太多了,但认识的人很少,况且我是一个不善于记忆人的面孔的人,也是不喜欢和人套近乎见面熟的那一种。但我确实记住了那一位在石头上写字的人,还有他的狗。这事情已经过去好长时间了,总是不由自主地想起来,至于为什么单单就记住了那个人, 自己也找不到具体的合适的理由。总之是他进入了我的记忆,抹不掉,挥不去,索性写出来,也算是一篇文字。

岳　父

距我今天写这篇文字，岳父已经离开人世二十几天了。这些天来，妻子一直沉浸在失去父亲的悲痛之中，她很难从那种伤感的氛围里跳出来。丧父之痛于她几乎是一个不可接受的事情。她多次提起，我比较喜欢写作，为什么不给她的父亲写点值得回忆的文字呢？我一直在推脱，说很难写出来什么有意思的文字。妻子总是不悦。其实，岳父的离世，对我也何尝不是一种伤痛。但要我在这种新鲜的伤痛的气氛里写出怀念的文字，我觉得对我是一种雪上加霜的刺激。我需要一种心情，一种像他老人家在世时那样被祥和笼罩着的心情。但我清楚那样的情景永远不会再有了，我们再也不会听到他那充满智慧的教诲了。最近几年，他因为肺部疾患，说话非常吃力，但他很喜欢说话，我们在他旁边时，他总是断断续续说很多话。他已经意识到说话的时间不多了，总是在抓住每一个能够表达他心理的机会。要说，岳父给我留下的最难忘记的印象，莫过于他说了前半句话，然后张着嘴喘上一会儿气，然后接着说后半句话的情景。我常常感到难受，听他的一句话，实在吃力。我们经常劝他少说话，但他好像不乐意。他的思维一直到临终时都非常清楚。他把每一句话都要说得很完整，哪怕分几次说完也好。岳父在我的印象中，是一个坚强而认真的人。

昨天半夜里，大妻哥从银川打来电话，聊了好大一会儿。他和妻子一样仍然沉浸在丧父的悲伤的情绪里。他说他心里总感觉空空的，踏实不下来。好像头顶少了一个罩子，自己被扔在荒野里似的。我说那就是失去了天的感觉，要不怎么说，父母是我们头上的天呢。大哥也说，看我能不能为岳父写点文字，他非常想写，但他实在组织不来文字。我便觉得惭愧，心里已是负了一笔债，永远无法偿还了。回家来检查儿子的日记，分明见儿子以《落叶》为题，写了他外祖父的去世，写了对外祖父的怀念以及生命的无常。我更加感到羞愧，于是就强迫自己写出一点文字来，作为对岳父的怀念。但事实上，一旦我写下这个题目后，岳父的音容笑貌，他的点点滴滴的故事就如电影般在我的记忆里放映出来。我写的这篇文字，就是这些点滴情感的勉强叙述。

在我和妻子订婚之前，自然不认识岳父。最初，岳父给我的感觉并不怎么好，那时他常常酗酒，喝得半醉不醒，说些颠三倒四的话。我去看他时，少不得提上两瓶酒。他一见到酒，两眼就发光，很高兴的样子。有时我也陪着他喝酒，直至喝得半醉，我们之间的交流大抵是在这种状态下进行的。我们并不失翁婿之礼，但酒精却使我们的交流亲近而流畅。岳父在我面前从来不端长者的架子，喝过酒以后尤其亲近。我们的谈话几乎越过了翁婿之间的代沟。我常常想起一句话，叫多年父子成兄弟。那时他在敬老院看护着十几个孤寡老人，住在敬老院外面一间很小的高房子里。我经常到那里去，喝他熬得很苦的罐罐茶，用大茶杯喝酒。许多的故事是在那里听他讲的，对他的看法也是在那里慢慢改变的。

岳父是个奇怪的人。他识字很少，却对文字有着极大的爱好。他住的那间小屋子里，四面墙壁上挂满了字画，都是些通俗易懂的话语，市面上经常能见到的那些，比如“知足常乐”“人才出在贫寒家，莲花生在污泥中”等。大多是印刷品，也有别人手写的，相较文雅一点，如“多读胸中有本，勤写笔下生花”“圣道虽好难渡不学之人，天雨虽多不生无根之草”等。就一张白纸，没有装裱，他也认真地贴在墙上。那间小屋的墙壁上，除了正中有一张毛主席像之外，其他地方全贴满了横的竖的字画。他常常不厌其烦地给我讲那些话语的意思，我总是很不屑，觉得凭我的知识，不会比他理解得少，表面上却装出很爱听的样子。老人家看我一副专注的神态，于是讲得更加卖力了。岳父曾给过我一张纸条，上面写着几句他喜欢的话，要我用毛笔写出来,他贴在墙上看。我怕自己字丑,始终没写给他,不料就成了难以弥补的遗憾。在他去世后的第三天,我才勉强把那些字写出来,烧纸时一起烧掉了。算是我补交的一份作业,不知岳父对我的这份作业是否满意,那边的邮路是否通畅,他是否会把我的字贴在他新居的墙壁上呢?这些都成为一个未知。生死之隔,阴阳两界。生命何其脆弱。我只能以此来表达我的歉意的思念。

我很喜欢聆听岳父讲那些现实生活中的故事,尤其与我们相关的故事。从他讲的每一个故事里我都能隐约体会到他高尚的人格。岳父说,你知道我为啥愿意你们的婚事吗。我说不知道,岳父说因为你是地主的后代。我便觉得吃惊,死活搞不明白后面的意思,以为他说醉话。他可是一个正经八百的老共产党员,当了二十几年支书,对党的忠诚毫不含糊。但岳父自有他的道理。他说,以他的经历和看法,凡是地主富农的子女都有出息。他说过去的地主富农,大都是勤劳节俭、善于经纪、会过日子的人。那些后来被分瓜的财产,都是靠苦力和节俭一分一分积攒下来的。还有,凡是被划为地主富农的人家,在过去多是大户人家,多有读书人,家传较深厚。这样人家的后代不会太出格。以先,他对我妻子的婚姻多有阻挠,好多提亲的人都被他以沉默或其他方法拒绝了,我提亲时,他几乎没做任何考虑就痛快地答应下来。我们两家相距不到十里路,中华人民共和国成立前,我们家在方圆是小有名气的家族,他早有耳闻。听完这个故事后,我对岳父的看法大大改变。看似半醉不醒的岳父其实很有思想和见解。我读过一篇文章,一个很有名气的学者写的,其中主题和岳父的看法十分相近。岳父当然不会阅读《读书》这一类杂志,他是一个典型的没有文化的农村老头,但他有自己的思考和见解,并且把这些思考、见解切实地运用到他的生命生活中。

我结婚后大约有十年的时间里,岳父一直住在敬老院的那间破旧狭小的高房子里。岳母离世较早,我没有见过。我想岳父大抵是很孤独的。我去看他时,就直接到敬老院去。有几年时间里,在他那里我常能见到两个小孩,十几岁,是中学生。起初,我以为是亲戚的孩子,没在意。后来知道,那两个孩子的家离学校很远，需要住校，学校却没有宿舍，岳父见可怜，就收留下来，和他一起住在那间小屋里。冬天时，岳父最操心他的炕，他捡回来很多柴草，把那个小炕煨得热乎乎的，那俩孩子放学回来就盖了被子坐在炕上读书，岳父就坐在火炉旁静静地陪着。夏天时，因为炕小，三人挤一炕太热，岳父就把自己的铺盖铺在那条长椅上。让那俩孩子睡炕，他自己睡在长椅上。那俩孩子每周回家去背一包馍馍来，每天只吃开水泡馍馍。岳父看得不忍心，经常在火炉上下些面给他们吃。孩子从家里背来的馍馍就放在那间屋子里，岳父自己从来不吃一口，也绝对不让别人吃一口。有一次我去了，喝茶时想吃点东西，随手从一只包里抓出一只花卷要吃，不料被岳父阻止，生生地把那只花卷放回了包里。弄得我十分尴尬。岳父却笑着说，学生娃娃的吃头，咱们不能吃。他那点吃的，自己都在节省着吃呢，都是长骨子娃娃，能吃得很，经常还不到周末，馍馍就没了，娃娃就要挨上一两顿饿呢。说着，自己跑到街上，买回来几个烤饼给我吃。那俩孩子上大学后，每年春节时都来看岳父，岳父就自豪得不得了，满眼里放着光，招待得比上姑舅家还好，好像是自己的儿孙荣归故里一般。当时，我对岳父的行为有些难以理解。后来经常听他讲“失失得得”，讲“吃亏就是占便宜”，讲“吃苦就是享福”等等之后，才渐渐明白，岳父对那些朴素的哲学的理解已经上升到了另一个层次，他更注重的是做。

连襟的故事使我知道岳父是一个具有慈悲心的人。我叫连襟大姐夫。大姐夫祖籍四川，他父亲是在一九三六年红军队伍到达将台堡时遗留下来的一位红军，当时得了病，连自己的名字都忘记了，人们都叫他杨红军。杨红军病好了以后就在将台堡生活，并且成了家，有两个孩子。老大就是我的大姐夫。大姐夫十岁左右时杨红军夫妇相继去世。当时正当生活困难时期，大姐夫提了一斤核桃去找他的舅舅，结果没有被舅舅放进家门，大姐夫一气之下，把核桃吃得精光，发誓从此不再认舅舅，那是他唯一能够找到的亲人。他的弟弟当时只有七八岁。在那个吃糠咽菜的年代，两个不到十岁的孤儿，想想都叫人心寒。在他们走投无路时，岳父收留了他，他的弟弟被另一个好心人收养。当时岳父已有五六个孩子，还有老人，也是过着吃了上顿没下顿的日子，但岳父硬是从自己孩子的口中省出一份吃食，把大姐夫养活下来。其实当岳父决定收养大姐夫时就已经把他当作自己的孩子看待了。大姐夫十七八岁时，被岳父送到部队上去当兵。几年后复员回来，大姐夫还是一无所有，岳父就把大女儿给他当媳妇。听大姐讲，她当时嫁给大姐夫时，大姐夫就有一间“忙上炕”(很小的简易房子，因为面积小，全部砌了炕，要进里面，就必须上炕，故叫忙上炕)，还是岳父帮着盖的。我一直想不通，天底下竟然有这么傻帽和残忍的父亲，能把女儿嫁给一个一无所有的人。但从现在的情况看，岳父并不傻，也不残忍。大姐夫是一个勤快而诚实的人，他对大姐很好，一家人生活得幸福祥和。他一直把岳父叫大，我听着都有点嫉妒。他们之间的那种默契、那种感情，是我想都不敢想的。他们之间是父子的亲情，而我和岳父之间只能是翁婿关系。

我这样说，并不是说岳父对我不好。其实岳父对我是另一种好。岳父对我的偏袒和爱护甚至超过了对他的女儿。他对儿女十分严厉，对我却非常宽容。他经常给我说，清玲(我妻子的小名)是从小惯大的，脾气很不好，你要多担待些。语气中甚至有乞求的成分，这让我很是不安。我能够理解一位老人对孩子的心思，他为了让我们的家庭和睦，甚至放弃长者的尊严，语重心长，可谓用心良苦。我们在一起时，妻子有时呵斥我或对我不敬，被岳父看见了，总少不得挨上一顿批评。而对我的过失，岳父即使看见了，也睁一只眼，闭一只眼，哈哈一笑了之。每想起这些，我都不禁泪流满面，其中感想非文字可以叙述。

我们刚结婚那几年，因为年轻气盛，免不得常常闹纠纷，三天两头吵架，甚至拳脚相向。岳父为此可没少操心。他从不说我的过错，但有时长长的叹息，好一会儿不说话。我知道那叹息的意味深长，那一声叹息是智慧的，是宽容的，也是无奈的。我在岳父的叹息声里，读到了书籍经典里没有叙述到的内容。仅仅是一声叹息，我却感到如芒在背。我想到古人说的“棒喝”。我在岳父的叹息声里体会什么叫愧疚，我不敢正视他，他的眼睛里蓄满了泪花。我“顿悟”似的成长，在那无言的一刻，我从岳父那里接过了宽容慈爱法门的衣钵。

有一年春节期间，我们回老家过年。儿子当时还不到一岁。大概是年初二吧，因为什么原因，我忘记了。总之妻子闹腾得很厉害，尤其在老家，老小十几口人面前，很是伤了我的面子，一怒之下，给了妻子一顿拳脚，妻子就带着满身的伤痕逃到娘家去。大概是想叫娘家人来申冤报仇，孩子也不顾了。儿子要吃奶，饿得哇哇叫。我只好尾随到岳父家，要她回来给儿子喂奶。刚进门去，见两个妻弟表情冷淡，估计要我难看。很快岳父来了，敬老院离家不到一百米。岳父已经知道了我们打架的事，我是做好了挨训的准备。但我没有料到，岳父只字不提我使暴的事，却很和蔼地问候我奶奶，我父母过年好。然后让我吃饭喝酒。等我提出要妻子回家喂孩子时，岳父便催促我们回家，一刻也不要妻子逗留。他说，大过年的，家里有老有小，闹腾啥呢，有啥事不能等过完三天年再说吗。当媳妇子要像个当媳妇子的样子，搅扰得老小过不好年，就是你不对。本来是我死要面子打了人家，却被岳父这么一说，不是倒成了妻子的。妻子不敢违抗，加上记挂儿子，只好委屈地跟我回家去。一场是非被岳父这么轻描淡写地处理了，我正暗自得意。不料第二天一大早，岳父又赶到我家来，那时他还能骑动自行车。我记得那天天气非常寒冷，岳父推着自行车到我家门口时，胡须上挂满了白霜。他一进门就笑着说来给老人家（我奶奶）拜个年，来看看亲家。但我明白岳父的心思，他是不放心女儿。也许他一个晚上都没有睡觉，都在祈求女儿女婿和睦相处。我听到他和父亲说话，委婉地表达了他的歉意。在他的观念里，年是祥和的喜庆的，容不得任何不协调的事情发生。我看到岳父以他的笑声，以他和亲家的亲热，给女儿某种暗示和威慑。

我们的婚姻能走到今天，我们能有现在这样幸福的家庭，与岳父的苦心分不开。我觉得岳父是一个很有智慧的人。人常说，清官难断家务事。但岳父总能把大事化小，小事化了，化解矛盾于无形之中。他在村里当了二十几年支书，处理过无数家庭的纠纷，从没听说过有谁不满意的。那时候，经常有夫妻打架拌嘴，闹腾到岳父跟前来，嚷着要开离婚介绍。岳父总是劝和不劝散，软硬兼施，就是不开那个介绍信。等他们气消了，就不了了之。过几天岳父看见他们和气地在一起干活时，就笑着说，还开介绍吗？他们便红了脸。可有一次，岳父真的给一对夫妻开了介绍信。那男人是个赌徒，女人更是好吃懒做，男人赢了钱时，女人就挥霍；男人输了钱时，女人就寻死觅活闹离婚。日子过得难肠，岳父多次劝说都未见效果。后来一次他们要离婚介绍，岳父就给他们开了，但他们最终还是没离成。

岳父去世后办丧事的那几天，所有的庄里人都来帮忙料理，我从他们朴素的语言里听到了岳父为人处世的哲学，听到了他们对岳父的盖棺之论。那不是那个老学究写在铭旌上的话语。铭旌上写道：李老太爷一生忠诚党的事业，热爱基层工作和敬老工作。那些生硬的文字让我感到十分别扭。庄里人说，老汉当了半辈子大队干部，没惹过一个娃娃渣渣，没占过一分钱的便宜，把人活下着呢。能在村子里活下人，并不是一件容易的事。他常说，盯着自己的短处，看着别人的长处。有一次，我们已经闹到离婚的份上，错误完全在我，但岳父也没说我半个错，相反却抱怨女儿平时不贤惠。那次事态平息后，我完全被岳父折服，甚而生起崇拜之心。

这几年岳父身体不好，我经常去给他看病、吊药水，我们便更加亲近了。虽然我一直称呼他为姨父，但心里是当作父亲的。他对我也是疼爱有加，视若亲生。凡是他得到的好吃头，少不了我的一口，他戒了烟酒以后，别人给他的好烟好酒，他都给我存些。在他去世的前几天，他说话已经非常吃力，翻身完全靠别人的帮助。他的表弟来看他，老四买来一只烧鸡招待。我已经走了，他硬是让老四把我叫回去，非让我吃个鸡腿不行，直到我撕下一只鸡腿后，他才满意地躺下来。岳父最后一次睡床仅仅五天时间就走了。此前在我家住过二十几天，然后随老大到银川住了将近一月，从银川回来不到十天就不行了。他的心脏衰竭得很厉害，呼吸非常困难，二便已经不能控制，只好垫着尿不湿。前几天我给他吊药水，纠正心衰，他还接受，后来就拒绝用药。他好像已经知道自己大限已到，不愿再折腾儿女了。他给我说，这一次没治了，到时间了，要走呢。直到临终，岳父的思维都很有条理性，他把所有的事都交代得很清楚。他给妻子说，要好好待我，不要再嫌弃我。在前一天晚上，他说不要给他穿长袄，怕到那边叶耀权（和他一起共事多年的老支书）认不得了。惹得我们都笑。我没想到他会那么快就走，据我的经验，估计还能维持几天，但他突然就走了。那天我不在他身边，我在家里梦见了一座坟茔，潮湿而温润，坟头绿草摇曳，安详而宁静。旁边有人告诉我，这就是岳父的归宿处。突然惊醒，电话声大作。妻子哽咽着说，老人家走了……

谨以此文作为对岳父最沉痛的悼念。

亲　戚

母亲打电话过来，给我安顿了几件事情：表哥家女儿要出嫁，日子已经定下来，表哥来请舅家，一定记着要去；大舅母最近病危，母亲已经看望过了，估计不久离开人世，要是能顾得上，去看望一次，没时间就算了，但去世后一定要去吊孝，外甥是少不得的。我说记下了，到时候一定去。母亲又叮嘱了几遍，才挂了电话。

表哥是大姑的儿子。大姑和父亲是堂姐弟，一个爷爷的孙子。大姑在三十多年前去世了，表哥弟兄几个也没有断了和我们的来往，一直走动着。那份亲情没有因为大姑的辞世而随之流逝。大舅母其实也不是亲舅母，大舅去世多年了，我们也一直当亲舅舅家走动着。

不知道别的地方风俗如何，我们这地方对亲戚非常看重。这些风俗不知道流传了多少年，也不知道是从哪里流传来的。我们这里把亲戚之间的往来走动叫作走亲戚。我觉得走亲戚是一个非常有意义的风俗。一个“走”字，其中隐藏着多少含义，难以言说。这不仅仅是一种风俗，其中隐含的社会学意义不是我这篇短文里能够探讨清楚的。这种源远流长的风俗与民族的发展、社会的稳定等都有着某种内在的复杂的关系。

我们的亲戚一般是相对一个家族而言的。一个家族就像一棵大树，从主干以上，生出了许多枝节，枝节上又生出许多细小枝节，如此枝枝杈杈，纵横交错，头绪万千。就我们家族而言，从我太爷辈算起，到我们的下一代，已经五辈人，我们家族的人口从两个人开始繁衍到了将近一百人，家族的历史也一百多年了。何况在没有计划生育政策之前，每家都是一大群孩子，所谓七大姑八大姨，最后都成了亲戚，那该是多么壮观的景象呢。就我知道的，我父亲那一辈，亲堂弟兄十一人，还有五个姐妹。我母亲亲姊妹九个（四个舅舅、四个姨姨）。我们究竟有多少家亲戚，没有仔细算过，想象一下肯定是一个非常大的数字。但我知道，从方圆近几十公里的村子里走过去，总会遇到一些亲戚，只要愿意，善于用乡村的那一种特有的交流方式，和某个陌生人拉扯上亲戚关系是很容易的事情。

我们家有一百多年的老亲戚，到现在还走动着，称呼上一直没有乱，上下门关系颠倒了。我太太娘家的村子，距离我们村将近十里路程，到我爷爷辈相继过世后，亲戚算是结束了，但老一辈人重情义，为了将亲戚续上，又把我的大姐给了舅太爷家当媳妇。原来舅太爷家是上门亲，到了我们这一辈，我们又成了上门亲，倒过来了。这一百多年的老亲戚，从来没有听说发生过小过节，一直友好地来往着。奶奶九十岁了，还健康硬朗，她娘家的人都是侄儿侄孙辈，仔细算舅爷家这门亲戚已经七十多年了，但仍然走动着。父亲去世后，我到舅爷家去请上姑舅，拿着重礼，进门还得磕头。直到过完三周年，才算结束。我国不愧是礼仪之邦，到哪里都不能少了礼数。男人的舅舅家、女人的娘家，是非常重要的亲戚，仔细想，有道理，根系所在。根者，本也，我们总是在追忆着怀恋着自己的根本。

在我们的村子里，人与人之间几乎很少直呼其名，总是用一种称呼彼此呼喊着。虽说是几个姓氏的家族，却又是亲戚。这种现象非常普遍，尤其以前，在本村里不同姓氏之间通婚很多，又加上邻村或远或近的关系，所以几乎整个村子的人都是亲戚。亲戚关系的形成，大部分都是因为婚姻关系，有极少的是干亲。医学没有发展以前，孩子存活率很低，有的人家存不住孩子，就需要请干大来护佑孩子成活，这种现象现在少见了。眼下社会上流行的认干大，好像总是含有暧昧的色彩，尤其是女孩子认干大，那味儿怪怪的。干大本来是一个很温暖的词，现在给污染了。

原来交通不方便，结亲基本都是方圆几十里范围内选择。娶媳妇、嫁姑娘，都要考察对方的家族历史，三拨两点，基本都清楚，新亲戚就成了。

有特殊情况的家庭，只好选择远一些的地方找亲戚，比如有些家族名声不好或者生理方面有问题，像有狐臭的人，在附近地方是找不上亲戚的。后来，啥都变化了，亲戚也变得遥远了。年轻人天南海北地飘，亲戚也就天南海北地结。出去上了几年学，或者打了几年工，回来就领着一位口音悬殊的媳妇或女婿，基本上是生米煮成的熟饭，家长也只好认账。至于亲戚，遥不可及，有也是无了。我家的弟媳妇们，到现在为止，有四川的、甘肃的、河南的、新疆的，至于区内银川的、固原的就不用说了。那些已经成了亲戚的亲戚，估计一辈子也见不着面，即使见着了，想家长里短地拉上一阵，难度大得很。到现在，亲戚只剩下一个概念，不要说走动了，连家在哪里都是模糊到省的范围。

小时候，最美好的事情是跟着大人走亲戚。那时候，吃成为人们最大的生活目标，走亲戚当然可以美美吃上一顿，起码可以吃饱。即使生活困难的人家，亲戚来了总要做出最好的吃食来招待，这是起码的礼数。小气的人家亲戚不愿意来往。我记忆最深的饭食是鸡蛋长面，要是过年时间到亲戚家去，可以吃上肉，平时有肉食的人家很少见。小孩子还可以吃到一些糖果之类，很稀罕的。有一件事情我记忆非常清晰。我和姐姐去了一个亲戚家，其实并不是我家的直系亲戚，而是帮一位婶娘送她娘家的一位老太太回家，用架子车拉着去。姐姐拉着，我帮忙推，走了将近十里路程。听说她家富有，我就想象着能吃上一顿饱饭。老太太送到家后，时辰尚早，我磨蹭着不走，等着吃饭，一直等到天快黑了，最终也没能吃上一顿饭。回来的路上天黑了，吓得要死，加上肚子饿。姐姐在快到家时把我狠狠地打了一顿。那是在我的记忆中走亲戚家走得最臭的一次。直到现在，每次路过那个村子时都会想起来，那家的院落还在，再也没有进去过。当然也有很美好的记忆。我有一位姑奶奶，在后山里住，道路非常难走，有将近十里路程，自行车都不能过去，要步行才能到家。因为社会原因，她家是贫农，我家是富农，她家儿子干公事，怕认了富农舅舅家不好，就多年没有认亲戚。我那姑奶奶又是非常传统的人，一心要认娘家，以致成了心病。后来政策稍松散一些，便决心认了娘家。可已经是物是人非，娘家里只剩一个嫂子认识，没有其他人认识了。我那姑奶奶自从认了娘家后，非常热情，经常要来娘家浪，也经常邀请娘家人去她家里。我去过几回姑奶奶家，姑奶奶见有娘家人来，会把所有的事情停歇下来，一味招待娘家人，她会把她力所能及的东西都献给娘家人，压在箱子底的干枣，一包快结晶了的白砂糖，等等。那种热情在母亲身上都难以得到。我不知道娘家人对于一个老年女人会是那么重要。可惜姑奶奶认了娘家没有几年，就因为心脏病过世了，临终时我们去看，她很满足。

我也很怀恋那时候走亲戚的情景。原来的走亲戚真正是走，步行着去，稍微远一点的亲戚，一天不能回来，只好住下来，有时候直系的亲戚会住上好几天。慢慢拉家常，或者一边帮着做活计，一边浪闲，亲情就自然加深了。现在生活好了，交通方便，走亲戚不叫走了，风一样刮过来刮过去，一溜烟不见了，大抵是完任务一般。亲情就随着摩托车、小轿车旋起的烟尘一般淡化了、消散了。

我们这一代人可以说很幸运，有许多亲戚。亲戚多其实是好事情，七紧八慢的有个啥困难，总会有亲戚来帮忙。老话说，宰相家也有几门穷亲戚。只要是人，要成家立业，生儿育女，就会有亲戚。亲戚像链条一样，使人与人之间联系起来，形成一种稳定的关系，每个人都是这个链条上的一环，来维系着生命生活的运行。中国人是最讲究最维护亲情的，亲戚关系是我们文化传统中不可或缺的一部分。我们这个民族之所以能够长久不衰，也许与这种亲戚的维系不乏关系，但我们的下一代就没有我们这样幸运了。他们大多是独生子女，没有兄弟姐妹，随即姑姑姨姨舅舅叔叔这些称呼也就消失了，不要说七大姑八大姨了。孩子们除了父母之外，没有别的亲戚，他们孤独而可怜。他们找不到有血缘关系的人，他们将走向一个温情缺失的时代。

姐　姐

姐姐来时，事先我并不知道。

仿佛有一种预兆，前一日夜里，梦见过什么，一个人浪流于都市，总会有些莫名的期望，比如遇到故人、朋友，甚至亲人。

而姐姐的突然出现，并不在预想之中，我甚至来不及整理一下情绪，找出迎接的脸面。

饭菜凉了，心热着。

我得感谢门卫室的老大爷，破例让姐姐上了男生楼，否则我将不知道在何处歇下姐姐长途乘车之后的疲惫。

姐姐的面容与大学校园形成了明显反差，姐夫更是一张黎黑的脸。他们从矿山上来，专为看我而来。

一盆清水被姐姐洗得浑浊墨黑，那黑色便蔓延伸展，直到将我湮没，眼前飘过一片潮湿的云。

一小袋果子，却沉重地提不起来，而一叠纸币，终于将我击倒，再也无法控制失重的情感。

我触及到姐姐善良的魂，在体温之外，在汗水泥土混合的气味之外。

第一次感到，金钱于我并不重要。

和姐姐相别，已三年多了。三年前她因土地干旱颗粒无收而被迫随姐夫到矿山谋生，两个孩子寄养在亲戚家里，几近陌生，他们在矿山挣了点钱，想到移民区去居住，几次都不得成，如今仍在矿山上。

未到过矿山,但从姐姐的脸上领略不到山的精神,我想象寒冷的风,飘扬的煤尘以及汗水如何雕刻一个女人的脸,如何吞噬一个顽强的生命。

我的眼睛已经适应了城市女人脸上的广告词，但我的心更接近于姐姐额纹的深度。

姐姐二十岁出嫁，至今已近二十个春秋，她一直很努力很认真的生活,想营造自己的巢,可直到现在还没有一间属于自己的房子,她的家在山区的山区,她在土地里付出太多的心血与汗水,可贫瘠的土地总是回报她一张空白支票。

记得一个酷热的夏天,我和妻子跋涉了三个小时去看姐姐,到她家时已是中午一点钟光景,家里只两个孩子,姐姐天未明就去了山上耕地,还没有回来,两个孩子吃了点干馍去学校。直到下午两点多,姐姐回来了,赶着两头毛驴,背着套头犁铧,满脸汗水泥土,看不出女人容颜。

妻子当时哭了,姐姐却把泪水咽到了肚里。

姐姐是为给残疾的大哥换一个媳妇而嫁给姐夫的，后来和姐姐交换的那个女子没有成为我的大嫂,而姐姐的生命已在艰难中挣扎着。

姐姐想看看城市,她说街上那么多小轿车,都坐当官的吗？我说谁都可以坐,不贵,五元钱。再三斟酌,姐姐终于同意坐一回小车,她选中一辆红色夏利,我看到她脸上兴奋满意的神色,她的生命的意识经历了一次升腾,她说啥时候让父母也坐一回小车。

姐姐下午四点走的。她随人流通过检票口,消失在我的视野里,我无法知道她未来的旅程状况,泪水终于决堤,汹涌澎湃。

每个人生命旅途中都有许多检票口,他们都通过那条狭窄的通道,然后走上不同的道路,奔向不同的目的地,至于旅途的颠簸及感受,又有几人相同呢?

只有心里默默祝福,姐姐走好!

萎缩的村庄

萎缩是一个病理学名词，大抵的意思是，因患病或受到其他因素作用，正常发育的细胞、组织、器官发生物质代谢障碍所引起的体积缩小及功能减退现象。用这个名词来修饰我的村庄，实在有些于心不忍，也是对自己感情上的一次伤害。可我又找不到一个合适的词语来，试过好几个词，比如颓废、凋零、消亡等，最终都觉得不是很合适，我的村庄还不至于沦落到那样凄惨的地步，何况，我的内心从来不相信这些词语会和我的村庄发生关系。事实往往让人伤感或者失望，就像看着自己的父母一天天老去一样，不能阻挡时间的流逝，不能挽留岁月的残酷。父母最终还是老态沧桑甚而撒手西去。

对于村庄，有另一种希求和奢望，相信土地的宽厚和恒久，它不同于有情的生命，具有更加丰富的更新能力。我的希求还是变成了失望，村庄并没有按照原有的轨迹发生更新，而确实在日渐萎缩着，我只能够选择这个词来修饰，别无选择，尽管多么希望附加在我的村庄前面的是一个美好的词语。我的眼睛并没有欺骗我，它只是忠实地告诉我，那个村庄像一株古老的树木一样，表面上还维持着生命，春天来临时还有一些枝叶发芽显示出绿色的迹象，其实里面早已经朽坏了。见过那些腐朽了的树木，只靠着树皮和外面很薄的一层木质维持着，里面是一个空心的洞，大的空心树木可以成为动物的家园。

好几次看到“空心村”这个词，以为是与我们无关的故事，不料就是在描述着我的村庄。看来萎缩着的并不仅仅是我的村庄，而已经是一种趋势了。这种趋势并不是美好的事情，存在了几千年的村庄为什么就突然间萎缩了。想到另一个词语叫作“城市化”，也许正是因为城市化而导致了村庄的萎缩。接下来的问题是，城市化和村庄化，究竟哪个更适合人们长久的生存。这个问题不是我等能够思想清楚的，但希望有人能够及时的思考。除过我对于乡村生活的偏爱成分之外，总觉得，不论是什么化，都不能太过度了，过犹不及，太热了会把自己爆破了。

开始时我用“行走”来形容我的村庄，因为我看见村庄的南端有几家新修建的院落，而村庄的北端有几家废弃的院落。我就觉得我们的村庄正在向着南面行走，这个速度是很缓慢的，不注意时并不觉察得到。父亲在世时给我讲过一些我们村子地理的事情。在我们村子靠北大约一里地的地方，是我家的一块田地，每次耕种时，总会出现许多残砖断瓦，我问父亲，这里住过人家。父亲说，中华人民共和国成立前，这里住着几户人家，后来都搬走了。山坡上有几座荒废的坟茔，就是他们遗留下来的。我没有见过那几座坟茔里有人来烧纸或者扫墓。这样大时段的考察时，才知道村庄行走的速度还是很快的。我不知道我家的祖坟什么时候也会变作一座荒坟，但一定会的，只是时间问题，世间没有永恒的事情，生命是最短暂的过客，一切都在过程之中。

经常回到村子里去，顺着那条弯曲的土路，不论尘土飞扬，还是泥泞湿滑，或者白雪覆盖，在那条路上走过时总有一种坦然的归宿感。路的那头有一种难以言传的牵挂，出生和成长的村庄对于我就像父母一般，是温暖，是安慰，是甜美的梦境，是永远的家园。

有一天，我在村子里转了一圈，那是个伤感的日子，那一天是父亲去世两周年的纪念日。我并没有因为父亲的离开而洒下泪水，两年的时间已经愈合了我对于父亲的思念和依恋，我知道父亲安然长眠，是生命的必然归宿。从父亲的墓地回到家里时，我看见许多荒废了的院落，从村子的北端一直延续到了村子中心，大概数了一下将近十余个。这个发现让我很是吃惊。那些荒废了的院落像一块块伤疤，生硬地附着在村子的躯体上，干巴巴地生痛。不忍直视，倒塌的土墙，毁坏的门洞，院子里疯长的野草以及出没其间的小动物。这些人家都到哪里去了呢？我们的村子并不大，总共只有四十几户人家，现在却有十几个荒废了的院落，除了迁移新居的几家之外，已经有好多人家舍弃了故园远走他乡了。我想或者有一天，和我一起长大的某个乡邻，在某一个城市的街道碰面，会是一种什么样的情景呢？

记得有一位亲戚，早年间因为生活所迫，全家迁往新疆居住，三十多年后回老家来，在村子里住了将近两个月。每个人家都多少有些亲戚或者牵扯，要么就是熟悉的那些老人还在世。他到村子里的每户人家吃饭住宿，都像亲戚一样亲切。他在这里已经没有直系的亲戚，他说只是想这个地方，就跑回来了。我不能想象在城市的某个社区，会不会发生这样的情景呢？城市里的单元楼房，所有的防盗门都是永远紧闭着的，而乡村的院落，大门很少上锁。

回到村庄里时，总有一种失落。原来村道上热闹的场景，已经很少再现了。既使在春天播种的季节里，田野里也很少看见成群的身影。田园同样在荒芜着、萎缩着。看不见扶犁播种的场景，听不见嘹亮吆喝牲畜的声音。白色的温棚正在快速地吞噬着大片的田野。村道上很是寂寞，没有了追逐的猫狗，没有踱步的鸡鸭，甚至很少见到人的身影。夏秋季节，村子里基本没有年轻人了。

村庄的萎缩看来是无法挽回的事情，就像城市的扩张一样。没有人能够阻止时代发展的步伐。但我总觉得，我们正在丢失着一种美好的温情的东西，那是人生最值得珍惜的。我们正在从世代相熟的群体里剥离出来，被放逐到一个陌生的群体里，失去了故园的那种安全感和归宿感，我们正在变得冷漠孤独。

堡　子

我是在堡子里出生的。母亲把我生在堡子里那间西屋的廊檐下时，天上正在落下毛毛细雨。那是一个温暖的春天，那个春天里花开得很早，空气里飘散着淡淡的花香。我在那个温暖的春天里来到这个世界上，初涉人世就体会了雨水的冰凉和花朵的芬芳。后来母亲常常回忆起那个情景，说她坚持着在地里干了一整天农活，直到天黑放工，没来得及进屋就把我娩在廊檐下。她说等她割断脐带把我收拾到炕上时，我已经全身青紫，快要断气了。母亲说起这些时，语气是欢快而幸福的。她大抵已经忘却了当时的痛苦和无助。也许母亲对我的到来并不欢迎，我是她的第四个孩子，在那个饥馑的年代，可有可无，或者她没有多少信心养活我。但当我顽强地活下来后，母亲从来没有吝啬过她天性的爱。

我常常和母亲争论一件事情。我说我记得太太临终时的情形。母亲说不可能。母亲说太太去世时我只有两岁多一点，怎么能记得呢？但我确实记得，我没有必要欺骗母亲。太太是在堡子里的那间西屋里去世的。我记得有人把一张木桌抬到院子里，然后太太就在放木桌的地方睡下了，脸上苫着白纸。太太为什么不睡在炕上而要在地上睡觉呢，地上又潮湿冰冷。没有人来解决我的疑问。我是否跑过去试图揭去太太脸上的纸，要把她叫到炕上去睡觉。我忘记了，但我记得太太的慈祥，我常常在她干瘦的怀抱里吃着她喂给我的食物，然后她会伸出舌头把我留在嘴角的食物渣滓舔得干净。太太没有一颗牙齿，和现在的奶奶一个样子。

太太是饿死的。这是后来母亲告诉我的。太太的娘家是有名望的大户，她从小受过教育，知书达理，一直坚持念佛吃素。虽然三个儿子先她离世，但太太好像并未太过伤心，她相信命运祸福，她相信来世的幸福和光明。太太拒绝一切沾染荤腥的食物，但后来的情况确实已经不允许给她一个人开灶。太太临终时基本不吃东西，分给她的很少的食物，她全部分给了我们几个不懂事的小孩子，后来就走了。母亲说太太走得很平静，预知大限已到，自己穿了老衣，睡着后就咽了气。

我对太太的故事一直很迷惘。那个时代死了很多人，也出了许多稀奇古怪的事。但太太却一直坚持她的信仰，直到寿终正寝。信仰的力量真能使一个人看淡世事乃至生命？接触了佛经以后，终于明白太太的虔诚。也相信太太去了一个光明而幸福的世界。

当我能够彻底记事时，我们已经从堡子里搬出来了。父亲在堡子南面的草园子盖了一间泥屋，箍了两口窑，开始了我们一家新的生活。那间泥屋大概有十平方米，顶上没有瓦。每到下雨时，屋子里到处漏雨，我们便每人拿了盆碗接雨水。人手不够时，父亲就把唯一的床单平挽在屋顶，漏下来的雨水被床单接着，中间垂下一个水包，水再从水包里漏出来，接到盆里。那时候雨水真多，我们的泥屋里总是潮湿，几乎全家人都患了疥疮，指缝里藏满细小的红点，痒得发热。再就是虱子特别多，每晚母亲都要在那盏煤油灯下给我们捉虱子。母亲把虱子放在指甲盖上挤破时，发出清脆的一声爆响，并伴随着一星鲜红的血色的喷射。我在那血色里收获了许多童年的欢娱。我对虱子并无多大的仇恨，但喜欢看母亲扑杀虱子，我的心里充满胜利者的狂欢。

那两口土窑是什么时候倒塌的，我记忆十分模糊。只记得一口窑后来圈过几只羊，倒塌时压死了一只绵羊，我终于第一次饱尝了羊肉的腥膻。

堡子到现在完好无损，里面住着大伯、九叔和十叔三家人。原来的老房子拆光了，连一丝可让人怀念的痕迹都没留下。堡子像一个历尽沧桑的老人，岁月老去时，只给他留下衰老的容颜。堡子的记忆在女墙上那些枯草根里写着。堡墙外面距地面两米高的地方是一排蜂窑，像一些空洞的眼睛。蜂窑里隐约可见白色的蜂房痕迹。奶奶说当年我们家的蜜蜂繁殖到将近一百窝，每到夏天，堡子就笼罩在嗡嗡的声响里，大老远就能够嗅到蜂蜜香。

奶奶的记忆如一件缀满补丁的衣服，大概的样子是完整的，但确实无法找到事情本来的面目。我终于懂得，历史就是在这样的补缀中完成的。如果是一部完整的纪实片，历史将变得苍白无味。奶奶在十三岁时嫁到我们家，那时，太爷正在组织人力修筑堡子，那时，二爷已经在外面做了官，据说驮回来了许多银圆。像现在人有钱了盖楼房一样，太爷时代的人有钱了就修筑堡子。堡子是一个家族兴旺的象征，同时具有更多的现实的意义。三丈高的堡墙足以防御小股土匪的侵犯。安全欲是生命的基本欲望之一。但太爷到死也没有想到，他耗费半生精力修筑的高大结实的堡子，为保佑儿孙平安幸福的堡子，却给后代带来了几十年的屈辱和灾难。历史和我的先人开了一个很大的玩笑，历史有时候并不按常规的轨迹进行。

父亲常常给我讲，房是招牌，地是累，挣下的银钱是催命鬼。我很反对父亲这样消极的人生观，但我无法有力地说服父亲。我的语言在父亲的眼里，比小孩子过家家的痴语更为可笑。没有什么理论比经验更具有说服力。父亲的话不多，但那每一句话都会像鞭子一样让我臣服。我相信语言的魅力以及哲学在民间，而不在大学的图书馆里或教科书上。最伟大的语言学教授如果失去民间这块土壤，都将会像冬天的草一样枯萎。父亲说，娃娃，我过的桥比你走的路多。人说耳听为虚，眼见为实，有时候，自己的眼睛都会欺骗自己。生存的经验，是财富，也是杀手。我明白父亲消极的人生观是岁月磨砺的结果。但我永远没有弄清楚父亲是否思考过生命的意义，或者对父亲来说，思考是多余的。

当居住在堡子里的所有的人被驱赶出来的时候，什么道义、人情世故、面子尊严等，全都成为一句谎言。也许在某个寂静的夜晚，父亲曾经想过许多问题，但读书不多的父亲终未获得满意的答案。堡子做了全村人的食堂，院中央支起几口大锅煮着全村人的饭食。母亲每天要提着瓦罐到那里打回一家人的饭食，我问过母亲当时的想法，母亲说早忘记了，什么想法，那时候还要啥想法呢？我对于当时那段火热的情景很感兴趣，但没有人愿意给我详尽的描述，包括母亲。母亲只告诉我，开始时汤还比较稠，渐渐稀了，后来稀到能照出影子。很多人喝得肚子胀了，死了。母亲无法完整叙述当时的情景。我看到她的眼睛里蓄满了泪水，很痛苦的样子。我便不再去揭开她记忆的伤疤。只好原谅了自己对于那一段时间描述的苍白。

爷爷是在那时死的。爷爷究竟死于饥饿还是死于疾病，连奶奶也无法弄清楚。父亲说爷爷得了胃病，奶奶说爷爷可能是因为饥饿而吃了什么不能吃的东西。爷爷死在张家草园子的那口土窑里。那土窑至今还没有完全塌败，尚有模糊的踪迹，小时候在里面藏猫猫，见有泥迹烟痕，即是爷爷他们留下的。爷爷确实在那口土窑里去世的，他们的堡子被乡亲们专政去了，他只有带着一家老小近十口人在那个土窑里生存。我常常对着那口土窑出神；那里竟然能供一家人生活。想象的结果是，我的爷爷、奶奶、父亲、母亲、叔叔、姑姑们全都变成了灰灰的小老鼠，满眼里只有被无限放大的惊恐。

爷爷最终没有回到他的堡子里去。堡子是他生命的辉煌，也是他的耻辱。据说在堡子修筑成功后，太爷就把掌柜交给了爷爷当。我习惯把爷爷想象成一个小地主的模样，穿着绸褂，带着瓜皮帽，抽着墨竹竿的烟锅，大清早地站在院子里清清嗓子，干咳几声，然后驱赶着长工们下地干活。但奶奶否定了我的想象，奶奶说爷爷最喜欢的是骑着那匹黑色的毛驴赶集，然后在半路上耍赌博，欠了赌债后就偷偷地卖掉几只羊去还债。瓜皮帽是有一顶，黑色的，青洋布做的。那时候，爷爷一定不会想到他会失去堡子。那么在爷爷临终时是否想过回到堡子里去呢？他是否还有想一下的力量？很难说。

父亲说，那段时间里，堡子院内所有的空地都被深挖了一遍，挖掘的工程秘密进行，有几间房子也被挖倒了。究竟在里面找到了什么东西没有，谁也不知道。父亲说太爷是否在堡子里的某个角落埋藏了许多银子，是一个难解的谜。凭一般的判断，当时太爷手里并不会有大量节余的银子。太爷一生钟爱土地，直到中华人民共和国成立那年，还买回来二十几垧坡地。至于二爷在外做官拿回家的银子也不会有多少，二爷做官时间并不长，况且有一座堡子的投资。我的推断，堡子里不会有多少秘藏的白货。奶奶说，那时爷爷已经主事，但他们还要经常随长工们下地劳作，从未体会过当少奶奶的派头。太太心善，待长工如亲子，一口吃喝都怠慢不得。

我曾经费尽口舌地追问奶奶，堡子的秘密机关在哪里？奶奶慈祥地抚摸着我的头，说，我的瓜子哎，碗大的瓜娃，一拶厚的皮，还瓜得实愣愣的呢。

终于失望。但我的内心里总是不能放弃一个念头，堡子一定隐藏着什么？或者暗示着什么？说不清。在暮色或烟雨中，堡子会变得神秘而虚幻，宛若梦境。

上摺坡

村子在西山脚下，山形南北走向，是贫瘠的红土山，光秃秃地长不出几棵草。上摺坡在北边的尖山嘴下。尖山嘴最高，是个凸峰，峰顶有一座古堡，老辈人躲藏土匪用的，荒废多年，很少人去理会，大抵形状还在，背面堡墙已经坍塌，被邻山马场湾的人挖去做肥料。另一种说法是有个喇嘛告诉马场湾的人，那堡子压了马场湾的地脉，所以马场湾人祖辈受穷，出不了一个人才。马场湾人便起了狠意，偷偷挖倒半面堡墙。他们并没有把堡子全部挖倒，也是太懒的缘故，那堡墙有一丈厚、两丈多高，经历了几百年的风雨，坚硬地像石头一样，要放倒它是一个巨大的工程，不是轻易就能干成的。马场湾的人仍然穷困，多少年了没出去一个大学生，光棍汉多。张老三家的二女子放羊时被马场湾的靳老四拐跑了。野合的爱情更具魅力，山野旷渺，绿草摇曳，各种野花风铃样盛开，蓝天白云，风是一曲舒缓浪漫的交响乐，在山坡上寂静而舒展。两群羊渐渐合成了一群，两个放羊娃慢慢靠近，彼此听得见剧烈的心跳，原始的爱情疯狂的演义。这是人世间最美好的一幕，连游荡于山野的狐狸也羞涩地低下了狡猾的头。张老三发誓不认女子，说就当没养过那贱货。十几年后女子领着孩子提着重礼和靳老四在娘家门口跪了整整一天，把老张的心都跪烂了，再加上请人说和，张老三总算眼泪巴巴地认了亲。

尖山嘴有几百米高，陡的羊都爬不上去。有一条曲曲折折的小路，是打炮的刘汉踩出来的。那其实不能叫作路的，只是长期走动过的一线痕迹，这些年连那痕迹也没了。上尖山嘴的路消失了，那条痕迹深深地刻在我的记忆里。小时候无数次跟随刘汉上到炮台上去打炮，那份兴奋和欢乐，成为永久的荣耀，就像曾经打过几场重大战役。炮台就在堡子门外的尖堆上。每到夏天，眼见有黑云汹汹地压过天空时，我们就知道刘汉要上山打炮了。那时候几乎每天都要发上一阵雷雨，也是我们的盼望。我们可以跟随刘汉去尖山嘴看打炮，运气好的时候还能拾一个哑炮弹回来，比拾个媳妇回来要高兴上几十倍。我们老早等在山脚下，刘汉就背个小背篼从沟畔那边慢慢过来了。我们围过去，每人从背篼里拿出两个炮弹，嗷嗷叫着向山上冲去，像一群勇敢的解放军战士，刘汉背着空背篼在后面悠悠地走，他是一个健壮而自负的人，因为肩负打炮的重任而不受队长的管束。上到炮台后我们的气力已泄了大半，激情却高涨起来，等刘汉上来时，炮筒已经稳稳地立好，单等着乌云滚滚，电闪雷鸣，一场战役就要打响。刘汉会悠闲地抽上一会儿烟，抬眼看看天空的阵势，像一个决策的将军。形势紧迫时，他会一上到山顶就开炮。我们躲在堡子的门洞里，他冲到炮筒跟前，用烟头引燃导火索，迅速地把炮弹塞进炮筒里，然后猫着腰跑回门洞里。炮弹呼啸着向天空射去，接着一声巨响。我们的眼球被射向云层的炮弹吸引着，生怕眨一下错过了那壮烈的一幕。被炸裂的黑云翻滚时，我们像打了胜仗的战士一样在山顶跳跃欢腾，嗷嗷的叫声常常吸引了村子里干活的父母们的视线。遇到雷雨不太恶的时候，我们的内心隐藏着巨大的失望，就会高声地谈论雷雨如何可恶，冰雹如何剧烈，等等，以便让刘汉做出打炮的决断。其实谁都清楚心里的想法，彼此却使劲地渲染着，希望我们的话语能够左右刘汉的判断。我们只是想看一看那炮弹爆炸的情景，想让内心压抑的那份欢乐随着炮弹的爆炸得以释放。但刘汉很少被我们的话语打动，他会在抽完几支烟以后说，算了。所有的情绪就像乌云一样散去。下山的时候我们不会帮着他拿炮弹，我们会去捉黄鼠或者抓山鸡，失望很快被新的欢乐填补。朴拙的乡村给了我们无限的野趣，牧放着我们无忧的童年。我们像野草，沐浴着自然的风雨长成了一棵绿色的植物，我们的根茎里缺少文字的污染。

在老家的时候，我常常望着那坐高大的堡子，像一个遥远的梦。最后一次爬上尖山嘴，爬到堡墙上是什么时候的事，无论如何也想不起来，总觉得像昨天的事那样清晰。尖山嘴在靠近村子的地方有一段缓冲，是个不太平整的台阶，被开垦出来做了耕地，但因为土质贫瘠，总是广种而薄收，谁也不愿在那里下力气耕作。渐渐地成了墓地，一座座的坟墓像补丁一样缝补在红土地里，野草吸收了尸体上的养分而疯狂生长。秋收过后，远远望去，红土地上镶满了绿色的方框。土地庙是什么时候盖起来的？大概是近几年的事，我从未到那里给管理本方的神祇烧过香。我总觉得土地老儿是一位仁慈宽厚的长者，像《西游记》里的那样，见了悟空就战战兢兢；但他一定很孤单，他的庙宇也那样孤单，像长在红土山坡上的一颗黑痣。山坡因有了土地庙而生动，村庄也会因土地神的护佑而获福。欢娱属于人类，神灵需要静心修养。在经历无数劫的积善修福之后，人变成了神。我们的土地神也许就是我的一位先祖，我常想象他须发皆白，慈眉善眼，安静地蹲在门口，把一支旱烟锅抽得长满了铜花，缠绕在山头的白云就是他喷吐出来的烟雾。

我们村的每一个地方都有名字，那一带就叫上摺坡。父亲说上摺坡阴气重，适合做墓地。我一直没有弄明白，都是土地，却有不同的气，气的概念模糊而飘逸，玄玄的。但那时候我确实感觉到上摺坡那些坟墓里散发着巨大的恐惧，我甚至像看到了那些我见过的老人就从那草丛里钻出来，蹲在土坎上，幽幽地看我。我从不敢独自去上摺坡，跟着大人在那里干活，到天黑时，心里就发毛，觉得满世界都是怨鬼，瞪了眼，头发根都要竖起来了。奶奶坚信那是一块风水宝地，她对那块土地的向往和亲切让我迷惑。她的公婆和丈夫都睡在那里。我只是在每年清明时例行到坟地里去烧点纸钱，埋在祖坟里的人我没见过，生不出一点感情来。奶奶不容任何人对上摺坡的坟地有丝毫不恭。弟弟考上大学那一年，祖坟里满满长了一框野玫瑰，一人多高，夏天时花开得像火焰一样热烈，几里地都望得见。弟弟上大学后，奶奶神秘地在家里宣布，祖坟里的脉发了一次，还要发的。果然到四叔的两个儿子考上大学那一年，祖坟里又同样火红了一次。这一次不单是奶奶坚信祖坟的地脉,连从来不信邪的四叔也感动了。我们家族的人都相信长眠于地下的祖宗并没有彻底地离去，他们仍然以某种不可言说的方式关照着子孙们。从不扫墓上坟的四叔在那一年备了丰厚的祭品和许多纸钱,带领全家人跪倒在祖坟里表达了他对祖先的谢意和敬重。

我宁愿相信这种神秘的说法,因为我对于那块土地的敬重,或者说是我对于土地或神灵的敬畏。我漂泊的灵魂和空虚的思想是需要一些信仰来填充,不是金钱的或物质的。世俗的痛苦来源于人自身的妄自尊大和贪得无厌。不可知的事物犹如河沙,人的渺小犹如蝼蚁。奶奶从三十岁起守寡,在万分艰苦的岁月里拉扯儿女成人,是什么样的信念支撑她走过五十多年的风雨历程？奶奶的成就是一个普通人的成就,跟许多伟人相比,我更钦敬奶奶。就像和城市的高楼大厦相比,我却更亲近乡间低矮的土屋一样。

我相信土地的宽厚和仁慈,常怀了感激的依恋,像对父亲。但我难以抹去饥饿的记忆,那个时候我们的土地确实出了很大的问题,一方水土养育不了一方人,老家的人一个个瘦得跟猴子似的。经常有小孩子死了,大人把他们送到上摞坡的阴沟里,放一把火烧得焦黄,然后任野兽吃掉。那是人世间残酷的事。那样的记忆像一条冰冷的蛇盘踞在我的心灵里,遇到温暖的日子便苏醒,我的灵魂像秋风中的枯叶一样战栗。那时候小孩子得了肺炎,拉肚子脱水,都救不过来,不要说其他的病。我的小妹在三岁时死掉了,不知道是什么病,从生下来就有那病,嘴唇青紫地像茄子,动不动就没了气,几年下来把父母折腾得筋疲力尽,最终还是死了。我记得母亲昏死过去,六叔拿了一只箩筐跳上厨房顶扣在烟筒上,想罩住小妹随着炊烟飘散的魂魄,小妹还是坚决地闭上了眼睛,被大伯和张家姑爷提在篮子里带到上摞坡的阴沟里烧了。她幼小的心灵里大抵没有苦难的记忆。烦恼是生命的影子,相伴而生灭。那几天夜里我们经常听到猫头鹰凄厉的叫声。母亲甚至说她听到西墙脚下有说话的声音,是先人来领小妹了。小妹的形象很快从我们的记忆里抹去。但我经常见到被野狗叼着的小孩的尸体,那种惨象令我的内心充满巨大的恐惧。我常常出神,要是哪一天我也死掉,同样会被大伯和张家姑爷用篮子提了去烧掉,然后就有几只野狗来分吃。我问过父亲为啥不像死了的大人一样埋了? 父亲说短命的小孩, 不能受土,没那个福分。要是像大人一样埋了,要成精,会害人。后来我知道了我们乡下的规矩,三十二岁之前死掉的人不能进祖坟,都算短寿,没跳过火坑,即使埋进土里,也要放火烧;也不能堆起坟头,享受不了祭奠。

上摞坡的坟地里埋的全是有寿禄的人,装进木制的棺材里。棺材用红颜料染过,当头画了篆体的“寿”字。村里的壮年人抬着,唢呐嘟嘟吹着,孝子穿了白褂,撑起经幡、纸火,一路浩浩荡荡,纸钱飞舞着,哭声飘扬着,绕过沟畔,直向上摞坡的坟地里走去。我记得在一个夏天的葬礼上,因抗不住饥饿的诱惑,和几个伙伴一起抢了祭品,我抢到了一只白面馒头远远地躲在山坡上吃,那时我没有感觉到上摞坡的阴森恐怖,上摞坡像那只馒头一样鲜亮亲切。但我害怕父亲的巴掌,我像放羊娃一样抢吃人家的祭品,丢了他的脸,他不会饶过我的。父亲正在帮着往坟坑里下棺材,我注意到他的脸上掠过一丝惊讶。到后来父亲是否过问过此事,记不清了。去年清明时回家上坟,带去的奠酒太多,我和八叔边走边喝,回到家时差点醉了。父亲说上坟去还喝酒。我说爷爷看见我高兴叫我多喝了点, 惹得父亲笑了。父亲说和他同龄的王忠、刘汉、边祥生都已到上摞坡受土了,他这病歪歪的几年了,下一个该轮到他了。他的眼睛里透着少有的悲哀的光。他的语气却那样平和,甚而有些神往。没有人能够体会死亡,死亡是一个永恒的谜语。在父亲眼里,死亡是必然的归宿,他像一个疲惫的游子,走在回家的路上。上摞坡的坟地里飘散晚炊的柴烟。

刘汉过世时五十多岁,一点都不显老。得的是结核性胸膜炎,在一个老中医那里吃草药,吃了半年也不见好,最后瘦得剩下一把骨头,断了气,眼皮都合不上。他家没有祖坟。刘汉年轻时逃荒过来,招到马家做了上门女婿。他死后埋在上摞坡,圈出一块地来,做了他家的祖茔。王忠和边祥生大抵是进了祖坟。边祥生死于脑梗塞,我去看过。他大儿子去了新疆,二儿子手头紧困,没送去医院,在家里打了两天吊针,算是尽了孝心。他在家熬了一年多以后才去世,听说后来屎尿全拉在炕上,臭得没人搭理,饿死了。

请原谅我对于逝者的不恭。据说他年轻时太昏，不知孝道，经常打骂父母，最终遭了报应。王忠的情况我不大清楚。只记得前些年他的儿子打伤了邻居高聚才，他为了不让儿子吃官司，就经常用架子车拉了王聚才到医院看病。那时他已经五十多岁了，头发花白，拉了架子车时像一头快要散架的老牛。

奶奶在八十岁时干了一件惊动几个村子的事，她和财大气粗的杨四狗较上了劲。杨四狗在上撂坡下开砖厂，水池就挖在我家祖坟的上头，已经挖了几米深，事儿传到奶奶耳朵里，奶奶说是在挖她的炕头。奶奶说这狗日的做短事哩，他要挖断咱家的地脉。拄了拐杖赶到上撂坡，找到杨四狗，抡起拐杖就打。骂道，把你个丧良心的短寿，今儿要跟你拼了这老命，拿这老羊皮换你的羊羔皮。哪里不能挖水池，偏要挖在我家坟头上。奶奶坐在土坑边，说要挖先埋了她。杨四狗好话说尽，立马掏出几百元钱给奶奶，也没能打动奶奶的决心，最后不得不另选了地方。杨四狗说对这个风都能吹倒的老太太他实在没招。奶奶还不解气，碰着杨四狗张口就骂，杨四狗只好躲着。世间的事情就是这个理，最强大的往往要最弱小的对付。杨四狗躲避奶奶的样子，好笑地就像一条丧家的赖狗。

上撂坡依旧清冷着，但我再也没有感觉到那种阴森森的恐怖，倒是有一种亲切。原来土地归生产队时，那块地里曾经种着豌豆，我去偷豆角时被队长发现，匆忙之中爬进祖坟的荒草里，躲过了一次打。我坚信那是冥冥之中有我的先祖在庇护着。这几年那块地划归我家，没人去种，撂荒了，野草长到淹过坟头，成了野兔、黄鼠们的乐园。

北　墙

北墙居于村子中央，高大而颓废，墙顶经历无数风雨的侵蚀而成锯齿状，覆以衰草及青苔，愈发老态沧桑。

村人都叫它北墙，不知始于何时。只是这么一直叫着，它也就拥有了一个名字。因为有了名字，本来一堵残存的土墙似乎变了身份，不再仅仅是一堵土墙，而是具有了某种象征意义或者精神。北墙不同于其他随处可见的土墙，并非因为他的形状或者质地，它的特殊之处只是比其他的土墙更厚实高大一些，它却像城市的雕塑或者寺院的塔殿一般，凝结着一些说不清的东西。它不只是居于村子的中央，更主要的是居于村人的心中。

村庄的历史在村人的记忆中，但缺少文字喂养的村人又是健忘的。所以北墙也没有历史。没有人知道什么时候起有了北墙，因为村庄而有了北墙，或者因为北墙而有了村庄？北墙因何而筑就，又因何而巍然屹立至今？北墙的故事被逝去的先人带进黄土里去了。没有人去考证、追寻、记录。憨实的村人从不去干那些没有意义的事，何况对于一堵土墙。他们只活在现在，不会去想生之前或者死之后的事。

据说北墙最早居于村子北端，后来因院落不断向北扩展，现在的北墙便落于村子中央了。北墙成为村子的中心，愈加雄伟坚固，有不可摧毁之势，更有了一种四平八稳的霸气。我小时候无数次爬上墙顶，俯视村庄，颇感英雄气概，似乎可以呼风唤雨，指点江山；后来再也找不到那样的感觉，常常被衰老的情绪围困，沦陷于无端的惆怅。

生命最终是要老去的。奶奶在这个世界上活了将近一个世纪，最后还是被装入棺材，埋进黄土里。送葬的队伍从北墙下缓缓移过，唢呐声碎，孤独空前。纸钱像雪花般漫天飘落，奶奶的世界洁白宁静而空虚。奶奶是在北墙下晒太阳时停止了呼吸，她睡着了，进入了一个永恒的梦，温暖而安详。北墙为她遮避着晚秋的凉风，几片黄叶落在她稀疏的白发上。我总是疑心，奶奶没走，她还斜依在北墙下，爱抚地看着她的子孙们来来去去。她用另一种语言述说着什么，没有人听得懂。

我突然觉得北墙也是在一种睡眠状态，它拥有着太多的故事，传奇以及生命内在的东西；它以另一种方式讲述，平淡地近乎于无。

孩子们在不觉意中长大，大人在不觉意中老去。女儿嫁去了，媳妇娶来了。北墙顶上的草荣了，又枯了。鸟儿飞来，又飞去。

北墙的裂隙里安顿了许多鸟儿的家园。北墙的顶上甚至还长出过一株榆树，只是最终没有长大。北墙很高，长在北墙之上的树定数要短命的。

北墙没有被村人挖倒取土，据说那土是在蒸笼里蒸熟的。还有许多神秘的传说，比如说，因为北墙的存在而使村庄免受冰雹的袭击；因为北墙的荫护而使村庄有丰硕的收成，即使在特殊的年月，村人也免受饥馑；因为北墙的荫护，村人健康长寿，村里六畜兴旺。被赋予神性的北墙，成为村人灵魂的圣地。

有一段年月，村人喜好开会，那时的会真多，几乎天天开。就在北墙之下，每天传达着新的革命精神，批斗着新的阶级敌人。本来憨厚老实的村民，突然间变得群情激愤，被注入了兴奋剂一般面目全非。有人提出要把北墙挖倒，运到田里做肥料，便有人响应，挥舞着镐头铁锹，要彻底铲除他们苦难的根源。但当第一个爬上墙顶的人被自己的镐头挖破了脚而痛苦地滚到墙下时，所有的人都感到震惊。他们被一种神秘的力量威慑，没有人再敢举起手中的工具。又一个开会的日子，那是一个明月朗照的夜晚。王家六娃冲出人群，冲到被背绑着的“四类分子”——他的父亲王生富老汉跟前，脱下破烂的麻鞋，在老汉脸上狠狠地扇了几下，以示自己的革命决心。老汉在那晚散会后碰死在北墙下，鲜红的血把北墙洇湿了一大片，浓烈的腥味弥漫了整个村子，久久不能消散。有好一段时间村人不再在北墙下开会，北墙孤凄地冷落了许久。王六娃疯了，不再下地劳动，每日对着北墙呆望。

村里的人换了一茬又一茬。生老病死，没有人能够逃脱自然的劫数。房屋演绎着同样的命运，盖了拆，拆了盖，越来越高大洋气了。北墙仍旧伫立，在红砖碧瓦的村舍间，显得低矮而苍老，很少人注意它的存在。

现在村人都忙。聚在北墙下聊闲的都少，不要说开会。

陪伴北墙的除了几位行将就木的老翁，再就是王六娃，他也六十多岁了。他们每日依于北墙之下，沐着温暖的阳光，数说既往的岁月，数说当下的光阴。王六娃仍旧对着北墙呆望。

有一日，王六娃突然说，北墙睁着眼睛呢！

一老翁凄然应道，瓜怂，你才知道？

墓地的阳光

清明那天，乡村小路上来来往往的尽是上坟扫墓的人。没有雨，天气晴好，只是缺少了诗意的氛围。清明与雨水的关联，好像是因为那首古诗而流行起来的，或者清明本来是个略带伤感的节日，多一些雨水的调剂，更能表述扫墓者内心那种微末的情感。也许那首写清明的诗，正是符合了此种潮湿而温暖的心情，故而才成为千古佳句。毫无疑问，杜牧的确是一个非常伟大的诗人。

今年的清明没下雨，我觉得还是很惬意，微醺的春风，温暖的阳光，渐次泛青的田野，一切都显得温馨而安谧。确实是一个美好的季节。最近几年算是风调雨顺、雨水丰沛，春季几乎不见了令人烦恼的沙尘天气。也许是老天慈悯眷顾，让我们拥有如此和平安康的日月，但愿这样的日月能够一直持续下去，直到永远。

我的心情也同样如此美好。

从小一直上坟，几乎每年清明节，都要回家上坟，如同春节回家过年一般，只是一种例行的习惯，并没有仔细思考过这种仪式背后的意义。现在人们对于清明节好像有了重新的认识，显得格外重视。从国家到个人，达成了共识，逝去的祖先们突然间变得神圣而且让人敬畏了。寻根问祖又成为流行趋势。其实，国人是向来讲究慎终追远，视死如生。祖坟更是一块不可碰触的禁地。只是有些时候历史喜欢开玩笑，让那块禁地变成了伤疤，一旦追忆起来，便会释放几多隐痛。这种隐痛并非个体的体验，曾几何时，几乎所有的土地上都感染了同样的痛，传染病一般的流行。因为大家都在感受着这种痛，所以并未见有人敏感地呼叫，算是一种随众的心理。即便是作为圣人如孔夫子的坟墓也同样未能得到幸免，何况我等山野匹夫。

我家有一块坟地，在二十世纪六十年代和七十年代两次经历了类似的劫难。但所幸两次都又逃脱了被挖掘的命运。那座坟墓里埋的是我爷爷的爷爷，我们叫祖太爷。祖太爷对于我们这一代人来说，只剩下一个模糊的概念，一个称谓而已，但对于爷爷辈以及父亲辈来说，就又显得亲近了许多。我父亲辈弟兄十一人，当时都在村子里务农，是村子里主要的劳动力。那个时代，全村的主要劳动力不到一百人，而我们家族就占将近三分之一，所以，每一项比较重大的田野工作，几乎都不能离开我们家族的力量。包括安葬过世的老人、迁移坟墓，或者娶媳妇、出嫁女子等。在那个年代，祖太爷的坟墓没有被耕种或者挖掘，也许与我们家族的人口较多有着密切的联系。据说为此有过好多次争论以及斗争，但最后都归于妥协。当然，可以想象，如果有人挖掘了我家的祖坟，他的家族的祖坟也一定难以保全。另一方面的原因是，如果有人强行挖掘了我家的祖坟，当时我们家族是村子里最下等的成分——富农。虽然面子上可以说得过去，符合政策，但心理上总是会结下说不清楚的过节，其他家族的许多事情就很难顺利进行。当时的情况，完全无法摆脱村落文化以及家族文化的阴影。每个村落其实都是一个完整的社会缩影，各种不同层次的势力彼此互生，谁也无法摆脱谁而独立生存。祖太爷的坟墓能够保存下来，是父辈们一件荣耀的事情，后来每说及此事时，父辈们脸上都会流露出那种桀骜不驯而自豪的神色。

我一直坚信，我的祖辈们是一群正直勤劳而善良的农民，他们奉守耕读传家的祖训，在那块土地上生息繁衍。他们是一群规矩的农民，每个人崇尚道德的约束，更遵守法律的制约。在我们家族能够考察到的五辈人中，历经三个朝代，找不到一个犯罪的记录，也许与遗传的基因有关。各种人群生存方式与基因有关，是科学的结论。违背道德、触犯法律是家族的耻辱,这是一个底线,至今我们仍然在这个底线之上生活着。

但我们的祖坟里还是埋葬了几个冤魂。

太祖母于1972年去世,当时我已经能够隐约记得。据说她确实是饿死的。太祖母出身大家族,一生信奉佛教,诵经吃素。到了晚年,信仰终于败于生存之手,虽然放弃了素食,其实就连素食也不能得以维持了,直至一口气悠然而断。估计没有进入西方极乐世界,而是做了阴曹地府的饿死鬼。太祖母是希望寿终正寝的,但事与愿违,几个儿子早已先她而去,她苟活于世,成了罪人。公认的说法,大饥荒发生于二十世纪六十年代初,其实真正的饥荒一直持续到七十年代末。我在十岁之前很少吃饱过一顿饭,饥饿的记忆如石刻,难以磨灭。那时候的土地出了问题,一方水土不能养育一方人民。那时候没有人敢于提出这个问题,到现在有人敢于提出这个问题,但没有人愿意回答这个问题。就让历史存疑吧。

爷爷的坟墓在太祖母的脚下。爷爷先于太祖母十年去世,死于真正的饥荒时代1960年。当时家里院落被侵占,作为公共食堂,爷爷领着一家人在一个潮湿的破窑洞里生存。在那个时代,爷爷的胃病一直在发作着,最后吃了不该吃的东西,一命呜呼了。爷爷背了为他母亲准备的寿材,先他父母进入祖坟里长眠,时年四十六岁,正当壮年时代。不到一年,太爷追随儿子而去,父子相伴于九泉。

四爷的坟墓在另外一块台地里,四爷没有能够进入祖坟,因为他是自缢的。进入祖坟的资格被自己取消了。按本地的习俗,非正常死亡的人不能进入祖坟。四爷死于1966年。前一天晚上村里组织开会,具体内容无法考证,只是说要搞什么运动了。经历了多次运动的四爷,也许感觉到了运动的威力所在,预知不可在这次运动中苟全性命,故而果断自行解决,了却残生。那时候风声正紧,乡党邻居都不能帮忙办理丧事,父亲弟兄几个便自行埋葬了。上报的报告里书写的理由是畏罪自杀。但最终没有搞清楚,四爷所畏何罪。留下孤儿寡母,凄惨度日。

我家的祖坟里按照流行的说法应该还有一位烈士。但我们找不到这样的一座坟茔,甚至我们家族的很多人都不知道有这样一个人曾经存在过。父辈们略有记忆，我辈们偶有传闻，子侄辈们大概毫无音信了。所以我在这里提示一下，也可以作为对我一位先祖的纪念。我大爷名忠贵，字堪庄（音），妻武氏，无子，有一女嫁赵氏。大爷于抗日战争时期参加国民党军队，死于中条山战役。大爷和白氏姑爷一同参战，白氏姑爷于战后逃回故里，只带回大爷死于战火的消息，没有其他具体的内容。所以大爷肯定做了游魂野鬼。大奶武氏后来改嫁西山里，各种原因也少来往。赵氏姑母于去年去世，享年八十有余。我作为娘家人参加了葬礼。

祖坟里埋葬的其他人我大抵都有些记忆，最近几年去世的长辈，大多是我亲手入殓送葬的。我所记录的这几位我没有见过，那时候我没有来到这个世界上。但我从长辈的叙述里知道了这些故事，知道了埋藏于土地之下的历史。从一个家族的历史，也许可以大略看到一个社会的历史。历史不仅仅记录于文字之中，还埋藏于土壤之中，更多的历史存在于传言之中。口述的历史也许比文字记录的历史更加真实。更多真实的历史在民间流传着，一辈一辈人之间通过口头叙述，通过记忆。也许很多这样的流传永远无法变成文字，文字也确实不是为了乡野草芥而存在。但谁又能够抹杀山野乡村的历史呢，这些文字之外的历史，真实而永恒，如同绵延起伏的山脉。

微风吹过，墓地的阳光明媚温煦。衰草摇曳，草根之下，新生的野草生机勃勃。空气里充满淡淡的春天的气息。

停电

我正在看书，突然停了电，被黑暗包围。

黑暗厚重而温暖，像一件黑色棉大衣。我在这黑色里呆坐，等待光明出现。我知道光明很快会回来。在黑暗里体味静坐的孤独，让眼睛休息。

突然觉得拥有黑暗是一种福分。

很多人不愿意待在黑暗里，他们会以最快的速度奔跑到电闸旁，按合开关，让光明重新回来。每个人都不会离开光明，只要醒着。睡眠时是另外一回事。睡眠时灵魂会离开肉体，我们叫做梦。灵魂好像喜欢黑暗，专在黑暗时活动，它从我们的躯体里跑出来，倏忽间跑得很远，又好像很近。我们喜欢光明，而灵魂却背叛我们，喜欢黑暗，这很矛盾。究竟是谁的灵魂呢？

入冬以来，用电量较大。电闸负荷不住，就自动跳闸，以示抗议，但总会有人很快让它复位。电已经像空气一样，成为我们生活的必需。有时候，电闸会要个小聪明，在深夜里罢工，这时候大多数人都进入了梦乡，不会有人立刻去恢复电闸。床上的温度在逐渐下降，却很少有人知觉，梦中人感觉变得迟钝。就像环境正在变坏，我们却仍然麻木一样。渐进的过程实在可怕，如慢性疼痛，感知的人在体味痛苦，麻木者依旧做梦。为什么麻木呢？睡梦中感觉迟钝是因为灵魂走失，醒着时灵魂健在，是不是感冒拉肚子或者得了肿瘤之类呢。如果这样推论正确，那么就是说灵魂也会生病的。

我常在黑暗里静坐，不想去很快合上电闸。我甚至喜欢上了黑暗。在浓重的黑暗里，我变得非常安静，像一尊石雕，不用动手做什么，不用说话，不用思想，甚至不用呼吸，让一切都保持在原来的状态。突然就觉得找回了自己，只有在黑暗里的这一刻，才属于自己，光明中的自己，不过一具走肉，陀螺似的被生活的鞭子抽得旋转。我让自己在黑暗里醒着，看守着自己的灵魂，不要让他逃逸。我聆听自己的心跳和邈远的天籁，或者一颗流星划过太空的声音。我让眼睛睁着，我看着黑暗被渐渐撕化，像棉絮一样，从浓浓的黑到灰灰的黑，光明正在通过窗口慢慢渗进来。远处有汽车的声音传来，开始很模糊，慢慢清晰，直至响亮，混合着窗外的光。我的安静的黑暗便破碎不堪。

原来黑暗并不可恶，在黑暗里不一定非要做梦。在黑暗里可以醒着，可以关照自己的念头，可以释然的体味真实的自我。在黑暗里也可以想很多光明的事情。盲人一生处于黑暗之中，但他们属于他们的快乐，他们不会关注停电的事情。

要是正在打字，突然停电，会让我前功尽弃，我会气急败坏。

有时候觉得累，就希望停电，希望黑暗来临。我甚至已经听到了电闸分离的轻微的声响，仿佛一声孤独的叹息。

马 车

马车是村子里最大的运输工具，也可能是最值钱的财产。我们把马车叫大车，大车需要四匹马来拉，一匹掌辕，三匹撒前梢。马车的历史在两千年以上。看战国时代的影视片，就有马车，那是用来打仗的。几匹马拉着跑，几个人在车上拿了武器打。我们的马车干农活，战争距离我们非常遥远。

还有一架牛车，那种古老式样。两个巨大的木制轱辘，钉满了酒杯口大的铁钉，一个轱辘足有几百斤重，走起来时发出咯吱吱的声音，牛车走过的村道上，留下深深的两道辙。中学课本里有一篇古诗叫《卖炭翁》，其中有一句是"晓驾炭车碾冰辙"。背会了那首诗后，再看见我们村的牛车，我总会联想起来，那辆牛车是不是我们的这一辆呢？或许，那老翁说不定就是我的几十辈子的一位先祖。我记事时，牛车已经散了架，只留下两个轱辘，堵在牛圈的草棚口。当饲养员的大伯每天要把它移开来，用大背篼给牛背草。比我年纪大的老牛一定记得它们一起走过的岁月，可惜老牛不会说话，老牛的故事肯定比我的多，也更精彩。

西安的雁塔东路有一个店叫食草堂，里面放着两个车轱辘，和我们的一个样子，比我们的小了一点点，很古朴的样。前年在那个店里突然看见那两个车轱辘时，竟然产生了一股说不清的感动，只想去抚摸一下。

我们的马车比牛车的年龄小一些，它的样式也比牛车精致轻巧得多，车辕上有几个铁质的滑轮，轱辘是橡胶的轮胎，设计上也先进。行走起来轻松而平稳。在车轴后面有一根结实的横木，我们叫它刮木，相当于现在车上的刹车。马车遇到下坡路时，通过一根皮绳的拉动，刮木就贴紧轮胎中间转动的铁锅圈，起到制动的作用。尤其是重车时，刮木发出尖锐刺耳的声音，几里地都听得见。那是一种叫人难以接受的声音，但不知道我为什么那么喜欢听。就像驴的叫声一样，实在算不上优美，还是爱听。小时候在村里，我常常在深更半夜醒来，听狗叫，听鸡鸣，听突兀一声驴的嘶叫划破寂静的黑夜。我不会因为那些猝不及防的声音而感到惊栗或害怕，相反，我感到那些声音亲切而自然，我会坦然而入眠。我不懂音乐，但我觉得那些来自天然的原始的声音，即便是毫无旋律、毫无美感，甚而是刺耳的噪音，也是音乐。那是自然界能量的和谐释放。

我喜欢听马车刮木的声音，并且经常坐在靠近刮木绳的那个部位，不管上坡下坡，老是趁二叔不注意，猛然拉动刮木绳，仅仅是为听那一声响。我会被二叔赶下马车，但我不会抱怨他无情，我已经得到了极大的满足。等下一次有机会时，我会同样坐在那个位置上，实现同样的愿望。二叔好像不记得我拉动过刮木绳的事了。

二叔是车户，村里的人都这么叫他。马车是二叔的岗位。从我记事起一直到包产到户，二叔好像没有干过其他的活计。他的大半辈子在马车上度过。农忙时给村里拉粪、拉粮食、拉化肥、缴公粮，农闲时便赶着马车到外面去搞副业。有时也给村里拉回来许多农具和修水渠的石料。二叔是一个非常健壮的人，他的力量大得惊人，也特别能吃。据说他可以把碾场的碌碡随便就抱到马车上；他一顿可以吃掉满满一篮子洋芋，再喝三大碗米汤。他出车时在家里吃一顿饭，在路上两天两夜不吃不喝，直到回家来才吃饭。他的长相很是凶恶，声音也大得吓人。他戴一顶青色瓜皮帽，穿一件青布棉袄，不系纽扣，两只手筒在袖筒里，一把短的核桃鞭和一把长的梢鞭就抱在怀里。外面披着那件本色的老羊皮袄。他老是半闭着眼，嘴里哼着谁也听不懂的调调。他的腿随着马车的行进不停地晃荡。他的马鞭好像仅仅是个道具，他不会用鞭子去抽打他的马的，偶尔在上坡时他会跳下车来，把长梢鞭摔出一个鞭花，叭的一声爆响，那几匹马便得了指令一般，奋力地使劲了。他自己也总是立即帮在车帮上，使劲推。他人厚道，干活不省力气。有一次推车时摔倒在轱辘下，被碾折了腿，自己绑扎了一下完事，在家里躺了半年。从此落下残疾，走路瘸得厉害。他现在有七十好几了吧，再也没了当年的强壮。我经常见他斜靠在墙脚晒太阳，头发胡须全白了，仍然是青色的瓜皮帽、青布棉袄，胸口依旧敞着。

我不能忽略掉那几匹马，但我对那几匹马的记忆实在太淡薄了。我只知道它们是村里最攒劲的牲口，它们都高大威武，非常有力量。它们都是有名字的，我现在全忘记了。只有那匹掌辕的白马依然清晰，若在目前。它的后胯上有一记烙痕，像极了“12”，所以村里人就叫它十二。据说是从军队上退下来的军马，灵得不得了。十二并不十分高大，但样式特别中看，浑身雪白，无一根杂毛。因为十二的灵活和力量，掌辕的任务就非它莫属。但这马有个毛病，认生。除了二叔，没有人能够驾驭它。二叔不在时，它死活套不进车辕里去。而二叔只要拍拍它的后胯，它自己便会走进车辕里。十二是在包产到户后那一年死掉的，那时它已老得失了神，本来是分给王四十八的，但王四十八硬是拉不到家里，最后只好找了二十元钱和二叔换了一头驴。十二在二叔家不到一年就死了，二叔也没让它干啥活，细草精料喂着，为它养老送了终。最后当然是埋了。虽然那时二叔家的光阴并不宽裕。那是我见过唯一被埋葬的牲口。

我一直没有弄清楚二叔是如何和一匹马交流的，他们并没有过多的语言，仅仅是简单的几个音符，甚或就是一个眼神。但他们却是那样默契，他们之间像兄弟手足一样。或许他们的灵魂之间已经有了某种不可言说的情谊。人和动物间感人的故事很多，我相信那是真实的，我也相信只有在人摒除了自己作为人的优越感和驾驭的地位后，以平等的爱心去和动物们交流，才会演义出神话般的故事。

我们村的马车是在包产到户的那一年退役的。这是谁也没预料到的事。几千年一直流传下来的一种工具，在一夜之间就彻底地退出历史舞台，成为一件废物、一个古董、一个名词。这是一件好事，也是一件伤心的事。马车需要四匹马来拉动，而分到各家各户的只是一匹马，一匹马拉不动一辆大马车，马车自然就成了废物，只好走进历史里去了。当时可能全国都差不多一样，还没有谁一家能够养得起四匹马来继续一辆马车的使命。马车的肢解成为历史的定数，大概在极短的时间里，马车便消失得没了踪影。车帮、车辕、套绳、轱辘、刮木等，或变作他用，或当了柴火烧掉。

现在满世界都跑着各种各样的车，屁股后冒着黑烟，舒适、快捷、方便。可我有时就想坐一回马车，听一回刺耳的刮木声，嗅一嗅马粪的味道。

王　哥

1983 年 9 月，我到兴隆镇中学去上学。那时我十四岁，第一次去兴隆镇。在此之前常听大人们说起兴隆镇，神秘而可怕。兴隆镇是附近最大的集市，方圆几十公里的人都汇集在那里赶集，听说情况非常复杂，经常有人丢了钱，有人被无故打了一顿，等等。听起来很是野蛮的样子。父亲经常到那里去赶集，他还说有一位本家的长辈在兴隆中学当老师，于是我鼓足勇气就去了。我那时候特别胆小，也瘦弱不堪，最害怕被同学欺负。没考虑学习的事情，满心里只盘算如何避免被欺负。

开学两三周，我与每个同学基本混熟悉了，接下来难免会发生一些打架斗殴的事情。那时候同学之间打架斗殴是家常便饭，没什么大不了，打得重了挨老师一次批评，轻点的老师都不知道就过去了。我们班四十来号人，除了女生，我最单薄瘦小，所以，就像个小老鼠一样悄悄地把自己隐藏起来。但在学习上似乎很快就露了尖，得了老师好几次表扬。也许是上课时喜欢表现自己的缘故，很快就有人盯上我，故意找事情欺负我。接着在某一个课外活动期间，我被堵在教室后面接受一些拳脚的慰问，正当我欲哭无泪之时，班长过来了。三言两语事情就结束了。班长说，兄弟，不怕，以后你的事就是哥的事。

从那以后，就算认了这个哥。他在私下场合也不再叫我的名字，总是兄弟、兄弟地喊。他家离镇上不远，出了镇向南两三公里路程就到了。他们那一方人口音都那样，d、j，t、q 分不清楚，还有很多特别的口语，比如水，读作 fei，等等。时间长了习惯了，我能理会，而且感觉别有风味。我也多数时间喊他王哥，或者老哥，一直到现在都这样喊着。

和王哥在学校里一起混了五六年，一直到高中毕业，好像还补习过一两年。具体记不清楚了。能想起的多是和他一起耍的事情。王哥是那种有些古风的人，他常说，最看不惯欺弱怕强的人。而我的弱小正好满足了他侠义的心理，我能感觉到他对我的爱护是真心的。后来我在兴隆镇读书那几年，再也没受过同学的欺负。

冬天的时候，王哥经常带我去他家里住宿吃饭。我离家远，住校。那时的条件可想而知，总会让我想起一个词：饥寒交迫。所以我经常跟着王哥去他家，有热饭吃，有热炕睡。那是很多同学羡慕的幸福生活。王哥父亲是阿訇，在外面开学，我一直没有见过。听说每年坊上都会送过来很多学粮。在他家吃住时间长了，我不好意思再去，很是歉疚。王哥却说，不在乎你那一口，不去就见外了，就又跟着去了。还跟着他去寺里吃过大锅菜，去镇上他的亲戚家吃过刚出锅的粉条，还在那里自己动手做过柿饼。总之，他能吃到的，都少不了我的一口。我成了他的小尾巴。

高一的时候，来了一位语文老师，脑筋有点抽。讲到《廉颇蔺相如列传》一文，开口就来一句：廉颇者蔺相如也。我举手，老师，廉颇者非蔺相如也。老师大怒，爆了粗口，边骂边打。把我从座位上拎小鸡一般拎出去继续打。众同学愕然。王哥突然一拍课桌，暴怒而起，直呼那老师的名字，从中阻拦遮挡，极力让我少挨些拳脚。到后来，基本是他们两个在战斗，我倒成了旁观者。那一次闹得很大，要不是班主任及时劝阻，差点闹成了群殴。我只记得同学都是站在我这一边的，大抵是因为我被打得太惨了吧。王哥在那一次因为敢于第一个站出来和老师战斗，成了同学心目中的侠客。同学们也似乎空前团结，集体罢课将近一月，直至那位语文老师调换为止。

那一次后，我从心底里开始叫他王哥。

高中毕业后，高考自然失利。我们那时候基本没有考上大学的心理准备。王哥好像没有补习，就去做生意了。听说还上过新疆一段时间。

我继续补习，几年之后上了地区卫校。那一段时间很少见王哥。每年暑假时间，到兴隆镇去赶集，老远见他挥舞着一把长刀，在喊叫，西瓜吆，好西瓜。红沙瓤的西瓜吆，不甜不要钱。旁边靠街边，堆着一大堆西瓜，前面一方地桌，一把称。我过去，叫一声老哥。他嘴里说着，兄弟来啦，顺手一刀，一只西瓜已经切开了。吃吃吃，先吃好了再浪。我们吃西瓜聊天，说些各自的见闻。有一个假期，在王哥的鼓动下，我自己也做了一次生意。跑到甘肃靖远拉了一车西瓜回来，卖了一个假期，勉强赚回了下一个学期的学费。

我在兴隆医院当医生那一段时间我们经常见面。他在市场里开了一间杂货铺，生意好像并不很好，勉强度日。我闲暇时间经常过去找他聊天，躺在他家炕上喝茶水，碰到饭熟了，就吃。他还是老样子，还是那句话，兄弟，吃，到哥这里，就当自己家里。晚上我们一起去打麻将，我说，搭档人可好。他说，有哥在，你怕啥。

我调离兴隆医院后，见面很少了。听说他去新疆待了一段时间。路过兴隆镇时，找过他几次，都没见着，心里有些落寞。

最近微信流行起来后，各种圈子成为最热火的交流方式，同学聚会空前多了起来。去年岁末，一位老同学荣归故里，自然聚集了不少老同学，王哥也来了。他是特意从兴隆镇赶过来的，将近一百里路程。

见面还是那样，一声兄弟，便回到了从前。席间，我嗜酒，他不喝酒，只饮茶。不时叮嘱，兄弟，少喝些，少喝些。突然发现，王哥个头原来那么小，只到我肩头高低，小白帽，茬茬胡子已经花白，牙也少了几颗。不由得感叹，王哥，老了。

王哥现在兴隆镇市场南开一家瓷货商铺，字号瓷器王。

大兴善寺

大兴善寺是西安城里一个比较幽静的地方。对于西安城的好感是从那里开始萌发的，当然还有西安古老的城墙、宽阔的护城河。

第一次到西安，首先看见古城墙，那是不同于其他城市的标志。车流人流高楼大厦每个城市都有，不稀罕，古城墙却不一样，西安唯一拥有，并且是唐朝的建筑，一千多年了，是历史，是文化，是城市的记忆，是丰厚的底蕴。初到西安，步行从城门洞中穿过，忍不住伸出手去，抚摸一会儿那些古老的青砖，当时的心里很复杂，可以用感慨万千来形容。我的手抚摸着的是唐朝的砖，那些砖居然存在了上千年，还是那样坚硬冰凉。有一种穿越的感觉，眼前似乎是唐朝的车马人流。太宗的车马仪仗正在招摇而过，于鼎沸的市声里仿佛听见黄衣使者鸣锣开道的声音，衣袂飘飘穿门而过的可都是善于吟诗作赋的人物。李白是否酒醉之后从这里走过呢？杜甫逃离长安时是从这里出去的吗？我看到了宽阔的护城河，河里依旧有水缓缓流过，还有吊桥，高大古朴的城楼……有一种似曾相识的亲切感。真的，我感到非常熟悉那里的一切景象，好像在哪里见过，不是在电视里或者图片里看到的那种感觉。我甚至宿命地想象，也许在某一世，我曾在某条街道上生活过，或者是某个药铺里的伙计，或者是哪个官府里的走卒。

去过的城市很少，比如银川、兰州、西宁等，感觉最好的莫过于西安。西安像一位很有学问的老教授，银川则像一位时髦的现代女郎。西安的街道上有古朴的书卷气息，包括那些粗大的梧桐树，总让人觉得深刻悠久。当然还有很有名气的大雁塔、小雁塔。大雁塔太有名气了，太高大，需要仰视，有名流的气势，让人难以亲近。大兴善寺则不同，隐于繁华都市之内，很寂静，似乎有些落寞，但富有民间烟火气息，让人亲近。

每次到西安，几乎都要到大兴善寺去转一回。那里有一家书店，叫菩提书店，里面总有很多新书，别的书店里没有。还有许多赠送结缘的书籍、小册子，放置在专门的架子上，随意拿走，没有人过问。在那里总会碰上几位谈禅论道的高人，慈眉善目，侃侃而谈。细听一会儿，知道不乏著名大学的学者教授，偶尔有寺院的法师一起聊。都是平时难得一见的人物。

大兴善寺是开放的，可以烧香礼佛，也可以随意参观。从那里可以走进比唐朝更久远的历史，一直走到距今一千六百多年的晋武帝时代去。大兴善寺被尊为内地密教祖庭。隋唐时代，密教僧人开元三大士善无畏、金刚智、不空在此寺中翻译秘籍五百余部，其时此寺为长安三大译场之一。日本僧人多有来此寺中住学者，圆仁、圆珍等人即于本寺受传密教。据说日本佛学界对这座寺院很有感情，近年来多次参访。

大兴善寺的僧人很随和，遇见了，人们合掌行礼，他们也会合掌行礼，礼仪有度恭敬，交谈中会流露出智慧和慈悲。他们会让人无端地安静安详，好像不是处于繁华的大都市之中，而是游于一座深山古刹之内。

遇到一位工作人员，一位三十多岁的女士，据说是中国人民大学毕业的高材生，放弃了优裕的物质生活，却在那里做义工，只求温饱。看她精神饱满，态度谦和热情。一直想不明白为什么，但很敬佩她。毕竟放弃世俗生活需要极大的勇气和耐力。嘴里说着看破放下，心里明白得很，真正敢于走出一步的人实在不多。追求生命真谛的人走着一条和世俗相反的路，他们内心的愉悦没有人能够体会得到。没有人能够进入别人的内心世界，所以不敢轻易非议别人的生活选择。谁能够穷尽世间万象之真谛，谁能够主宰任何一个生命之轨迹。在智慧的佛塔之下，感觉出自己如蝼蚁般渺小。

大兴善寺的殿宇巍峨耸立，大兴善寺的香烟袅袅，大兴善寺的树木葱绿，大兴善寺在灯红酒绿的都市中心，寂静而安详。在大兴善寺的院子里，几乎听不见喧哗的市声。

嘛呢悉地

据说，终南山是一个很有意思的地方，我便循着不知道的那个意思而去。顺着一条不知名字的山沟深入，没有目标，只是一味行走。突然就被一块石头挡住了去路，就看见了刻在石头上的几个字：嘛呢悉地。

我不知道这几个字的意思，也许很少有人知道这几个字的意思。不想去试图理解几个文字的意义，只想让这几个字温软地飘落在记忆的某个角落，不染一丝尘埃，安静而清凉地就像那一块石头，如此清净而安详，静卧于乱石之间，树荫掩映，芳草抚摸。是谁刻到那块石头上的，谁书写的，谁用鲜艳的油漆涂染的？一切问题都成为多余，很有饶舌之嫌。或者这里的一切本来都不是可以用语言来叙述的，一句话，甚至一个音符都是多余。风从山谷轻轻掠过，鸟声悠远而清脆。哪怕是一声轻微的叹息也会成为一个不和谐的音符。“溪声尽是广长舌，山色无非清净身。”知道自己是一个入侵者，呼气粗重，满身臭汗。看到那一块石头时，感觉到自己的唐突。

如果稍微大意，一定会忽略而过，那块石头不大，那几个字也只有拳头大小，而且旁边有茂盛的野草掩映着。但我看见了，并且被感动，不知道原因，很莫名，有似曾相识的感觉。明白文字是有力量的，不是让人行走的力量，也不是让石头滚动的力量。是如同超声波一般，直入内心，让你的心轻轻悸动，甚或震动的力量。突然间生出放声大哭，或者放声大笑的冲动。但不敢放肆，看见一泓清泉如镜，自己疲惫的影子苍凉而猥琐。

喜欢追问意义是一种习惯思维。但在那一刻，好像突然间明白，所有的意义都是无意义。概念、注释、考证、诘问、讨论等，最后都归于虚无。如同风，游荡于山谷之间，或歇息于树梢草叶之上，不可言说，但确是存在着。看不见的存在真实吗？听不见的存在真实吗？总是被自己的器官欺骗，但多数时候宁愿相信自己的感知，而忽视了许多真实的存在。未知的盲区太多，主观的武断过激，多么幼稚啊，却总自以为是。语言真的成为累赘或者障碍？有多少生命被消耗在语言的交锋之中，口水和战争结合起来的那个词叫口水战，多聪明的发现。回味时就知道，确实每天都在这样的战争里挣扎着、战斗着、烦恼着、忧戚着，甚而快乐着。

不能理解一棵树木的快乐，也无法理解一泓泉水的忧伤。除非能幻化成为一棵树或者一泉水。不能和一块石头交谈，也无法与一只野山雀对唱。在深谷之中，才可深味自己的渺小，一条枯藤可以阻止你前行的脚步，一片树荫也可以让你安然成梦。

不想继续游荡于空旷的山野深谷，虚弱疲惫的身体需要一块青石板，需要一根拄杖，需要一碗清凉的水。嘛呢悉地之后有一座茅棚，那里也许有我需要的一切。

能叩开那一扇柴扉吗？柴扉之后是否别有洞天呢？

无心者不会发现，竹林后有一个如此幽静的去处。乱石小径的拐弯处有一个巨大的碾盘，碾磙不知去向。后来知道，山里村民叫那个地方为碾盘。于是碾盘成为一个名字，一个幽静的小院落的名字。但我更愿意称那个小院落为嘛呢悉地，望文生义地理解，某某地。明知道那个“地”并非我所理解的“地”。但觉得这个字的读音应该不会错，许多的文字所传递的意义，并不比声音所传递的意义多，声音或者更接近事实的真相。

虽然那扇柴扉的门口挂有“游客莫入”的警示牌，但我还是贸然闯入了，并且做了短暂的驻足。相信主人诚意的宽容，相信那是一个可以歇息的去处，一个可以让疲惫的心灵驻足回味的去处。仅仅只是一种模糊的感觉，很少有人真正进入那个院落，那个“地”。满目所触，尽皆杂草树木，只觉幽静清凉直抵内心，其余实无所得。总是拿都市的嘈杂污染来做了比较，刚刚穿越了都市尘嚣，只能做世俗的类比，燥热与清凉，喧哗与幽静。

而嘛呢悉地是不能做如此类比的。嘛呢悉地只能用心来感受。

其实并没有进入那个局促狭小的院落，也许永远无法进入，永远是一个游客、一个过客、一个看客。

但我记住了那里的竹林，青翠挺拔的竹林，几棵核桃树，院子里随意而设的石几、石凳。满地的浓荫来自一棵高大的银杏树。一只白色的鸽子，用疑惑的眼神张望着，或者要询问你的来意。它并不欺生，可以飞到石几上分享食物的残渣。还有一只小猫，无声地游荡，或者安静地沉睡于石凳之下。

仅此而已，嘛呢悉地只能留在我的记忆里，留在我的相册里。我只能感觉到那里的清凉和幽静，无法进入嘛呢悉地的堂舍之内。

嘛呢悉地谢绝游客进入。我是一个游客，一个偷偷进入嘛呢悉地的游客。

陌生的城市

从参加工作到现在，一直在乡下转悠，甚至追溯到中学时期，也没有能够到城里学校上过一天。也许生就的命运，只适合于乡下苟且偷生。城市于我总是呈现陌生或者阴冷的面孔，很难找到那种家居生活的感觉，故而对城市生活一直难以建立起兴趣来。就像生长于山间的野草，移植到人工的田园里，未必能够生长；许多野生的小动物，人工饲养难以成活，一样的例子。看见动物园里那些半死不活的动物时，总会想到监狱里的囚犯，即便活着，生命已经失去了意义。我也许就是山间的一株野草或者山沟里的一只小动物，生存的空间只能在乡野僻壤，城市是我的禁地，是监狱或坟墓。

前些年曾经努力过，也希望能够进入城市里，过那种文明而忙碌的生活。但一切努力终归徒然，不得其门而入。随着年岁的增长，渐渐也就失去了兴趣。城市对于乡下人总是有一道很高的门槛挡着，就像过去那些王府大院高高的门槛一样，想要进去，不要说老爷，门子那一道关就很难过得去。不说一句话，只把手伸过来，很神秘的样，没见过世面的人就被吓蒙了，不知道得拿多少银子打发，所以只好退回来，不进去也罢。或者是太过于珍惜自己的银子，毕竟挣几个钱不容易，都是血汗换来的。对于钱财的爱惜成为我致命的穴道，注定了一生只能是个失败者。乡下人一旦进入城市，总会刻意显摆一种优越的表情，除了衣服手脸洗得干净了之外，内在里还是掩藏不住土腥味，三句话之后就暴露了自己的心虚。即使已经忘记了老家的人，往上推三代，肯定是某个山沟里的种田汉，若是财主的后代就已经值得自豪了。中国历史上的城市，好像不太养活人，即便是官宦人家，也少不得在乡下有田产，许多有名的官宦后裔，几代人之后又变成了乡下人。现在的城市越来越大了，许多人因此都变成了城市人，一副文雅的面孔。我却总是忧戚着，那些钢筋水泥的高楼大厦未必有土屋茅舍更长久。

有句话说吃不着葡萄说葡萄酸。我可能就属于酸葡萄的一类。仔细关照了内心细微的思想之后，知道冤枉了自己，因为压根儿已经不喜欢吃葡萄了。就像那些红牛、健力宝之类的饮料，不能喝，一旦喝了，胃里就泛酸，受不了。好东西都是相对的，看对什么人来说。我可能已经放弃了诸多机会，那些机会在我看来或者就是伊甸园里的善恶果，吃下了，或许会成为苦恼的开端。未来永远是一个未知数，谁知道呢。

小家暂时安顿在县城里，但我总是不想回家里去住。妻子经常抱怨，好像我不热爱那个家或者是厌倦了她。其实是误解，不是我不爱家或者不爱她，我是不喜欢城里的那份喧闹。那些浮华的市声，总会使我莫名的烦乱，甚而不安焦虑，无所适从。每次回家时，都是匆忙掠过街道，直接到家里，然后不再出门，似乎要把城市那些繁华的景象拒之门外。路过的街道里有一座新建的高楼，快封顶了，好像没见过。一家豪华的酒店，开业几个月了，那么大的霓虹灯光字幕，竟然不知道。外地的朋友住在里面叫着过去耍，差点找不到。可见我对城市的陌生。那是我的家所在的城市，非常小的一个县城。

常常有一种感觉，县城里的那个家，好像不属于自己。我家住在三楼，顶上有四楼五楼，下面有二楼一楼，我们被搁在空中，上不着天，下不着地。我家的地板是别人家的房顶，我家的房顶是别人家的地板。楼上的污水大小便从我家卫生间的管道里通过，听见那些哗啦啦的水声穿过时，感觉自己头上被浇灌了污水一般别扭。受不了楼上小孩子奔跑的脚步声，但我只能忍耐着，还要劝说妻子忍耐着，为了邻里和谐。我们确实在为建立和谐社会而努力着。我知道，那个房子迟早会属于别人或者会被拆掉。它不属于我，我只是暂时地居住者。这就是所谓的客居感吧，不知道别人有没有这样的感觉。而生活在我看来需要归属感。

城市的邻居是陌生的，街坊是陌生的，所有的人群都是陌生的。掩藏在这些陌生之后的是沉重的疏远以及冷漠。城市里缺乏温情。城市的水泥地面和柏油街道上不生长乡情，而乡情正好是一种最有生命力的根系，对于民族、对于文化来说。

我确实比较喜欢乡下生活，在这里生活工作，轻松自在逍遥，情绪良好。就这些已经非常难得了。每天工作时间六小时，真正干活的时间最多两小时，其余可以打扑克或者说闲话。收入不算高，不到一个建筑大工的工资，但我很知足，没有风吹日晒，也不出力流汗，够了。

这里有充足的阳光，有新鲜的空气，有苍翠的山峦，有碧绿的田野，有清脆的鸟鸣，有微风拂柳，有细雨迷蒙，有清晨的喧闹，有夜晚的寂静，有清茶里的禅意，有醇酒里的微醺。这里的一切足以培植一颗恬淡安静的心。

乡下的秋夜，深邃、空灵、寂静。即便是无眠，也安详而自在，遥想城市，倍感疏离而陌生。

天水印象

前两天去了一趟天水市，有点粗疏印象，谨记在此。

天水算不上大城市，但相比一般市县城市，又显出大气的规格。总体印象是，天水是一个很精致的城市，气候宜人，空气清新，没有污染。在天水市区可以舒心地仰观蓝天白云，很纯净的蓝天，白云也不掺杂一点工业烟雾。这种情况在附近稍大一点的城市估计是奢侈的事情。南方大城市的情景不得而知，没有去过。

去年在西安小住几日，厌烦得紧，总是那种灰蒙蒙雾沉沉的样子，空气里飘满汽车尾气的味道，永远不知道是晴天还是阴天。跑到终南山上去，回头从长安向北望去，西安市整个被烟雾包裹着。兰州前几年去过，虽说只是匆忙路过，但那种污染的情景还是深刻地记忆着。西安、兰州在西北算得上历史悠久的大城市，我对于大城市的那点崇敬之情，被那些沉重的烟雾熏染着，怎么也亲近不起来。也许是生活在山野之中，看蓝天习惯了，就此有了自己单纯的判断标准，看不见蓝天白云的地方，哪怕再好，也不是好地方。

最近两年流行起来的词，雾霾，或灰霾、烟霾之类。从天气预报中得知，是很严重的问题了。由此看来，其他那些大城市也好不到哪里去。据说连北京也“霾”得几个月见不了人。初次听到雾霾这个词时，很新鲜，不知道“霾”这个字怎么读，跟着电视很快就学会了。只是想不明白，雾霾是突然间生出来的呢，还是发生一段时间了？总之，我知道这件事情只是最近一两年的时间。估计很多人和我一样,电视上不说,自己就永远无法知道。很多事情都一样,有些事情我永远无法知道,有些事情直到最后所有人都知道了,我也就知道了。这是题外话。

天水市也许是不够大的缘故,或者是我去的这个季节的原因。它在我心中是晴朗的、清澈的。在天水市逗留了两天,一直能看见蓝天白云,街道也很干净,空气里汽车尾气的味道也似乎很淡。和陪同的朋友表达了这个看法,朋友也高兴,建议去山上。开着车几分钟就到了南山上,果然情景更佳。南山上植被丰茂,几乎不见裸露的土壤。有种树木正值花期,花色红白相间,漫山遍野,可谓繁花似锦。阵阵花香飘散,使人微醉。只是忘了问及那种树木的名字,有些遗憾。

对天水市的另一个印象是有历史的沉淀,有文化的韵味。在市区里溜达,一不留神就会碰到一棵高大的古树,那些得好几个才能合抱、二三十米高的大树,安静地站立街边,好像一位白发长须的老学究,睿智而内敛,一言不发,却让人无端敬畏。总觉得那些纵横的皱纹里隐藏着什么,记录着什么,或无言地讲述着什么。我在那些古树下徘徊、观赏、拍照。只能仰视,而不敢轻易碰触。一个没有树木的城市,会让人觉得轻浮。很多年轻或不年轻的城市里,很少见到一棵这么粗大的老树,所有的感觉只是极尽繁华而毫无内涵。据说天水市三百年以上的古树就有三百多棵。我见到的那些老树都被很好地保护着,但有几棵已经死了,没有枝叶,只有粗糙的树干兀立着,也没有被砍了去。由此也许能看出天水人内在的一些精神。据说南郭寺里有千年古柏树,去晚了,没有见到。

市区里有很多老房子,都是过去时代的民居,没有被拆除去建筑高楼大厦。那是市区的中心地带,要是拆除了,一定可以建起很多豪华的高楼大厦。天水人让那些古老的宅院保存着,给外地人讲述着天水悠久的文化历史。伏羲庙一带的老宅院保存得较好。很多完整的四合院接连一片,周围没有高楼。走进去,仿佛穿越时空,进入唐宋明清。朱漆大门,门前石狮子,两旁浮雕对联,高门槛,百叶窗,画栋雕梁,青砖地,老家具,一切都古色古香,无言地诉说着历史的记忆。我访问了一座老宅院,格局不大,院中甬道碎石铺就，两旁花池里翠竹摇曳，厅堂宽阔高大，廊房为挑檐房。布局舒适讲究，仔细品味，其间诸多文化元素，不能详说。

伏羲庙自然是远古华夏文明的记载，其殿宇、牌坊、匾牌、雕塑等，无一不深刻着历史的印记。

天水市给我的印象，也有不尽如人意的地方。

麦积山石窟是中原佛教兴盛的见证，为中国四大佛教洞窟之一。风景区也是青山绿水，景色实是优美可人。只是管理者大概只想着自己的钱袋子，而忽略了游客的感受。停车场过远，目的只是让一部分体力不济的人再次掏钱坐电瓶车。电瓶车只几分钟的路程，没得讲价。石窟下面设有铁栅栏的通道，设计丑陋，感觉别扭，并且影响观赏洞窟。也许仅为一人的看法而已，但我确实这样想。

麦积山本来为古人灵魂安息之地，信仰皈依之所，这是开凿石窟者万难设想出来的结局，却成了现代人旅游娱乐之地。其实现在几乎所有的寺庙都变成了旅游景区，是时代潮流，不只这一处。

回程半途问路，被两个年轻人骗了，害我多走了几十公里，自己发觉后返回，见那俩年轻人还在路上逗留，一脸的坏笑，估计不是好人。

西山种豆

我们家在葫芦河西岸的西山脚下，那山没有名字。山头很是荒凉贫瘠，和西海固大多数的山一样，见不到树木野草。我们的山头上有一座土堡，很坚实的，不知道是什么年代修筑起来的，没有人知道土堡修筑的具体时间。因为缺少雨水的冲刷，到现在仍然巍然屹立。山脚下的平台上有座寺庙，原来只是一个遗址，二十世纪八十年代后陆续建起了几座庙宇，现在香火很是旺盛。我们小时候在那遗址上挖着玩要，挖出的砖块上有“嘉靖”字样，当时不懂什么意思，后来才知道，这庙宇在明代就修建过。我们村庄少说也有五百多年的历史了。

我们的村子应该说是个好地方，依山傍水，原来葫芦河里四季都流着清澈的水，到了雨季时水势颇为壮观，算得上一条大河。可惜现在河水干枯了，河滩都被开发成了田地，种上了各样庄稼。村庄因为缺少河水的滋润，也显得日渐枯萎。有好多人家迁移到银川一带去了。

回老家经常路过那条干枯了的葫芦河，总觉得心里恓惶得很。

我们家族是从甘肃迁移过来的，这些事实有人知道。奶奶八十多岁了，她知道我们迁移到这里落户是她爷爷手里的事情。祖太爷的坟墓就在我家的一块地里，十米见方的一块荒草地，坟头几乎消失了。前年时从甘肃华亭来了一位老人，说那座坟里埋着他的亲爷爷，他父亲是我太爷最小的弟弟。奶奶有记忆，认识这位远房爷爷。我们接待了这位远房爷爷，并且在他老人家的主持下在清明时为祖太爷拍了坟。那座坟茔里的坟头又重新饱满了。

我们和甘肃老庄上的后辈也有联系，只是很少，显得生疏。毕竟都快一个世纪了。

我对老家的村子很有感情，过几天总要回去转转。我的父母一直在那里生活着。我对村子里的一草一木，甚至一个土疙瘩都觉得是亲切的。我离开村子时已经二十岁，其实我一直没有离开过村子。

弟弟对我的评价是三流的医生、三流的作家。我觉得他的评价还是比较中肯的。

我的职业是医生。我的父亲常对我说，饿不死手艺人，医生是个好手艺。人吃五谷生百病，人越来越多，病也越来越多。我终于满足了父亲简单朴实的愿望，不会被饿死。但我知道，自己实在是个没有出息的人。一起的同学都成大医生、专家了。我却一直在乡下卫生院转悠，直到转回到家门口，突然就懒得再转悠了，心安下，就在这里赖着不走。每天看个头痛、感冒，偶尔做个阑尾、疝气手术，落得清闲自在。所以，弟弟说我是三流的医生是比较准确的评价。

说我是三流的作家是他错了。因为他不知道，我根本就不是作家，哪里谈得上几流呢。我至今没有加入过任何作家协会（此文写于 2011 年，2013 年加入宁夏作协），至多算得上一个写作爱好者而已。

我写东西也有好些个年头了。但我总是找了各种借口给自己开释，要挣钱养家糊口了，要治病救人了，要学习进修了，没状态了，没精力了，等等。我总是处于停滞的状态中，甚至有好几年时间连一个字都不写，把原来发表的东西丢的一个字也不留，觉得自己写的那些东西也能够叫文章？简直是丢人。那是在阅读了真正的文章之后比较出来的结果。但后来因为闲得慌，实在没事情可干，又断断续续地写了起来。我只能是把写作当作打发时间的一种手段，或者是记录生活的点滴感想而已。我从来没有强迫自己，也没有刻意而为之过。所以，我一直以为自己的东西是上不了场面的，我的东西能够结集出版，自己都觉得吃惊而且可笑。

但幸运之神轻扫了我一眼，我的内心充满感激之情。

最早鼓励我写作的应该是马存贤老师，他是我高中的语文老师，那时他是我的偶像。后来认识了郭文斌和火会亮两位兄长，他们一直鼓励我努力写作。我的作品大多数是他们两个编辑发表的。说到这里我就觉得惭愧，我确实辜负了他们的期望。西吉文联主席郭宁组织策划出版《西吉文学丛书》，给了我结集的机会，实在让我感动有加。

喜欢陶渊明的一句诗："种豆南山下，草盛豆苗稀。"

老家的村子里，仍然有属于我的几亩土地。原来一直是父亲种着，我打下手帮着种。父亲那些种地的本事我基本都学会了，下种、锄草、浇水、收割、打碾等。我十三岁时学耕地，犁铧铲坏了牛蹄子，被父亲追上挨了一顿鞭杆，那记忆是相当的深刻。我学会了父亲全部的庄农手艺后，也学会了看病的手艺。于是，我就从土地上把自己剥离出来，不再种地。父亲也很快病倒了，属于我家的那些土地就给了亲戚邻居们耕种。我对那些地块很熟悉，路过时经常看看里面都种了些什么作物，看看长势如何。看到我家的地里作物茂盛时，心里就妥帖得不行，就想在地头上蹲一会儿。

我一直想什么时候把那些土地要回来我自己来耕种，又总是拿没时间或者各种借口打发了。我想象过自己种地的情景，肯定是"草盛豆苗稀"。但绝对不至于没有豆苗吧。

回想自己的写作，就像是荒草里收获的豆。毕竟有所收获。

山野物语

SHAN YE WU YU

落在梦中的雪

第一场雪是在梦中落下的。

整个下午都在睡梦中度过。知道自己是感冒了,头疼、喉咙疼,全身皮肤发紧,恹恹地疲乏。服下几个药片后,便进入迷糊的睡眠里,省略了往日睡觉前翻阅几页书的习惯。梦的来临竟是这样的迅速简单,好像一个守信的预约,只等着将身体放倒在床上,立刻进入了另一个世界。

其间有两个电话,并未将我唤起来。厌烦这样不识时的电话,想关机,想逃离这现实的网络世界,但并不具备这样的勇气。生活在这个世界里的人,是多么微小,仿佛一部巨著里的一个句子或者一个标点符号,虽然微不足道,但自己并不能将自己涂改或者抹去,即便是在梦里,仍然不能掐断和外界的联系。也许自己的内心怀着深深的恐惧,生怕自己被忽略了,被一只无形的手剪切掉了。虽然有些时候在标榜或者追求隐逸,幻想一个人的世界。其实没有人敢于彻底的逃逸,孤独是内心最大的恐惧。

雪就是在这个时候落下的。雪无声地落下来,并未将我的梦惊醒。等我醒过来时,世界已经改变了模样。

站在窗口看一场雪纷纷飘落,内心变得从未有过的安静和从容。隔着双层的玻璃,外面的世界是朦胧的虚幻的无声的安详的。寒冷被阻隔在窗外,不能感受严寒,也没有走出去感受严寒的勇气。这个冬天的第一场雪是温暖的,它在我的梦中飘落,在我的窗外飘落。

雪花继续无声地飘落, 世界正在被无声地改变, 远处的山峦渐渐隐去，被巨大画笔涂抹了一般，一色洁白。近处的树木尚呈现着本来面目，只是戴上了一顶白色的帽子。一切都那样安静自然，似乎在接受一场雪的洗礼。不远处的村舍里升起一缕晚炊的柴烟，隐约而飘逸，很快消融在雪花里了。

嘈杂的市声被隔阻在窗外，也许这个落雪的傍晚，市声也在收敛着。总之我只看见一场雪安静地飘落，安静地装扮了眼前的世界。窗口是一个画框，窗口外是一幅寂静的落雪图。

这个冬天的第一场雪，终于落下来了。其实在我的心里，已经落了无数次。说不清楚为什么，总是期望着一场大雪的降临。入冬以来，就一直有这样的期待，想象着在某个清晨拉开窗帘时，扑面而来的是一个银色的世界，一个素洁安详寂静洁白的世界。但这样的期待一直被搁置着，好似一个谎言。这个冬天出奇得温暖，一直在下着雨，秋天似的。我知道已经进入冬天很久了，冬天里没有雪，而下着秋雨，感情被欺骗了一般，总有些疙疙瘩瘩，说不出的滋味。这个世界已经很颠倒了，总不至于季节也赶潮流颠倒了吧。

我的意识里原来是多么保守和顽固啊。在这个四季分明的地域中出生成长一直到现在，已经习惯了这样一种模式。春天温暖花开，夏天酷热繁荣，秋天多雨萧瑟，冬天严寒积雪。反常的季节里，我总是无端的忧心，觉得缺少了什么或者丢失了什么似的。但这个世界确实在变化着，反常的季节的出现，已经变得正常了。春天的沙尘暴，夏天的酷暑干旱，冬天见不到积雪，我们接受着适应着这样的事实。无法改变季节和气候，只有默默地适应，最多是产生一些不可言说的忧戚。每看见那些关于生态的文字时，免不了感慨一番，以告慰自己的良知。

常常想起小时候的情景，冬天里成了被冰雪覆盖着的世界，那种刺骨的严寒，凛冽的北风夹裹着坚硬的雪花。记得在积雪覆盖的田野里领着那只花狗追赶野兔的情景，手指冻得通红，耳朵像被针刺着一般疼痛，鞋底冻结着厚厚的泥块，像穿了高底靴子一般，但身上却冒着热气，心里充满着快乐。记得在院子里堆砌巨大雪人的执着，记得团了许多雪球打雪仗的疯狂，记得在路上行走时伴随着咯吱咯吱的声响，记得许多关于冬天和雪的故事，寒冷的欢乐属于冬天。

棉袄棉裤成为过时的词语，慈祥的母亲在冬天里失业。我躲在温暖里怀念严寒，怀念冬天，怀念一场暴风雪。

夜幕降临时，雪花停止了降落。近处的地面变成花白，似一幅未完成的拙劣的图画。

梦里的雪仍然在固执地落着，纷纷扬扬，无声无息地落着，直至将梦覆盖了。

小雨润如酥

今天又下雨了，是小雨，淅淅沥沥地从早晨一直下到中午。空气潮湿而温润，像心情一样，怀着美好的期待。站在窗前看细雨飘落在院子里，喧哗而寂静。眼前是一株蓬勃的垂柳，枝条舒展柔长，微微地在雨丝里摆动，几只麻雀在树枝间跳跃着。垂柳的枝条已经萌发了嫩芽，雨水洗过，更加翠绿了。外面街道上，不时有撑着花伞的身影走过，仿佛一首灵动的诗歌。远处的田野、村舍，以及山峦掩饰在烟雨之中，朦朦胧胧，若隐若现。

我被这美好的情景感动，想有一台摄像机录制下来，或者用画笔描摹下来，可惜都不能够；想作一首诗，也不能，只能任由这诗意的时光静静地流淌过去。想起那些擅长写作诗歌的朋友来，徒生羡慕之情。

对于我自己，依然觉得是很有福分的事情。在春天里能够体味烟雨迷蒙的意境，实在是一种奢侈的消受。

内心里无故就生长了许多青翠稚嫩的幼芽。

许多个春天过去了，留给我的记忆，大抵是冷冽的倒春寒，或者干燥的火南风。近年来，春天总是被一场接一场的沙尘暴夹裹着。北方的春天，最缺少温暖湿润的味道。春雨贵如油并不是刻意的夸张，而是诗人焦躁渴望的心声。

今年的春天似乎有些例外，已经下过几场雨了。前几天一场中雨，路旁水沟里流水很有些汹涌的气势，我知道田地里一定湿透了。天晴时到外面转悠，田地里尽是劳作的身影。阳光下隐约可见如丝如缕的雾霭，恍若仙境。春分过了,清明过了,眼看到惊蛰了,没有一场沙尘暴吹过来,空气清洁而透明,气温不冷不热,微微的凉爽。那天早晨,我看见一场大雾弥漫在河道山腰时,竟然有些吃惊,好像不是在春天里,而是在某一个秋天的早晨。

想起一句古诗:“天街小雨润如酥,草色遥看近却无。”一直觉得有些过于诗意、过于理想化,并不是写实的手法,要么就是诗人在某个气候宜人的地方所见。我们这地方,以干旱少雨而出名,润如酥的小雨,秋天里倒是可以见到,可那时候却是草长莺飞了。

春天里总是怀着许多的希望,像探头的草芽,含苞的花蕾,返青的麦苗;像刚刚怀孕的少妇,内心里充满巨大的期待和喜悦。这么一个湿润多雨的春天,尤其稀缺。这么美好的春天里,总会有一些潮湿的心事泛滥着,总会有一些浪漫的故事发生着,比如爱情和诗歌。春天适合播种,也适合想象和编辑。

2011 年的时候,流行过一个谣言,说 2012 年是世界末日。2012 年的春天即将过去了,并没有看见末日的预兆,却觉得比预想中的年份要好了许多。这份心情仅仅来自几场适时而适度的春雨。春雨是一剂龙胆泻肝丸,可以疏导日益上炎的肝火。到山野里来,在一场微茫的春雨里走过村庄,走过田野,走到山间小路上,踏着嫩绿的青草,呼吸着潮湿的水汽,看远山在雨雾里起伏游弋,体会细雨洗刷脸颊的惬意。焦躁且多烦恼的内心会变得平静、开阔、湿润,生机勃勃。

在网上看兄弟的心情记录很有意思, 特摘录在此: 今天又种六亩洋芋,加上前天的一共十二亩了;现在就剩下朋友的十亩了。虽然有点累,但总算播下了一年的希望。

我能够想象兄弟在山坡上的田地里种洋芋的情景,累了的时候,坐在地埂上,抽一支烟,遥望起伏延绵的山峦,眼神空灵而满含期待。他家在更深的山里,去过那地方,山坡平缓开阔,适合种植洋芋。今年墒情好,他的洋芋一定会有很好的收获。今天又下雨了,想必他没有帮朋友去种洋芋,一定在家里和我一样看着窗外的细雨。

但我不知道他心里在想什么。

惊　蛰

惊蛰没有春雷，没有风，没有沙尘，甚至没有婉转的鸟鸣，只有懒散的阳光，暖融融的，让人昏昏欲睡。惊蛰没有虫子微弱的轻吟，也许它们才醒过来，尚在做着严冬的酣梦，或者它们还没有足够的气力放声。冬天对于它们是一场噩梦，一场足以夺取生命的疾病。或者，在冬天里它们已经悄悄完成了一次再生。

惊蛰是一个完全可以忽略的节气，藏在暖气片背后的人感觉麻木，失去了对于季节的敏感。惊蛰在窗外轻轻走来，它没有给任何人打招呼，它从蓝天上那朵白云中飘来，从摇曳的垂柳枝头潜出来，从南山脚下融化的积雪里洇出来，从北墙下小草的嫩芽里探出来。

忘却了这个节气，沉寂在冬天的残梦里。脱去了厚重的棉衣，心依旧结着冰。春风在遥远的山峦上吹过，春风忘记了我的窗户。我在双层的玻璃后面呆立，像一个痴呆的傻瓜。

惊蛰是季节的一次蜕变，风轻吟浅唱，阳光妩媚温暖，空气充满苏醒的气味。

生命有季节吗，有惊蛰吗？

惊蛰是一个耀眼的词汇，惊醒了四十年迷茫的梦。遥想终南山茅棚里一缕安详自在的目光。想走出这囚禁灵魂的居所，却怎么也打不开沉重的门，脚步滞重艰涩。不待抬起腿脚，泪已飘飞成一场绵绵的细雨，打湿了前程。

谁在身后用温暖的目光望着,谁在用爱惜的茧包裹着,谁在用无形的绳索牵着,谁在用刻薄的词语刺着,谁在用情感的鞭子抽着,谁在制造着荒诞的喜剧和悲剧?

惊蛰是个难以跨过去的门槛,摔倒在这个槛上,门里春光明媚,门外严寒刺骨。进不去出不来,荒唐地上演一幕独角的忧伤剧。没有观众,观众在繁华的城市里,观众不属于村庄,不属于季节,城市里没有惊蛰。观众的嘴角挂着一丝轻蔑的惋惜。

惊蛰的阳光温暖而明亮,惊蛰没有风,没有沙尘。

我是一只冬眠的虫子,囿于严冬的残梦里,惊蛰的节气里,没有醒来。

这个春天

感觉到温暖的时候，同时发现这个春天已经快要过去了。除了感叹时间流逝得飞快之外，总是茫然若失。

这个春天我什么事情都没有干，但春天并没有因为我的无聊而停止脚步。春天不会在乎某个人的无聊忙碌或者闲适哀愁喜悦。春天散淡无意地温暖了大地，同时也洇湿了敏感的心灵。

这个春天总让我感觉到分外的寒冷。供暖公司的骗子们收完了暖气费以后就停止了供暖，我不得不每天都靠着电暖器来烘烤风湿的腿脚，我轮换着把两个膝关节烤得发痛，但我的内心里仍然无比寒冷。人性的萎缩和蜕化比一场接一场的沙尘暴更让我忧戚。我已经习惯于独自发呆，无法静下心来做完一件有意义的事情。我把所有的门窗都关闭得严实，但呼啸的风总是夹杂着沙尘通过缝隙钻进来，使我的眼前一片迷蒙。

这个春天我没有闻到花香，这个春天我被持续的铜臭和土腥味夹裹着。

这个春天我知道了一个陌生的地名：玉树。玉树这个名字是相伴着一个恐怖而熟悉的名词来的。和这个词相关的有许多个地名，如汶川、海地、智利等。我不太相信玛雅人的预言，因为关于世界末日的预言在很多年前就出现过很多版本，就像那个说“狼来了”的孩子一样让人失去了信任的必要。我更加关注人的灵魂的地震，人性的沦丧也许比自然的选择更让人忧心。

这个春天下了一场大雪，那场雪覆盖了我的村庄，覆盖了我的世界，覆盖了我的前生和来世，覆盖了我的记忆和泪水。

那场雪带走了我的父亲。我的父亲选择了在那个雪夜里离开，我不能明白父亲的选择所隐含的象征意义。我的眼前的世界洁白洁净，温润而安详。那个落雪的夜晚没有一丝风，我听到大片的雪花飘落地面的声音，像父亲渐渐平息的呼吸，像父亲飘忽离去的脚步。那个清晨是素洁的、悲伤的、空虚的。我在那个清晨守着父亲业已冷却的躯体时听到了关于玉树的消息。我开始为父亲的离去感到欣慰，父亲是聆听着佛陀的悲音安详地息止了呼吸，而玉树的两千多个生命在瓦砾之下是何等的一种残象呢?

我把佛陀的悲音回响给所有在那个清晨离开这个世界的人。我的泪水为天下所有的父亲而洒落，失去父亲和亲人的人和我一样孤独而悲伤。

这个春天我没有能带着祭品到祖坟上扫墓，因为清明那天正是父亲病危从医院送到老家村庄的时候，我想牵着父亲的手，希望父亲多看护我一些时辰。祖坟里的先人对我来说只是一个模糊的概念，我更相信尚有生命的父亲是我情感栖息的依托。父亲依然放弃生命回归到他的村庄，那里有他的依然健在的老母，有他熟悉的房舍、树木、山野，有他耕种了一生的田地，有他祖先的坟茔。我相信父亲选择的完美，在那个大雪纷飞的夜晚回归，洁雪相送，大地缟素。

这个春天我用自己的脚踩出了一条小路。那条小路通向祖坟。父亲明确的遗言，他要进入祖坟，去陪伴他的爷爷、奶奶和父亲。父亲知道那里有属于他的一块地方，那里僻静却非常明亮。我在父亲安睡于地下之后，每天傍晚为父亲送去光明。我穿着孝衫提着灯笼走在那条黄昏的小路上时，是否像一个幽魂? 父亲是蹲在墓地埂上远远地看着我或者是飘过来陪伴我一起向墓地走呢?

我点燃了蜡烛后，在父亲脚下磕头，然后沿着原路返回。我只留下了一星烛光去陪伴父亲。老远回头看那一星烛光时，我的目光总会被泪水湿散，我会想象父亲的孤独如同我的孤独。

这个春天里，我看着杏花从吐苞到开花的全部过程，那几天里我一直待在村子里陪伴着父亲。我看着野草渐渐染绿了山野，我看苜蓿芽从嫩黄到翠绿，我看着麦苗返青到抽出绿叶，我看着树木枝条开始舒展摇摆然后打苞抽芽。

这个春天，我们的村庄温暖湿润，因为那场大雪。我在老家里陪着母亲和奶奶，每天听着她们喃喃的细语，听着几个孩子在院子外的嬉笑声，我感觉到了村庄的宁静和安详、宽容和长久。这个春天的夜晚我又听到了久违的天籁，听到了划破夜空的狗叫和呼唤黎明的鸡鸣。这个春天我又看见了那些沧桑而坦然的乡亲的面孔，我看见了他们空泛的交谈以及厚重的沉默。远离了城市的喧嚣浮华，远离了网络、电视、报纸以及流言，远离了虚假、炒作、腐蚀和愤慨，我感觉到从未有过的清净自在，我找到了充足的睡眠、平静的呼吸以及思维的空白。

这个春天我找到了一条回归的路，父亲在前面，我在后面。

枝上柳绵吹又少

柳絮何时开始飞扬，前天，昨天或今天？哪日桃花红，哪日杏花白，哪日柳絮飞。估计很少有人关注这些随风而逝的现象。日子流水般消逝，好像与日常的生活并无多大关联。没有人能够抓住或保存下某一个或晴或阴、或冷或暖的日子。只是偶尔恍惚，哦，春天又过去了；或者感叹，已经到夏天了，气候还这般阴冷！

有一次去气象站找朋友，看见他办公室墙上有表格，详细记录着很多内容，都是自然现象，如降霜、燕来、冰消、花开等。表格复杂专业，记录详尽，为研究本地气候的基本资料。我敬佩他们观察得细致和全面。不知道那些观察者每当看到某种现象时，内心里有没有触动或感慨。我看见那些表格一副科学的面孔，严谨而冰冷。总觉得缺少点什么内容，隐隐约约，一直无法明晰，只是知道了那些人在干什么工作。

父亲在世时常说，柳絮飞扬时，陕西地方麦熟，赶场的麦客该起身了。隐约记得某个初夏的傍晚，二叔很神秘的样子。他背了一个粗布褡裢，手提一把镰刀，悄悄地消失于夜幕之中。奶奶颓废的身影，斜倚在老堡子门前的土墙上，仿佛正在经历着生死离别。奶奶的眼神恐惧、期待、难舍、迷茫。三叔偷逃到新疆讨生活，二叔又要跑到陕西割麦子。当时的情况，从农业社偷跑了，是不可赦的罪状。村子里柳絮飞扬之时，想必奶奶做了非常艰难的抉择。柳絮对于奶奶来说，是一个时间的概念，更是一个充满希望的佳音。奶奶也许从那些漫天飞舞的柳絮里看见了三秦大地上大片成熟的麦浪，那是实实在在可以活命的粮食。我们这地方，春夏之交，正是青黄不接的季节。那个时代，饥荒每年都在发生着。那些随风飘飞的柳絮，在奶奶看来，沉重地如同麻线口袋里金黄的麦粒。一位目不识丁的农妇，不会有其他丰富的感想，没有什么比吃饱肚子更要紧的事情。

楼下大厅里，飞旋着一团一团的柳絮。塑料门帘随风晃动，柳絮便伺机钻进门厅，然后抱团，旋舞，激动的样子。清洁工不时清扫，柳絮如同顽皮的孩子，扫帚尚未落下，它们已飘起，扫帚刚过去，它们又落下来。有个小朋友，抓了一团柳絮，说天上下棉花了。我说那是柳树开的花。他一脸惊讶，柳树哪能开花呢？骗人！明明是棉花。我只好笑而不答，感慨现在的孩子缺乏常识。他们沉重的课本里，也许真的没有这些内容，他们的老师也不会去讲解这些与考试无关的知识，他们也没有闲暇的时间到野外树林里去嬉闹玩耍，作业之外的一切都与他们无关。现在的孩子，幸或者不幸。

晚上打开电脑乱翻，一朵柳絮如花般地在键盘上游荡，若隐若现，仿佛一缕白色的幽魂。我便被这幽魂附体一般，如痴如呆。电脑停留在那个页面上，不忍心触动鼠标或键盘，似乎期望时间能够凝固了，停滞于那一刻。知道这是奢望，没有什么能够使时间驻足。愈是安静的状态，愈是能够感觉到时间流逝的速度。许多文字里，都在流露着伤春悲秋的情绪，而我很难生出那种高雅的情怀，知道自己有多么恶俗。而此刻，初夏之夜，一朵飘忽的柳絮，成为我陋室的不速之客，使我不禁也要伤感了，内心里某个薄弱的地方被那一朵柔软的柳花软化，有强烈地诉说愿望。恍惚间明白，所谓文学，大抵是非常沉静之时，灵魂深处一种情绪的流露。相信所有使人感动的文字，都饱含着真情。

东坡先生一曲《蝶恋花》，流唱千古而不衰，并非先生神来之笔，而是先生用情至真至纯。相信千百年来，凡能解文识字者，无不被那些词句捕获，没有别的原因，只是先生在千百年前说穿了后来者的心情。即使相隔千年的时空，古人今人对于生命的思索和感悟该是想通的。东坡先生无疑是一位了悟生命真谛的高人，无怪乎他寥寥数语，直指人心最深处最细微处。“枝上柳绵吹又少，天涯何处无芳草。”时光易逝，芳草绵延。看不见、摸不着的岁月，在柔长的柳枝上摇曳着，在微风里随风飘落着，在路旁凄凄的芳草里盛开着。如逝川之水，如白云苍狗。观之有形，闻之有声，嗅之有味。我于初夏之夜那一朵柳絮里，仿佛看见墙外古道上彳亍的孤独身影。墙里的笑声渐渐消散，并非佳人无情，只是自古文人太多情。

《红楼梦》里有几首咏絮词，大概都是曹雪芹先生手笔，抄录一阕于此：

岂是乡绒残吐，卷起半帘香雾，纤手自拈来，空使莺啼燕舞，且住，且住，莫使春光别去。

宋代的苏东坡、清代的曹雪芹，相隔几百年，却有着同样的情怀。苏氏含蓄内敛，曹氏直白坦率。他们没有使柳絮不飞，春光不逝；也没有人能够使残红不退，夏日不去。留下的只有那些咀咏的文字。

偷随柳絮到城外，行过水西闻子规。（李商隐）

梨花院落溶溶月，柳絮池塘淡淡风。（晏殊）

桌前那一朵柳絮不知何时飘去，了无踪迹，从未来过一般。窗外月色朦胧。午夜寂静，听得见微风在枝头缠绵的声音。感想，明日，也许不能再见到今年的柳絮了，只好留下这篇文字。

夏　天

进入夏天之后，总是莫名地烦乱着，失魂似的，不知道自己在干什么。但时间确实流水般消失了，一丝痕迹也没有留下，如划过树梢的清风，如飘过天空的白云。自己终归慌乱着，整理不出成型的思绪。我是真的失魂了么?记起奶奶给我叫魂的情景。奶奶一手拿箩，一手拿笤帚，嘴里呼喊着我的乳名，从十字路口慢慢走着扫着。似乎我的魂就在那些村路上的空气里游荡着，被奶奶一笤帚一笤帚地扫进箩里边，端到我身边。奶奶念咒语一样自言自语：三魂七魄叫上身了吗，叫上身了。然后又到十字路口重复呼喊着、扫着。如此每天三次，持续三天。我的内衣衣袖下就缝上几绺红布条，我的病情也日渐好转了。失魂的我又渐渐恢复了正常。这是小时候得病之后的情景，奶奶常常为我叫魂。现在奶奶无法自己行动，每走一步路都需要别人搀扶着。要是我真的失魂了，谁来为我叫魂呢?

天气确实渐渐燥热起来，向阳的屋子里总是聚集了过多的阳光，愈加烦闷。直至夜晚，热量并不能完全散去，几只苍蝇便循了灯光做不速之客，嗡嗡地扰攘直要钻进头脑里去。我想驱赶走这几只黑色的幽灵，但一切努力最终失败，他们仍然欢快地歌唱，满屋子舞蹈着，确是要和我为敌到底。我满身出了汗，更加燥热，只想裸了躯体，倒在床上昏然睡去。但睡眠也成为一种奢侈，希望得到的时候，总是金贵。思维是一个很奇怪的东西，好像老是和自己过不去，或者有意为敌。如饥饿时，越想越是饥饿；寒冷时，越想越是寒冷；燥热时，越想越是燥热。有时候，思维就像那几只可恶的苍蝇,虽然可恶,但无法挥去,总是从未知的地方突然间撞出来,落在敏感的区域,本来的烦躁便几何数地增长起来。

一直喜欢夏季的繁盛,这时候却无端地讨厌起来。山村的夏天总是凉爽宜人,最近几年好像变化了。据说全球气温正在变暖,看来已是不争的事实。这地方的人,原来一律长裤长袖衫,现在也都是男人短袖女人裙子,并不完全是喜好赶时髦的原因。虽说今年一直雨水丰沛,过几天总要下上一场透雨,而雨过天晴之后,气温就呼啦啦上升,看着太阳不再那么可爱,火球一般炙烤着肌肤时,那面目实在可恶至极。记得谁比喻秦始皇为夏天的太阳,终可以深刻领会其妥帖之处。

喜欢村庄,不能排除喜欢村庄夏天的清凉。热爱是一个综合的情感集合。对于村庄,我有着一种难以言说的依恋,就像对待母亲。村庄是根系所在,是根植于土壤之深层的丝丝缕缕无尽的牵扯和挂念。看见一位安然于树荫之下酣睡的村夫时,总有一根神经被触动,说不出的感动。他的脸上苫着一顶破旧草帽。阳光透过树叶,在他身上形成一些细碎的斑点。微风轻轻拂动树叶,送来一缕惬意的清凉。他的周围有虫子细微的鸣叫,他的鼾声如溪水般悠长清澈。无法探究他梦中的情景,或许他根本就没有做梦,只有深沉地酣睡。

总是没有来由地做梦,无梦的境界是奢望是幻想,就像希望村庄永远存在一样。不能够阻止村庄日渐衰败的脚步。我知道这是潮流所趋,是自然更新。每看见迁移的人离开故土时,难免莫名的伤怀。不知道他们今后的状况,或者肯定比现在要好过上许多,不知道他们将在何处落脚,或者他们会进入繁华的都市。但有一种可以肯定的结局是,无论怎样,他们都无法避免内心的漂泊感,那是记忆中一疤永久的伤痕。这个时代,沦落是无法回避的一个词语。

前几天去了一趟省会城市,不敢到街上转悠,夏天的酷暑加上车流散发出的热浪,让我心生厌倦甚而恐怖,似乎被置于蒸笼之中,慢慢地干了、熟了。洒水车带来暂时的凉快,永远无法与一场透彻天地的雨水相比较。柏油道路、钢筋水泥建筑,干净整洁,也坚固,但总觉得缺少一些成分。不像泥土,厚道而宽容,具有生命力。是的,土地确实具有强大的生命,一切万物皆发源于土地、生长于土地。土生土长的我实在无法离开泥土。在城市的宾馆里吹着空调,赤裸着躯体,仍然驱赶不走难耐的燥热,只好尽快逃回我的村庄,继续我清凉的梦。

注定了无法逃避这个燥热的夏天,这是一个劫数。即便是村庄也难逃燥热的劫数。这个时候已经将近午夜,暑气才刚刚散去。可我内心依然烦闷着,那几只苍蝇依然飞舞着、歌唱者,有永不停歇的势头。

想起一句老话:心静自然凉。突然惊怵,难道这个燥热的夏天是因为我内心的烦乱,又是谁让我如此烦乱?无法让自己清静下来,故而就无法找到答案。这是一个荒诞的悖论。不能够找到让自己心静的方法,也无法让自己从这个荒诞的悖论里解脱出来。

看天气预报,明天最高气温 27℃。又是一个炎热的日子。不去探究了,洗脚睡觉去。

香气氤氲忆端午

端午节还没到，节日的气氛已浓烈起来。电脑里一片红火景象，手机里也不时跳出一两条祝福短信。似乎在提醒着，别忘记了这个节日。想起一句古诗——“山中无甲子，寒尽不知年。”虽久居穷乡僻壤，但不至于落魄到如此境况。谁也没有理由拒绝节日欢乐愉快的气氛。

于是便回味有关端午节的情景。

成年之后对于节日的兴趣逐渐淡漠，更多比较清晰的记忆来自童年。仿佛一坛老酒，储存得越久，醇香越是浓烈。最近的时日，反倒寡淡无味，或者全无影像。

我们这地方的乡俗，很多节日以时间命名。如正月十五（元宵）、五月五（端午）、八月十五（中秋）等。在村子里，要是说端午节、中秋节之类，反倒别扭，甚而被耻笑，过于洋气了。端午节是一年之中的一个大节，仅次于春节和中秋节，相对也隆重一些。

我记忆中的端午节，最清晰的影像多与吃有关。

但在我吃的记忆中，没有粽子。粽子是近些年才有的东西，感觉是南方的习俗，就如赛龙舟一样。忘记了什么时候第一次吃到粽子，肯定不在二十岁之前，二十岁之前，我没有吃过大米。一点都不夸张，我是吃面和洋芋长大的。我没有说吃喝，只说吃，因为喝也不在记忆之内。酒水饮料之类，与我的童念时代无缘。那时候最重要的是吃饱肚子，喝的东西只有一样，开水、凉水、泉水，尽饱。现在的酒水饮料之类，五花八门，品种繁多。多数很垃圾，不如白开水。

我从小嗜好睡懒觉，端午节那天除外。黎明之前总被母亲捣腾醒来。母亲催促着，快去折杨柳，铲艾蒿，迟了露水就干了。我们几个孩子就睡眼蒙眬地向有大柳树的地方奔去。说是杨柳，大概包括杨树枝，但我们只折柳树枝。很多大柳树上面，已经有人。柔长的柳树枝被折下来，躺在地上，树叶上露珠散落，潮湿温凉。翠绿的柳树叶在黎明微薄的晨光里，闪耀着节日的光芒，洁净、祥和、灵性、神圣。我们拣最长最嫩叶片最多的柳枝抱回家，插在每个门楣上。还有艾蒿。艾蒿的香味浓烈，略带苦涩。我们家有块废弃的园子，里面长满灰绿色的艾蒿，稀稀疏疏的，高可齐膝，铲回来甚是方便。太阳尚未露面，我们家每个门楣都已经被精心地打扮好了。翠绿的柳枝，灰绿的艾蒿，叶片上尚有许多细密的露珠，闪闪发亮。平日里干枯寂寞的门楣突然间焕发生机，神话一般复活了。仿佛待嫁的女子，妩媚、娇羞，云鬓初成、珠光宝气。

我不知道插杨柳流传的寓意。隐约感觉，一定有非常富于生命的希望的内涵。

母亲满意地望着插好杨柳的门楣，招呼我们到炕上，给我们绑花绳。花绳用五色花线搓成。母亲在早些日子里，用积攒的头发，从游荡在村庄里的货郎手中换回一些五色花线和一点香料备用。我们每个人的手腕脚腕上都绑上了花绳，有多余的花线时，脖子上也会绑一圈，如同项链。每个人还会戴上一两个荷包，都是母亲平日里亲手缝制的。我们的荷包有各种式样，心形的、花形的、鱼形的等，荷包里装着香料。一根细绳拴在衣服的纽扣上，在胸前荡来荡去，荡出满身香气。

节日里，弥漫着柳枝的味道、艾蒿的味道、荷包里香料的味道、花馍馍的味道、甜胚子的味道。我们的五月五香气氤氲。

母亲说，绑上花绳，长虫（蛇）见了会躲开；戴上荷包，蚊虫不叮咬。我们便觉得母亲像菩萨一般，神圣而伟大，一双手轻轻一挥，我们都成了百毒不侵的神童。

端午节的气候总是那么宜人，风轻云淡，阳光明媚。要是雨后，空气潮湿而温润，各种花香、草香，混合在一起，沁人肺腑，端午节一派祥和宁静。

母亲在厨房里忙碌着。

节日饭总是那几样。甜胚子、花馍馍、韭菜炒鸡蛋,还有荞面凉粉。一成不变的那几样,但在我的记忆中,是天下最好吃最丰盛的节日宴。

母亲早在两三天前就煮好了莜麦,盛在瓷盆里发酵,等端午节那天早晨,甜胚子准时成熟了。花馍馍其实就是白面烙饼,只是在饼子上画了各种花纹,出锅后再用花颜色点些花。韭菜是自家园子里的旱韭菜,鸡蛋也是家里老母鸡的贡献。年成好的时候,端午节的韭菜炒鸡蛋里,会有几块腊肉片。油汪汪的肥肉片,经历半年的腌制,肥而不腻,耐嚼而不易化,让人不忍咽下,只想多嚼些时辰。后来知道有句古话说"三月不知肉味",其实不尽然,我们是"半年不知肉味"。

荞面凉粉用醋调汤,浇上清油炒的韭菜花,是一道绝佳的美味。

村子里流行一句戏谑的话:"五月五的甜胚子花馍馍啃咧好吃得很。""啃咧"是土话,语气助词,有"非常、过分"的意思。这句话是一位早已过世的老人说的,老人叫党三福。也许只有我们村的人才能从这句话中品出诸多难以表达的韵味。

我们手脚上的花绳,很少能带到第二天。我们喜欢做一种比赛游戏,比赛谁的花绳牢不可断。用一支材棍把两人的花绳搅在一起,不停地搅着转,花绳渐紧,勒进皮肉里,都忍着痛,英雄一般面不改色,最后"嘣"的一声,花绳断了。花绳先断者为败,胜利者便一阵欢呼,接着去找新的对手。

还有另一种集体活动,点高高山。在最高的山顶,堆起早就备好的干柴草、树枝等,在五月五那天黑夜里点燃。火焰熊熊腾空,照亮半个山头,远处山头上有焰火遥相呼应,也有比赛的意思,看哪个村的火焰最亮最猛。我没有参加过那种活动,老远看过一次,没有感受。

没考证过这种活动的流传来历和寓意。现在已没有人费心思去干那些事情了。年轻一点的孩子,估计很少有人知道这回事。据说点高高山时,有一项辅助活动,就是拿了花馍馍从山顶往下滚。很疑惑,好好的花馍馍不吃,为啥要拿去滚着耍呢。去问一位长者,他说,那是哄瓜子着呢!"哄瓜子"是方言,就是欺骗傻瓜的意思。

雨　水

雨水是一个美好而温润的词语。我天生喜爱雨水，就像天生喜爱清爽靓丽的女孩一样，那喜爱来自骨子里，没有办法改变。

雨水很缥缈，有点神秘，像传说中的神仙，无影无踪，说来就来了，说走就走了。一切由不得人做主，有时候望眼欲穿，也见不得它的踪迹；有时候并不在意，它却悄然而至，淋得一身潮湿。雨水就是个任性的小女孩，摸不着脾气。

说不定哪一会儿天际间就挂上了云幕，说不定哪块儿云幕里就隐藏着一场大雨。雨水突然来临时，偶尔会提前招呼，轰隆隆的雷声从天际间滚过来，耀眼的闪电像巨大的利剑，在天空里乱舞；接着是一阵风吹来，夹裹着寒冷的气息。这个时候雨水不再是温顺的小女孩了，而是一个脾气暴躁的小伙子。

携带着雨水的云，匆匆赶路，累了，在山头上歇歇脚，缓过气来，悠悠地走了。有时候不走了，停下来，聚集着同伴，等聚齐了，像听到口令似的，雨水就哗哗地落下来了。大地尽情地吸收着雨水。

云没有根基，云是一个浪子。云带着雨水到处游，没有家，没有归宿，云的行踪不定。云走过去时，没有留下痕迹，天空不会因为云的来去而改变。云有时孤独了，就汇聚起来，给大地上洒落下雨水。雨水冲刷过的大地，清洁而翠绿。云汇聚起来时，总会给大地上留下一些雨水，但不一定每次都会留下雨水。有时候云汇集了好长时间，但没有留下一滴雨水。云很吝啬，很绝情，突然间散了，走了，什么也不留下。渴望雨水的人，仰望着天空，叹息着，惋惜地看着云离去了。

把四处漂泊的僧人道士叫作云游，是古人的智慧。古汉语总是把一件事情形容到极致，如同神授。有一个词叫作“人定胜天”，也是把人的狂妄形容到了极致。人其实连自己都战胜不了，莫说胜天了。能战胜自己的人不是圣人就是神人，但圣人从不说能胜天，圣人只说顺天而行。天和云一样，只是一个概念。云和天不一样。云有形可见，云带着世俗的烟火气息；天却无形无迹，空灵玄妙，天不可说，更不可欺。

云在天上，云是天的影子，是天的显化。

云像一位慈悲的菩萨，携带着雨水滋润世间。云食了人间烟火，很有人情味。雨水丰沛的地方，总是生机盎然，绿意盈盈；被雨水遗忘的地方，则很快荒凉枯萎，生命凋零。楼兰古国曾经是草木茂盛的繁华之地，如今变作了荒漠，最简单的原因无非是开罪于云，缺少了雨水。离开雨水，生命必然枯萎，逐水而居是人类智慧的选择。

雨水是上帝赐给生命万物的源泉。但现在上帝好像生气了，并不给每个地方公平地降下雨水，有的地方涝了，有的地方旱了，有时候还会把雨水变成酸雨，总之像是故意和人类过不去。是谁惹得上帝生气了呢？上帝也就是我们所说的天吧，我们的老祖先可是对天充满着敬畏的啊！

雨水的概念本来是清洁甘美的，如同阳光雨露，如同芳草鲜花。但现在的雨水变成了酸雨，还是原来的雨水吗？

现代的科技很是发达了，但总是固执地认为，最终的生命仍然来源于从天上落下来的雨水。地下水会被抽干，河流会断流，而雨水不会轻易消失的。干旱的地方总是在喊着抗旱，不抗旱土地上就没有了庄稼，就没有了养活生命的粮食。投资了百万千万的钞票，即使再多，也比不上一场透雨解决问题。看来人总是不如天。

四月初的一场透雨是多么让人神清气爽的事情啊！

雨水冲刷的绝不仅仅是蒙尘的土地山川，雨水让人浮躁焦灼的心灵平静而安详。大地湿润，草木葳蕤。绿色是生命的色彩，一切绿色来源于雨水的滋润。

静夜听雨,神情怡然。有风或者无风,雨水降落的声音,是自然和谐的音符。天地通过雨水交融,天地之爱因雨水而展示,而酣畅淋漓的表达。

夜雨敲窗,梦里梦外,皆是雨水。

雨 天

下雨天最好的事情是睡觉。

难得这样一个安静的日子，早晨睡到十点多才起来，似乎尚未睡醒。头脑里闷闷的，还想睡。看窗外，天灰蒙蒙一片，阴云低垂，均匀厚实，要下雨的样子。伸出头看楼下街道，已经在下了。街道上湿漉漉的，路面因雨水冲洗，变成青灰色。雨很小，几乎看不见雨滴落下的情景。街上没有形成积水，树木更加翠绿葱茏，仿佛病后初起，精神焕发。车辆来去穿行，没有扬起尘土，也没有溅起水花。行人很少，撑着花伞，悠然地踱步。

这种情景适合在街道上漫步，体会那种潮湿的感觉，会非常美好。可惜没有心情，或者说没有雨中漫步的浪漫情怀了。不想出门在微雨的街道里走一走，只站在窗口看着街上那些游荡的身影。或者，这样的天气更适合思考一些事情，而我的头脑尚处于缺氧一般状态，什么也想不起来。或者适合作诗，我却不是诗人。眼前更多的是高高低低的各式楼房，线条一律规矩简单，毫无诗意可言。要是这样的雨天在深山古寺，或者在山野田园，拥有这样一个窗口，情形大抵会改变很多。总之，我觉得城市无论如何美好，也难免单调。

想起周作人的《雨天的书》。前段时间读过，那种细密绵长而不动神色的文字，似乎和这微微的细雨一般，渗透进人的内心里，不着一丝痕迹。感叹老人对文字的熟稔和驾驭，娓娓道来，节奏舒缓平静，好似一潭深不见底的清水，平静、安逸，波澜不惊。读者却已经在无意间被那些文字俘获，不能自拔了。我觉得老人的人格是属于道家的，在那种环境之中，一个孤独的老人，只有一支笔可以诉说。而他的那支笔确实可以融通天地。好在当时的北京雨天很多。周作人先生一定非常喜欢下雨天，要不不会花那么多文字来写雨。或者他以北方的雨来回忆江南的雨，江南的雨在他的记忆中无限美好。

我没有到过江南，但我可以想象，“南朝四百八十寺，多少楼台烟雨中”的情景。那楼台烟雨也许如同我眼前这样微微的细雨吧，太大的雨就失去诗意了。

想起我的村庄。下雨天的村庄十分悠闲，户外活动基本停止，只有羊群需要出去。远处的山坡上，一群羊散开来，变成一些白色的小点，旁边是一位穿着雨衣的羊倌，袖手旁观，怀中抱一支牧鞭。要是那羊倌穿着红色雨衣，就更加多几分意趣，是山水画的手法。

村子里的道路总是泥泞，印了许多脚印在上面。牛羊的、人的，或者其他家畜的。雨天里自动放假，田地里的活计不能干，家里的活计也可以偷懒。乘机串门聊天，或喝酒，或小赌一把，劳作的疲惫的身体得以放松。勤快的人心里已经惦记着天晴的活路了。北方干旱地方的人好像不是很适应多雨的气候，三天以上的雨天总会让人烦躁。懒汉们则是另一种愉快，正好蒙头大睡，可以睡个昏天黑地，不会被娘儿们抱怨。

村子里没有高大的建筑，一概泥墙瓦舍，笼罩在树木之下。老房子大都是老式灰瓦，一坡或两坡的，比较低矮。瓦沟里长满细密的青苔，晴天里看不见，雨天里看上去一片青绿，突然间复活了一般。新盖的房子，大都用了新式磁瓦，红色或灰色，不会生长青苔，雨水冲刷后，色彩更加鲜亮几分。村子里的树木自是青翠了许多。房舍周围总有许多高大的树木笼罩着，好像一个约定俗成的规矩。让自己的家园有几棵高大树木守护着，夏日里多一份阴凉，黄昏里多一片鸟鸣，自是另一种情景。说到树上的鸟鸣，想起陶渊明的诗句：“暧暧远人村，依依墟里烟。狗吠深巷中，鸡鸣桑树颠。”我相信渊明先生的诚实，一定亲眼所见，才有如此美好的意境出自笔下，也相信那时候的鸡可以飞上树梢歇宿。桑树不是高大的树木，但现在的鸡肯定飞不上去。时代前进了,很多东西却在退化着。有很多新农村,房子院落、道路都修得非常好,整齐干净,就是缺少树木覆盖,也就缺少了村庄的味道。它虽然突出了一个新字,而我还是比较喜欢老村庄。

雨天的村子里最写意的是炊烟。傍晚时分,炊烟如柳絮般漂移在房舍之上,树木之间,幻化无常,邈若仙境。见过一副对联,只看一眼就记下了,后来熟稔于心:“檐外淡烟无墨画,林间疏雨有声诗。”钟爱文字,但能够过目不忘的,一定是触动了内心早已感动的情景。在我的思想里,炊烟是村庄灵魂的幻化,是村庄生命的抒发。

午饭后,看了一会儿书,倦意袭来,又睡了,一直睡到自然醒。看窗外下雨的情景,还是稀疏的微雨,一丝凉爽的感觉冲淡了夏日的闷热。窗外横过几根电线,电线上垂下无数水滴,透明而清凉。几只不知名字的小鸟,俯卧电线之上,睡着了一般安静。电线就在窗外,距离窗口不过几米。看着那几只小鸟,心想,它们一定睡着了,一定在做着一个很美好的梦。

一株走失的植物

端午节清晨，妻子从街上买回来了一束艾蒿、一束杨柳枝，插在我家防盗门的门缝里，装点了我们的节日，也表示了我们对于这个节日的偏爱和固守。我们希望艾蒿和杨柳枝能给我们的日子带来平安吉祥，我们并不迷信，但我们内心总是有这样简单朴素的愿望，并且这愿望总能在适当的时候找到合适的寄托。比如端午节的艾蒿、杨柳枝和缠绕在手腕上的花绳，春节的对联炮仗，元宵节的面灯盏，燎干节的一捧大火，等等。

我们的祖先多么富有情趣和智慧，总会把平常的日子书写得浪漫而充满神奇。我们都是比较保守的人，总是过着那些祖辈们流传下来的节日，而那些近年来兴起的洋节日，连名字也不能记得。就像和现代化的城市相比较，总是偏爱于古朴的乡村。那是一种难以言说的情结，一种遗传的符号，一种根系一样的东西，牵牵绕绕，盘桓于深厚的记忆之中，并且经常会生发一些嫩芽来，在平常的日子里枝枝蔓蔓地成长着。

妻子是爱好植物的人，她单纯而朴实，疏于和人交往，但对植物却有别样的嗜好。她喜欢侍弄花草，总是栽种些简单的花草在家里，闲来浇水修剪施肥，使家里一年四季处在绿色的情趣之中。我相信她明智的选择，给予植物以情感呵护，它会回报你宁静的清凉。人却是复杂的，和人相处需要很大的学问，我们在这方面都是弱智者。

妻子除了在门楣上插上艾蒿外，捡了一枝艾蒿，插在育苗的花盆里。她说，艾蒿要是能插活了，一定能给我们带来平安吉祥。我说，恐怕不是容易的事。她说，兴许能活呢。过了几天，回家时，她的第一句话是，那枝艾蒿活了。语气里充满了喜悦，仿佛那枝业已成活的艾蒿已经给我们带来了平安吉祥或者很大的幸福。她拉着我观看那一枝艾蒿，没有枯萎，依然那么嫩嫩地鲜活，就像端午节那天刚采回来一样，那些幼小的嫩芽上似乎还带着露珠，晶莹地闪亮着。仔细看时，尖端的幼芽正在萌发着，充满了生命的活力。随喜妻子的心情，给予鼓励。她一脸桃花，更加勤快地侍奉着那些花草。

那株艾蒿在我家花盆里顽强地生长着，从刚插进去不到一指长的幼苗，没几天就已经长到一尺多长了，灰白的叶子也从细小变得宽阔了许多。房子里似乎可以嗅到淡淡的艾叶香了。

我们常常安静地坐着看那一株艾蒿，我们都是讷言寡语的人。不需要过多的语言，似乎就可以体味到一株孤单的植物带来的平安吉祥的气氛。我们的内心也如这株艾蒿一般宁静。

但我知道，这是一株走失的植物，虽然并不寂寞，我家里还有吊兰、金钱树、绣球花、君子兰等几种花草陪伴着。但我固执地认为，我家的艾蒿是走失了的一株植物，妻子是一个善良的领养者。

我们的城市正在以疯狂的速度日益扩张着，一条条新修的道路，纵横交错地在城市周围编织，其间是大片的土地，接着在这些围困起来的土地上，茂盛地生长起来各式钢筋水泥的森林，这些森林面目狰狞而冷酷，缺少植物的温情和生机。面对扩张的城市，常常产生无端的忧戚，一切总归要坏掉的，过上百年以后，这些目下辉煌繁华的楼群，终将变成废墟，那么在这些废墟之上能生长出庄稼来吗，能生长出茂盛的植物吗？混凝土的深度已经远远超过了植物根系的深度了。偶尔有一个可怕的联想，城市化和阶级斗争，那个年月，受伤的是人，许多人消失了，许多人又生出来。现在受伤的是土地，土地却是不能繁殖的。我们的混凝土森林密度太大了，缺少了绿地和植物，并不和谐。把这样的联想写出来时，自己有些担忧。好在城市化时代并不是阶级斗争时代，不至于因言获罪吧。

我家的艾蒿长大了，长得健康茂盛，我却于其中感觉到了悲伤。这种本来属于山野的植物，本来成片成片繁衍的植物，却要孤单地在一个花盆里生长。它原来生长在哪里呢，哪个市郊那个村庄的哪一块土地里呢，它的根系还在那里维系着吗，或者已经被一座高楼占领了呢。

植物不属于城市，而这株艾蒿误入歧途，走失了。这里没有可供植物生长繁衍的土地，除了混凝土就是柏油，很坚硬，不适合植物。花盆里虽然有泥土，就是太少了，连一束也容不下，不要说一片了。而艾蒿这种植物繁殖得很快，一个季节就可以长出一大片。我记得乡下老家的园子里有成片的艾蒿，每年铲掉了，来年会生出更多的来，园子被浓浓的艾叶香包围着。

看着那株艾蒿时，突然觉得有点像自己。植物没有脚，被别人带着走失了，我有脚，是自己走失了。

秋风起兮

听见有风声越过窗户时,想起欧阳修先生的《秋声赋》。记得开篇第一句是"欧阳子方夜读书,闻有声自西南来者"。我在电脑前上网时听见风声,那是带着一丝冰凉的啸叫,急促而悠长地掠过窗口,不能辨别这声音来自哪个方位,西南或者东北。而在感觉中,这样有些凄凉的冷风总是来自西北方向。窗户远离树木,何况这么漆黑的夜晚,无法看见树木摇摆的方向。欧阳修先生可以叫童子去外面观看,我懒得出门去,只把窗户关得更加严实,拒绝秋风进入屋内。

秋风被关在了窗外,却闯入了心里。

秋风略带潮湿,没有夹杂惹人的秋雨,但还是助长了无端的愁绪,只是不至于浓烈得化不开。

秋风还是挤进屋子里了,温度骤然间下降了许多。我感到全身冰凉,尤其是腿脚部位,便不能安稳下来,冰凉的感觉像蛇一般缠绕着不肯离开,不得不找出落满尘埃的电暖器,弹去灰尘,接通电源,寻找温暖的安慰。电暖器辐射着干燥的热量,屋子里很快就温暖了许多。但我知道,电暖器已经像一个显眼的符号一样挥之不去了。关于秋天的印象就在电暖器橘红的光晕里漫延着。

清晨回单位,看到道路上飘零的黄叶。道路两旁大部分是白杨树,也有柳树和松树。柳树的叶片尚绿着,杨树的叶片已经开始脱落了,那些枯黄的叶片悠然地从树枝上脱落下来,铺洒在路面上和路旁的边沟里,车辆飞驰而过，叶片被掠起，蝴蝶一样满路乱飞。车窗全然关闭，车内开着暖气。一片落叶粘在挡风玻璃上，仿佛一个标志在提醒着我，秋天已深。在刹那间惊醒，一个季节又要过去了，又要消失了。

有些怅然若失。好像被什么欺骗了，是年轮还是时光。好像被什么抛弃了，是岁月还是自己的心？很孤独的感觉，找不到一丝可以寄托的依靠。猛然间意识到，年轮原来这样飞快地旋转着，自己仿佛一粒被甩出的尘嚣，孤独地流落在季节的深处。在黄叶间，在枯草间，在秋虫的哀鸣声中。

长时间幽居斗室，几乎没有感觉到秋天浓烈的气息，而秋天已经过了多半。

很想在秋风里找出些热烈或者欢快的情景来，却不免徒劳。大片的土地正在露出本来的面目，绿色正在退却，逐渐被枯黄的色彩取代。一个霜冻的夜晚，使一切绿色的植物失去了活力。树木、野草、玉米、洋芋、糜子、高粱等，一次霜冻阻止了它们继续生长的欲望。生命就在这一夜之间开始了轮回。不论这些植物们是否成熟饱满了，都要停止继续繁荣的步伐。但我知道，自然的神奇造化，这些植物们总会在霜冻之前成熟，并且留下种子，等待着下一个春天的开始。

秋天并不尽饱含着肃杀的气息，秋风里总是有收获的喜悦。不劳作者看到的是落叶衰草，劳作者看到的是果实种子。年轻者羡慕于秋天的成熟和饱满，年老者却哀叹于时光的流逝和短暂。一切情景，因人而异，因心而动。似乎有些相信，万物唯心的说法。

草木的枯萎仅仅是一个季节的沉睡，春风会及时地唤醒每一棵草木的记忆。人的生命是否也像草木一样有着季节的轮回呢。草木不会走动，故而将根扎在了泥土之中；人因为会走动，所以不会扎下根来，何况穿了鞋子，将泥土隔开了。人越来越远离了泥土。想起来，人并不比草木高明多少。

秋风起兮。在四季轮回的剧目中，秋风使剧情达到了高潮，也使剧幕徐徐降落。高潮即是衰退，高潮即是尾声。高潮之后即是逐渐的回落，即是低谷的来临，即是休眠期的开始。任何事物都难以逃脱轮回的命运。昼夜、人事、季节、生命等。

秋风起兮。人到中年的一声感慨，一曲怆然的高歌，一首沧桑的诗都包含很多无奈。生命已然走过了热烈的夏季，步入了丰满的秋季。回首以及怀恋都是徒然，谁能够捡拾起过往的脚步？谁能够挽留消失的岁月？坦然面对也许是一种诚实的态度，珍惜日渐单薄的日子才是最为要紧的事情。

一直没有懂得那些“逝者如斯夫”的感叹，因为年轻，因为有大把的光阴可以挥霍，因为幼稚而无知，因为无所经历而无所恐惧。一阵秋风掠过，内心一片冰凉。终于懂得了，时光易老，落叶知秋。去年的秋天，并没有这样的心思，今年的秋天却有了这样的心思，却是为何。莫非一个季节的轮回就可以使人变得不堪。年年岁岁花相似，岁岁年年人不同。回想，三百六十五天，多么漫长，又多么短暂。现在已经无法体会漫长的感觉了，只觉得日子飞一样地滑过去，滑过去，浮云一般，不留下一丝痕迹。

突然想起一首对联：晨钟暮鼓惊醒世间名利客，经声佛号换回苦海梦中人。每个人不能够每天听见晨钟暮鼓经声佛号，即使沐浴在那些经典的声韵里，也未必能理解其惊醒的慈悲之音。明白人太少了，大部分都是自以为是的聪明而已。这个世界慈悲而智慧，一草一木，一声鸟鸣，甚而一片流云，都是生命的警示，何况这萧萧而来的秋风。

秋风在窗外呼啸，我在窗内静坐。

冬夜一壶茶

有些事情实在难以预料。比如一个陌生的电话，一个陌生的人。

有些事情是自己无法控制的，其实只是自己给自己找的借口。比如沉迷于某种世俗的游戏之中。每次安静下来的时候，都对自己深深地谴责，甚而有些仇恨了。厌弃自己的无耻、荒诞、懒惰、散淡、放纵。继而常常给自己找到一些可以慰藉的理由来开脱。历劫以来的积习难以更改，注定了自己不会是一个成功的人，也就如此随遇而安吧。接着就继续放纵了自己，继续进行着那些荒唐的行径。

其实我知道，内在里总有一个明白的，那一个一直以来都没变坏，从来就没有改变过。那个明白的总是不时跑出来告诉我，你已经走得太远了，陷得太深了，赶快回头来，仍然不失为一个好人。突然间又明白过来，本来还算是一个好人，现在已经变作坏人了，这是多么可悲的事情啊！我成了一个坏人！什么时候变成坏人了呢？可是我从来都不想着做个坏人的，一直以来是仇恨着坏人，努力想成为一个好人，不料就沉沦了，自己竟然不觉得。

好人是很难做到的，这个我也很明白。我也没有给自己订立一个如何好的目标。但内心里总归有个大概的框框，不能太过于出格了，就算是好人。而变化是在不觉意间来临的，就像灰尘是在不能察觉的时候蒙上来的一样。开始并不能看见灰尘，但积攒得时间久了，再明亮的镜子也会失去光亮。

“时时勤拂拭，勿使惹尘埃。”神秀上座并没错，不失为导师水准。

我却常常找不到抹布，更不要说一盆清洁的水。蒙尘的事情自然要发生了。毛巾香皂可以洗刷颜面的尘垢，而内心的尘垢该用怎样的抹布来“拂拭”呢？

其实我知道，其实谁都知道。就是懒惰着、荒废着、推脱着。光阴不觉意间已经流逝了，自己终不肯拿起那“抹布”来，将自己清理一下，即使偶尔想起来了，也只是粗糙的大而化之，洗脸梳头一般，装点门面而已。尘垢依然滋生着，成了恶习的培养基。突然间发现时，抽自己几个耳光，也并未能解决问题，厌恶心却疯长起来。给自己下个定断，本是朽木一块，巧匠也难能为之耳。接着又不满，即便是朽木，烧起来也尚可给予光或热。

能忏悔者算不算是一种进步或者功德呢？

想起来，距离记录文字的时日已经很久了。没有仔细记录过多少时日，没有写下一个文字。键盘陌生了，思维更是锈迹斑斑。冬日的夜晚，感觉自己像一具腐败的死尸，正在发散着令人厌恶的气味。生命的活力正在丝丝缕缕消散着。

宣教者是政客，行者需要行走。嘴里说着喝茶，只会越说越渴，要解渴需得把茶喝下去；看着别人喝茶，同样不能解决自己的口渴。总得动手给自己斟一杯茶水来，送到嘴里去。手在自己身上长着，水在壶里开着。

能惊醒人的不一定都是伟人。菩萨不一定都现观世音像。

约我的是一个陌生的电话，一个陌生而熟悉的兄弟。把我从嘈杂的游戏场里唤醒的是一个经常见面但不太熟悉的兄弟。让我倍感吃惊的是，他竟然是一个精神高地的坚守者，和我一样卑微、琐碎，但固执而忠诚，孤单而决绝。

我们喝茶，断断续续地说一些幼稚的话。

送走了他，我就安静地坐下来了。

父亲节

直到晚上时，才知道今天是一个节日——父亲节。儿子打了一个电话,第一句话是祝爸爸节日快乐,然后我们说了一会儿与节日无关的话。在听到儿子的第一句话时,说实话我是很感动的。对儿子的每一句话我都是比较喜悦的,也许是父子天性,除非是他那些很忤逆的话。我和儿子之间的交流向来比较轻松,没有多少代沟。儿子很少和我说忤逆的话,我们之间的相处还算融洽。我很少给儿子提出过多的要求,只希望他健康地成长,每次和儿子说话,最后我多时会说身体健康第一,学习成绩第二。儿子总是嗯嗯答应着,不知道他能不能懂得我的心意。儿子在这个日子能够给我打电话,和我愉快地说话,说明他已经长大了,开始知道关心别人了。对于每一位父亲来说,突然有一天发现儿子已经长大,没有什么事情可以这样开心。

真的,这个日子里我很开心,我相信凡是听到孩子祝福问候的每一位父亲都是开心的。天下子女心也许千差万别,天下父母心却是相同的。甚至对于孩子的一句问候,我们都会莫名地感动,那是一种复杂的难以言传的情感集合。每个父母对孩子的疼爱，并不一定希望孩子的回报或者回馈,但孩子能够懂得感恩父母,哪怕是一句简单的问候,父母都是感激的。

想起父亲。现在我是做父亲的,可在这个日子,我无法祝福我的父亲快乐。父亲已经长眠于地下两年多了,这时候我即使有千言万语,或者仅仅是一句简单的问候,父亲都无法听见了。父亲离开的日子越长,我的思念愈加浓烈。有时候突然间就想起父亲来,想起那些与父亲相伴的日子,我的内心都会产生巨大的孤独,那种孤独感会无限地放大,并且变得无比沉重,挤压得我无法呼吸。常常记起父亲生病在床的那些时日,每次回家去看,父亲都会泪眼婆娑的。当时我无法理解父亲,为什么流泪呢?养儿方知父母心,现在总算有了一点点理解父亲了。父亲晚年中风瘫痪在床,失去生活能力,连说话都非常困难,他表达情感的方式变得单纯而直接,回归到孩子模样了。我们姊妹几个以及我们的孩子去看父亲时,父亲往往会流泪,然后抖抖索索地用那只不太灵活的手抹去泪水。那些年我感觉父亲像一个孩子一样,对我们非常依恋。父亲在床上瘫痪了十年时间,他最开心的是我们回家去看他,简单地说一些话,父亲总是很兴奋,嗯嗯地回应着,或者用左手做一些手势,父亲的右手完全瘫痪。有时候我们并不交谈,看着父亲那样说话,我们的心里很是难受、煎熬。我们只是默默地坐在父亲的身旁,陪着他。父亲会变得非常安静,眼神安详而幸福,没有丝毫久病在床的痛苦神态。

一直构思着要为父亲写一点纪念的文字,但一直难以动笔写下一个字。每次想起父亲时,键盘总是酸涩地难以承受,想要说出来的话语太多,但又非常凌乱,所有那些林林总总的画面都会一下子从记忆里冲出来,像溃堤的大坝,情感的流水恣意泛滥,无法回笼成理智的文字。所以一直到现在,也没有为父亲写出一点文字来,成为我内心的一笔债务。我知道这笔债务需要附加巨额利息,这些利息会让我终生都无法偿还。其实我何尝能够还清父亲的债务,世界上哪个人又能够偿还清楚父亲的债务呢?在父亲辞世后一个多月时,我写过一篇《祭父文》,思路混乱,语言蹇涩,词不达意,后来经三弟细心修改,勉强成文,刻录在父亲丧礼的光盘里。偶尔从文件夹里看到那篇文字时,我都会万分愧疚,其中酸涩苦甘,难于言表。

本来是准备就父亲节写一些关于节日的感想,比如许多当下流行的而我们这一代人不能适应我们的父辈们不知道的节日。但父亲这两字不由我牵扯出了这几段文字,真是不知所云。

我现在是做父亲的,看着自己的儿子日渐长大成熟,知道了问候长辈,内心很是欣慰。我想说的,也许我作为父亲,对于儿子的爱是粗疏的,我甚至主张苦难教育,我觉得对一个人一生,小时候多受一些磨难、委屈。不论对身体健康、心理承受以至于对生活的理解等都有很大益处。从儿子上学开始,我几乎没有接送过,我只是远远地看着他自己走,虽然磕磕绊绊,但最终还是走稳了。

儿子的一句节日快乐,虽然客套简单,我还是很高兴,在这个属于男人的节日里,很有些初次做父亲的自豪感。向来对那些洋节日不感兴趣,甚至持反对态度的我,今天却没有产生多少反感的情绪,相反却有一点喜爱这个日子。

还有一点需要说的是,对于孩子们,不能只是到了节日才想起父母来问候一声,对父母的感恩是要每时每刻铭记于每一个日子里。因为所有天下父母都是每时每刻在用无私的爱心关注着孩子。

接社火

正月二十三，是燎干的日子，也是我们村庙会的日子。也不知道是谁留下的，没有人知道来历。二十世纪八十年代时，庙重新修盖起来后，有几个老年人说，早年间，每年正月二十三，都要唱庙会，也就是请一个皮影戏班子，唱上几夜皮影戏。为啥不请大戏，而是请皮影戏，也没人说清楚。历史在人们的口中流传着，有些东西遗失了，有些东西被添加了，没有人去考证，甚至连想一下的念头都不会有，文字在村人的眼里是虚幻的，如同敬奉在庙里的神仙。我们更相信祖辈父辈传说下来的事情。

皮影戏每年在我们村子上演，很有几个年头，后来为什么不演了，也没人去说道考究。总之是悄悄停止了，没有人再提起要演皮影戏的事情。好像庙上的神仙也忘记了，或者是看得厌烦了吧。

我的记忆中，皮影戏实在算得上一门艺术，应该说是早期电影的雏形。很多年没看过皮影戏了，至今想起来，那腔调犹历历在耳，如梦似幻。据说皮影戏已经成为非物质文化遗产了。想再蹲在老院子里，在料峭春寒的夜晚看一场皮影戏已经不可能了。这个世界变化得可真快，转眼之间，许多美好的东西就消失在历史的烟尘之中。

前几天，庙上的香老传出话来，说要演皮影戏。这可忙坏了会长和一些村子里前头跑事情的人，到处打听哪里有皮影戏班子，打听的结果是，附近的皮影戏班子早都散伙了，好坏请不上。最后说请一台大戏唱上一天一夜也行，于是就请了邻村的戏班子来唱戏。就这也是费了些周折，眼看着正月出来，农活开始忙了，戏班子早都散伙。好说歹说，才又攒起来。都是图个高兴，神仙高兴了，人也就安心了。

社火来了，自然要接迎，敲锣打鼓，打着彩旗，放鞭炮，喊仪程。全村老少都出来，站在村口等着接迎，图个吉利热闹。都准备好了，可没仪程官。这个身子不好出，得个好口才的人，见啥说啥，顺口还要吉利。村子里找不出这么个人物来，赶紧请别村的来帮忙。联系好了，打发一个麻利的小伙子骑着摩托车去接了。

八十年代初期，那时候人们刚吃饱了肚子，穿暖了衣服。过年时一个个都欢天喜地。邻村的老年人就组织了社火班子，走村串户地唱社火，其实就是个耍，热闹啊！社火班子不像大戏班子，唱的都是小曲，也不用舞台，随地围个圈，就开始唱，大多是在谁家院子里或者麦场上唱。传统的曲目，有《上天官》《刘海撒金钱》《匡胤送妹》《十柱香》等，都是非常好听的曲调。原来听下的，到现在还能哼上几句呢！

记得我们村接第一场社火时，没有人撇仪程，当时的年轻人听都没听说过，老年人知道规矩，就是不会说。天快黑时，邻村的社火队已经过来了，送过来一把扇子、一顶帽子、一缕胡须，是给仪程官装扮的。眼看着队伍要接上了，我们村还没找到仪程官，情急之下，不知道谁把我父亲推上去了，说父亲以前见过，能应付。一件老羊皮袄翻过来，往身上一穿，戴了胡须帽子，就迎上去了。锣鼓声、鞭炮声震耳欲聋，父亲嘴里胡捣鼓着应付。我就听清楚了一句：穿衣不整接年兄。后来父亲慢慢适应了，也能勉强应付几句。到了庙上时，我听见父亲说了完整的一段：正月十五庙门开，会长拿着钥匙来，钥匙到把锁子开，香烟弟子进香来。想起父亲那个时候也就四十多岁年纪，正是壮年。到了今天，父亲却已归于黄土，安然地下，已经快一年了。

后来的年代，我们村接社火，有了固定的仪程官，是比我年纪稍长叫红儿的。他的仪程撇得好，声音洪亮，吐词清晰，见啥说啥，随口就来，很是得到喝彩。可惜红儿命短，前年时出了车祸，一命归西去了。一个村子里，几百口子人，找不出个说着耍的人来，也实在难堪。看来，鸡鸣狗盗，啥人都得有。

请来的仪程官果然厉害，从开始到结束，说道了个没停，把一村子老少都给听高兴了，一个个笑容满面，跟着看。

接社火实在是一个很热闹的场面，带给人的不仅仅是欢乐。我一直感觉其中有许多细节蕴含着深刻的象征或者意义，没深究过，只是感觉而已。可惜，现在的人好像已经对这些东西不感兴趣了。

偷得浮生半日闲

正在往家里走时，母亲打来电话问，回来吗？我说马上到家了。每天下午下班后，母亲都会问这一句话，我要是说回去，她就准备晚饭；我要说不回去，她自己就吃了。我家的小院就在镇上，离主街道不到百米远，但却远离主街道的热闹喧哗，很是安静，适合老人居住。也适合我这样不合时宜的人居住。

院子里非常安静，母亲正在做饭，我听见她切菜的声音。原来有一只小狗，很是可爱，每天我进门时总要扑上来，围着打转，好像多年没见的亲人。这几天不见了。问母亲，说跑到姐姐家去了。我说，这个嫌贫爱富的狗东西。我们家里多吃素食，姐姐家多有肉食，它就守在姐姐家不回来了。不回来也好，免得在菜园里撒尿。

院子中间有一块花园，二十几个平方米大小。开春时节，我从花园中间用砖头隔开，就成了现在的样子。原来里面全部是草莓，我只留下了一半，一半连根挖出来，送给同事移栽到她老家去了。开垦出来的一半园子，母亲种了几种蔬菜，菠菜已经吃了好久，水萝卜这几天正好长成，脆得很。晚饭的呷菜就是水萝卜，放了几丝香菜在上面，确是可口。水萝卜下面是刚出芽的韭菜。母亲说韭菜刚出芽，不能晒太阳，水萝卜叶子正好给庇阴凉。西红柿和辣椒才换过苗不久，距离收获时间还早。还有几棵笋子，叶片略带紫色，刚出土时我认不出是什么东西，差点给当野草拔掉了。中间有一棵梨树，有大拇指那么粗，不到一米高。竟然开花结果了，有些不可思议。并且果子结得特别繁。花期过后没几天，满树枝全是一撮一撮的小梨子。姨夫来浪闲，看见了，说，只能留少许果子，其他都要掐掉，要不树就被累死了。第一次听说，树木也会被累死，觉得好笑。但姨夫说得很严肃，丝毫没有开玩笑的样子。他在省城某大学里做了十几年园工，相信他是有些经验的。仔细想也有道理，树木也是生命啊，太过劳累真会累死的。现在梨子已经有拇指肚那么大了，悄悄隐藏在肥大的叶片下，一点也不张扬。

最张扬的是另一半的草莓，哗啦啦地长起来，很快就覆盖了整个地面，不留一丝缝隙。尤其浇灌过一次水后，它们更加疯长，密密实实地变成一块翠绿。接着开了一些细小的白色花朵，接着就挂果了。草莓是很善于传播生命的，它的一些枝蔓尽力向周围伸展，遇到合适的土壤就扎下根系，形成另一棵植株了。我这些天来一直观察着草莓生长的过程，非常有意思。它们好像人一样有感觉，本来一条枝蔓抽出来向院子这边伸过来，伸着伸着停下来了。这边全是水泥地面，没有它们扎根的地方。那些伸展出来的枝蔓好像害羞或者是失望的样子，蔫蔫地趴在水泥地面上，不长了。

草莓靠边有两株芍药，最近正是花季，一株上开了十几朵粉红的花，妖娆灿烂的样子。芍药花瓣看着很大，但比较单薄，不是很喜欢。前两天看表弟的微信里晒照片，他们一家子在哪里的花地里照相玩耍，很开心，好像也是芍药花，和我家这两株差不多。

其实我还在花园靠边栽了几棵葡萄树，今年刚移植过来的，现在被疯狂的草莓遮掩着，完全看不见。只有我每天都去关注一下，扒开草莓叶子，看它们是否安好。最近院子里有些干旱，自来水却被挖断了。这些开发商，总是弄坏了供水管道，却不去维修，害得这一块儿人家都没水吃。

今天下午我回来，进门第一眼看见翠绿的叶片下面露出一星鲜红，仔细再看，有好几个这样的鲜红色，原来是草莓熟了。我给母亲说，草莓熟了。母亲说，知道呢，你大舅过来，今天摘了好几个，说给他家孙子尝鲜，他没见过草莓。

晚饭还没有熟，我拉过一把摇椅坐在院子里，一边和母亲隔着窗户说话，一边看一位叫木心的人写的书。之所以没有称呼他为作家，一则他自己也不说自己是个作家，再则中国也从来没有听说过有这样一位作家。这老头实在可爱，好似梦中呓语似的，说些似懂非懂的话，却让人不忍舍弃地要反复咀嚼。他的主题非常随意，但却总是能说出一些不可思议的味道来，淡淡地不着边际，悠远而神秘。第一次读到这样的文字，感觉很是意外，汉语原来还有这样一种玩法。这老头几年前在桐乡去世了。简介里尽然没有一个头衔，单薄得可怕。所以不能叫作家，只能说一个人，用汉语写了十几本书而已。

我们的晚饭向来简单，一直延续着乡下的习惯，最多的是面食。一碟小菜、一碗面。母亲吃一碗，我吃两碗。母亲边吃边讲一些白天的事情，谁过来了，谁拿了些什么东西过来。都是些家长里短。她在镇上住着，却对村子里的事情依然清楚得很，最近谁家有啥事情，需要随礼或者帮忙，她都记得很清楚，总要提前几天给我说知道，到时别忘记了。乡下的规矩，礼轻人情重，主要是图个人气。都是彼此帮忙过事情，哪家的人情都少不得。

夜幕悄悄降临，每一个黄昏都类似的安静。远处隐约有音乐传过来，大概是街上跳广场舞开始了。这两年广场舞风靡整个乡镇，成为女人们的主要娱乐项目。母亲收拾完灶具，打开了电视，我就去自己房里喝茶。反感看电视已经很多年了，只是自己不看，并不去反对别人。现在的电视节目好像很有些问题，尤其是电视剧，粗糙鄙俗。不知道在宣扬什么样的价值观。抗日神剧不说，那些一部接一部的宫廷剧，把一个个帝王演绎得高大上，真个是真龙天子一般。秦始皇不是历史上公认的暴君么，现在也成英雄了，不知是何道理。我的小家里一直没有电视，老婆孩子都不知道看电视，老早习惯了。

我的房间不大，稍显拥挤。一张床、一个衣柜、一组沙发、一个茶几、一张书桌。剩下的空间很不规则，只供我来回活动。衣柜里没有一件衣服，放了一些宣纸和字画。本来是想弄一个书柜的，一时看上了这个衣柜，就拉回来了。每次要写字时，心里总是别扭着。书桌太过窄小，连一张宣纸都铺不开，只好折叠了写着耍一会儿，不能尽兴。一直想象着什么时候能有一间很大的书房，四周摆满了书柜，中间有一张写字的大案，旁边有一套古朴的实木茶具。每天徜徉其间，读书、写字、喝茶，看窗外云卷云舒，日落月出。听静夜天籁，清晨鸟鸣。偶有朋友来访，饮酒可以醉而引吭高歌，喝茶乃至沉而不语。或谈古论今，臧否人物；或乡俗俚语，嬉笑怒骂。不怕言多语失，不必察言观色。只图个逍遥自在，率性而为。只求回归为一个真实的人而已。但这些只能是我的想象。这样的情景对于我目前尚属于奢望，只好在此意淫一番。但有一点，我觉得已经在慢慢接近实现。每当我回到家里，都会意识到自己变回了原形，变成了一个真实的人。我会把那个无形的面具扔在大门外，以一个真实的人的面目对待母亲或者妻子。有一种感觉，在单位上生活得久了，我们无意中被虚拟化了，从上班开始的那一刻起，我们都必须把自己包装起来，变成另一个人，这个人或者虚伪，或者自私冷漠，或者口是心非，佯装笑脸，或者虚于应付，巧言令色。长久在一种虚假的环境里生活，自己都不知道自己已经变成了一种虚假的人格。其实每个人内心都清楚自己在做一些虚假的事情，所有人都知道所有的事情都是虚假的，但所有人都在努力使这种虚假的工作变成真实。就像一部电视剧，明知道是虚假的故事，但我们必须当真实的故事来做。每个人都是角色，都非常认真地在做自己的角色。我们在共同演绎着一出没有结局的泡沫剧。

善于变换角色的人，懂得回归。很多人迷失了，把泡沫剧当作真实的生命。写到这里又想到木心先生。他身处牢狱多年，仍然保持内心的纯洁素净，毫无感染世俗之戾气，甚至对于那些迫害自己的人也充满了同情，没有怨怼。他的文字干净而智慧，饱含宗教的慈悲之气。他说，每个人都是罪人。突然间有所感悟，木心先生首先是一个真实的人，其所有的文字，毫无牵强粉饰，只不过是真实生命的自然流露而已，所谓情真意切。似乎有些懂了，或者仍旧摸不着门径。

还是说回自己吧。回到家里能变成个真人已经很好了，况且有这么安静的一间房屋，这么柔和明亮的灯光，这么可口的茶水。偷着乐吧，知足。

常怀感念之心，其实就是给自己找到了一个快乐的理由。每部佛经的最后，都有一首偈语：愿以此功德，庄严佛净土，上报四重恩，下济三途苦，若有见闻者，息发菩提心，尽此一报身，同生极乐国。其中的上报四重恩，就是讲每个人都要知道报答，天地恩、国土恩、父母恩、众生恩。这样想来，每个人都生活在巨大的恩典之中，没有这四重恩典，就没有生命。有什么理由不去感恩呢？阿弥陀佛！即使不念佛，这些恩情总是存在着，还是值得感恩的。天地、国土、父母、众生，是普世的存在，于宗教信仰或者封建迷信都没有丝毫的关联，只要是个真实的人，就得认这个理。

写到这里时突然觉得自己很分裂，好像学会变脸了。一直在标榜自己的真实，但现在明显感觉到自己变得日益虚伪起来。我的文字里，充满了虚假的谎言，有时候连自己读来也觉得好笑。我并不认为自己是个作家，至多是一个文字爱好者，写自己内心的感悟，写自己所见到的世相人心。但不知道为什么，每每形成的文字总是和内心的思考相悖逆，好似一种惯性的力量在拉扯着。文章就应该这么写，只要是你写出来要被别人阅读，就必须这么写。除非你的内心强大到可以战胜自己的虚荣和恐惧。但我并非一个内心强大的人，知道自己有多么懦弱，所以索性很久不曾写一个字。

今天有些例外，因为觉得这安静的日子实在值得享受。本来很好的心情差点被这文字牵扯着变坏了。想起一首唐诗，其中"因过竹院逢僧话，偷得浮生半日闲"，意趣悠然，颇觉释怀。赶紧写下来作为题目，也好让我此时惬意的情绪得以延续。

且思且吟

QIE SI QIE YIN

关　照

突然间觉得自己一直以来有些别扭。说不出为什么，总之是别扭着，不是和别人过不去的别扭，而是和自己闹别扭！这是很有意思的事情。白天忙的时候不容易发觉，夜里清静下来后，就清晰地显露了出来。好像自己的左手和右手在打架，或者有两个自己在斗嘴，都是很原则而倔强，谁也不愿意让步，两个自己在那里不停地僵持辩解争论。我就变成了一具空壳，呆坐在这里发呆、抽烟、喝茶。闹得满屋子烟雾缭绕，茶水也变得寡白了，仍然空白着，冲了新茶继续喝，而并不觉得解渴，依旧口干舌燥。我知道自己阴虚得厉害，也知道茶水不如六味地黄丸，但还是喜欢喝茶水，而不爱吃六味地黄丸。这也是一种别扭，和自己的身体过不去。行动总是要受到思维的支配，而我的思维却在虚空里漂浮着，落不到躯体上来。好似弟兄两个吵架了，结果把老娘晾在那里没人关顾。

天气好得有些让人吃惊，春天里的一场透雨，几十年也难得遇见。春雨贵如油，下了一天的清油哦。从早晨开始一直淅淅沥沥地下到下午，没有风，温度不冷不热，略微有些潮湿。树木隐约显露出青翠的色泽，桃杏的枝头已经打了苞，几欲绽放了。远山隐逸在蒙蒙烟雨之中，仿佛江南，美好而惬意。站立在窗口观赏这一幅春日烟雨图，内心本该是平静而温润的，我甚至禁不住脱口吟诵了几句老杜的诗句："好雨知时节，当春乃发生。随风潜入夜，润物细无声。"正吟诵间，就有一个极细微的念头突兀地跑出来，我发觉了这个念头是多么可耻，想压制已经来不及，就像那枝头要绽放的杏花，刹那间已经是一树芬芳。突然间觉得这贵如油的春雨很可恶，全变作了地沟油，令人恶心。知道那只是我别扭的思维在作怪，这春雨绝对不是地沟油，我还是想走进如丝的细雨里来冲洗一下满身的尘垢。别扭的思维毕竟短暂而细微，只不过对于这罕见的春雨多了一份联想而已。仅仅因为罕见和稀缺，我别扭的心思完全可以谅解，总是处在惯常的思维习惯里，对于异常，哪怕是美好的，也做了怪异想。可见我是多么地别扭着。人是不是都会有些怪诞的思维呢？没有做过这方面的探究，并不知道。而我自己有时候确实很怪诞，有些念头总是逆向产生出来，像一个淘气的孩子，给你平静的生活里投入一块顽石，激起无数愉快或者烦恼的涟漪，由不得自己左右。

不知道这种状况是否属于正常范围，自己也没有因此而焦虑过。但毕竟是有些纠结了。“纠结”这个词据说很是时髦了一回，没用过，在这里用一下，正好赶一次时髦，顺应一下时代旋律。记得有一位朋友给我说，你很危险，换作几十年前，你不能坐在这里说话。那话让我很开心，我看见了朋友的真诚，这个时代不是容易反目成仇的时代。我说，要在那个时代，我只好在监狱里度过残生了。我们喝酒喝茶抽烟，开心地说话，毫无顾忌地说出自己的观点，对社会人生的见解体会，向往着美好的人心，痛恨着丑恶和虚假。那时候我没有看见朋友之中会出现犹大的兄弟。我们很尖刻地批判一些丑恶现状，但我也很感激这么幸福的生活，这么平静的可以开着窗户大声喧哗的环境。

因为讨厌电视剧的浮华滥情，故而连电视机本身都觉得可恶。宁可和妻子吵架、冷战，也不愿意让电视机在客厅里整日喧哗。看着那台二十年前的老式电视机，安静地做了一盆吊兰的底座，内心里就有一种胜利者的自满。常常对着那盆吊兰看，那些悬垂下来的嫩绿浓密舒展的绿叶，覆盖在电视的银屏上，滑稽而美妙。我家的电视里永远是一丛吊兰的频道。这是一种比较长久而顽强的别扭心态，我家户口本上户主栏里写着我的名字，我有权利让我家的客厅不被污染。好在老婆孩子都听话，给我面子。

短暂的别扭随时都在出现，并且总是在突然之间冲出来，仿佛一个埋伏着的狙击手,只要目标出现,就会立即扣动扳机。我已经形成了这样一种思维的习惯,自己有时候为此苦恼,但很难改变。有时候觉得是不是需要看看精神科医生。看见那些被精神病的故事时,总会联想到自己,结果是换了我,也会那样做。那么有一天,我也会被精神病的,只是时间迟早的问题。但我现在知道,我不会被精神病,我只是产生了别扭的想法,我会把许多想法变成文字,而不是变成语言。语言像匕首,直接而锋利,可致流血事件;而文字可以任我加工成晦涩食品,保存到过期了,没有人愿意品尝。

意识到自己的别扭以后,也认识到了自己的幼稚。那些逆向的或者旁逸的思维在生活中只是一些锋利的刺,伤人且伤己。至于智慧和力量,总是在变作文字之后的事情。每每阅读文章典籍,总会发现,书写者大抵都是些思维很别扭的人,自己也就得了一丝安慰和奖励。

夜色渐浓

已经习惯于这样一种状态，将自己固定在某种基本固定的程序之中，千篇一律地重复着程式化的生活，年年月月，月月日日。冬天很快又要过去了，在三九严寒的朔风里，想象着春天的青草以及野花。冬天里不会留下一朵冰冷的雪花，春天也不会因为温暖美好而驻足。时间残酷地像个刽子手，手起刀落间，一切繁华梦想功名利禄都已经成为过眼烟云，只留下两鬓间渐生的华发以及额头上深刻的纹路，作为生命旅途的点滴记忆。草木的枯萎仅仅是一个季节的沉睡，春风会及时地唤醒每一棵草木的记忆。人的生命是否也像草木一样有着季节的轮回呢？草木不会走动，故而将根扎在了泥土之中，人因为会走动，所以不会扎下根来，何况穿了鞋子，将泥土隔开了。想起来，人越来越远离了泥土。人并不比草木高明多少。

夜色渐浓时，总会将自己沉静下来，做一些非非之想以及一些非想非非想。白天的喧嚣渐渐平静，夜幕悄然间笼罩，一切世态物象消融于无形之中，仿佛天地慢慢闭合了眼帘，夜的来临是一个小小的轮回，我们在这个轮回里开了一次花，这朵花的名字叫梦。失眠的人泅渡在苦海里，他违背了自然轮回的规律，没有及时让自己沉静下来，延续着白天的喧嚣和烦乱。就像一杯浑浊的水，不停地搅动时，总不会透明。让自己归于安静，只有在安静的状态中，才可以看见那些悬浮着的细小的杂质是如何渐次沉积下来的。看着夜色降临的情景，从遥远的天际蔓延，直至远处的山峦，近处的村庄、街道房舍、围墙树木，以及兀立在电线上的鸟雀，逐渐暗淡消融，最后消失。本来是一框精致的素描，不料被水墨洇湿，渐湿渐浓，失去了层次，以致完全变作了一色，巨大的黑，沉重的黑。

对黑暗的恐惧是人的共性，因为未知、盲目，失去了方向、失去了目标。不知道黑暗中隐藏着什么，一只手、一张大口，或者一堵墙、一束落网，鬼魅是对于黑暗的想象，是从恐惧的内心里跳出来的。突然间想到到处都在花费巨资打造城市的照亮工程，是不是一种集体的未知和盲目呢？不能苛责都市万家灯火的繁荣，夜色渐浓时，我同样会开灯，让自己处于光明之中。

乡下的夜晚寂静得可怕，甚至有些空虚了。没有市声，没有街灯，没有闪烁的霓虹，没有酒肆的喧哗，没有 KTV 的躁动不安，没有车流，没有警笛，没有焦灼的眼神、华丽的夜妆、酒醉的步态。鸟雀们也睡眠做梦了，风息在树梢。偶尔的犬吠是多么美好的调剂啊！常常在静夜听见或远或近的狗叫声时，总会被莫名地感动，那偶尔的一声里是否包含了生活或生命的全部内涵呢？

越来越习惯于这样安静的夜晚，习惯于这样的孤独。想起一句话：孤独是一个人的狂欢，狂欢是一群人的孤独。说这话的人不仅仅是一位智者，也是一位真正体验了孤独的人。甘于寂寞、甘于孤独。任何状态都是一种生命方式，只要甘于，真正的喜悦来自内心。一个人的狂欢如涓涓细流，持久而美妙；一群人的狂欢如海潮，汹涌但短暂。

这样的夜晚里，上网或者阅读，尽然慢慢觉得自己也如夜晚一般安静了，就像一位网友的空间名称一样："远远地看着别人活"。其实并不是冷眼看世界，只是多了一些冷静，少了一些愤慨。一切都是生活的常态，自己的愤怒不能改变任何事情的轨迹。一只越过公路的蝼蚁，不会改变飞驰的车辆的方向。网上不断有新的故事出现，比如自焚、空饷、高铁、窑奴、日记、十连跳、躲猫猫 、肉女、恨铁不成钢等。看了也就是看了，像小时候听母亲讲古经一般，仿佛是非常遥远的事情。虽然知道是眼下的事情，但我不能像王克勤一样去实地调查，像韩寒一样愤怒地批判。我只能远远地看着，对弱小的被伤害的送去默默的祝福和祈愿，对强大的官僚的凶残地送去我的不屑。故事在不断地更新着，新的故事每天都在出现，旧的故事总被时间遗忘。一个人在某个夜晚的愤怒最多只给自己带来失眠的后果。网络是一个巨大的谎言制造者，更是一个巨大的泄愤场。在真正的事件中，我们并没有多少说话的权利，更多时候我们是集体失语者。

适应于乡村，适应于寂静的夜晚，不如说是自己的固执地固守。在这样的固守中逐渐认识到自己的消极和隐忍，偶尔有被抛弃的感觉。同事们要么欢快地离开乡下进入城市，要么在密谋着某个吃香的位置。我却热衷于白天的睡眠和夜晚的阅读，傻瓜一样玩味着自己单纯的快乐。想不通竟然真的没有一丝的嫉妒或者不快，在别人的忙碌中只做了一个闲适的看客。寂静的夜晚适于阅读，更适于回味思考，安静地看着自己内心那些浑浊的沉渣渐渐下沉，自己逐渐变得透明而可爱，甚而有些自恋了。听着冬夜里寒冷的微风在窗外低吟，窗帘将黑暗隔离在外，我的屋内明亮而温暖，没有恐惧，也不缺少愉悦。

日 子

预感到今天是个不太吉祥的日子,果然就言中了。学习着唯物主义长大的我,其实内心里很唯心。尤其年龄渐长以后,总是隐约感觉到冥冥之中有一些无形的力量在左右着这个世界。物质世界有时候很脆弱,脆弱地像一个水泡,经不住一声轻微的咳嗽。眼睛所看见的往往不是事情的真相,如果可以用另一种方式思维的话,只能说眼睛是这个世界上最高明的骗子,它用一些短暂的过程的碎片欺骗了我们一生一世。想要推翻指导了我们多年的一种哲学思想,不是我的事情,但我总归是要相信自己的某些觉知,不能愚蠢到连自己也背叛了。任何人偶尔都会有一点自己的见地,不论正确与否。其实这个世界上很难说谁真正掌握了真理,正确与否本来就是个荒诞的命题。大言自己已经掌握了终极真理的人,值得警惕,那里面有很大的陷阱。

人最应该相信的是自己,但我们往往忽略了自己,去追逐别人。最多的人在讲述着别人讲过的话语和故事,转述着别人的观点和发现,动情之时先感动了别人,接着感动了自己,不知不觉中,已经成为某一族,而且为之兴奋为之自豪。自己的头脑呢?忘却了。

总是不觉意间把话题扯远了,现在说回来。这个日子很诡异。我甚至想找一位先生去盘究一下,这个日子究竟是怎么了?是注定了要在今天发生许多事情还是只是这些事故的当事者疏忽大意而致。我知道有许多这样的先生存在,我认识他们,能够想象出他们神秘的神态,含蓄微笑,然后淡然说，不宜出行。仿佛一切都在他们的掌握之中，只是他们并不说出来，任其自然发生。并没有找他们解答事实的真相，自己心里总是觉得有许多的不可思议，甚而有所畏惧，仿佛头顶之上，悬着一支利剑，随时可取尔首级。神话一般，但我真是这样想了。

查了一下万年历，写道，诸事不宜。踏建，破。

说说我见到的真实事情。早晨的第一个病人是一个断指女人，说……轮子不转了，她用手拨了一下，一截手指就不见了。她走了，我和同事说，估计今天外伤多，手术包不够用。同事不置可否。但事实真如我所说，不能怪我乌鸦嘴，我有这样的经验，大抵有很多次都是如此，确实是在某个日子里，外伤的病人扎堆，我一直对这种现象很是困惑。由此产生些怪异想法也是难免的。何况我是比较喜欢联想的人。到了下午下班时，算了一下，来了五个外伤病人。奇怪的是，除了一个人说是别人不小心撞的之外，其他四个人都是不明就里，都说不知道为什么就伤了，自己也莫名其妙，稀里糊涂地弄得满脸血污，连个说得过去的理由都没有。就这样，不同的人发生着同样的事情。按说，这个日子好得很，阳光明媚，风和日丽，没有风，没有沙尘暴，空气里散发着潮湿温润的气息，园子里已经有许多细嫩的草芽探出头来，柳树枝条舒展荡漾，泛滥着一丝淡淡的青绿。这个美好的春天的日子却和血腥的故事相联系着。

只能说，迷茫是因为无知。

隐约感觉到，每个日子里都隐藏着某种玄机。

晚上十点多，准备睡觉了，突然接到电话，街上有人需要急救，就匆忙开了救护车护送到县医院急救中心，只知道是一个老年的妇女，连什么病也没有问，心里沉沉的，仿佛揣着一块冰凉的石头。

回家来没有睡意，坐在这里胡乱写这些东西时，总觉得身后有个眼睛在看着我的所思所行。

茶　事

最近去了一趟西安，很有些感慨，其一就是喝茶的事，也算是长了一点见识。

原来喝茶是很有学问的，以前真不明白。难怪么，久居穷山僻壤，相识相知者无非村夫草民，贩夫走卒，哪里知道禅茶一味，或者茶文化之类的。偶尔听说过唐代陆羽写过一部叫《茶经》的书，只是听说过名字，从未读过，不知道究竟写了些什么内容。也听说过茶与佛教文化有许多瓜葛，日本的茶道即是从佛教文化里演变出去的。在书店里也曾见过叫《禅茶一味》的书籍，我没有兴趣，终没有机缘阅读一回。我也听说过，著名的禅师赵州和尚，教化弟子，只以喝茶为务，不着一字，故有赵州茶之说。记得书柜里有《赵州录》一本，赶紧找出来阅读，果然有许多关于茶的句子。如455条，“师问二新到，上座曾到此间否？云，不曾到。师云，吃茶去。又问那一人，曾到此间否？云，曾到。师云，吃茶去。院主问，和尚，不曾到，教伊吃茶去，即且置；曾到，为什么教伊吃茶去？院主。院主应诺。师云，吃茶去。”看了半日，终究没有看出意思来，稀里糊涂，只觉得这茶也不是好吃的。有些遗憾，原来万般事物皆有学问，难怪我等这般浅薄寡闻了。

其实我每天都在喝茶，生活里几乎离不开茶，但我对于茶的依赖，仅仅是一种生理的需要，我是用茶水来解渴的，其他的事情很少想过，我是喝茶，不是品茶，也谈不上什么茶道茶文化之类的。这没有可大惊小怪的，毕竟脱离温饱的时间不是很久，祖辈们大抵都是布衣平民，与文化很难搭上边缘，自然没有那样的传承。我只知道茶水比白开水好喝，也解渴，所以选择喝茶。有时熬着喝罐罐茶的，多时是直接用开水冲泡了在大杯子里喝。至于味道，大概以苦味为美，有香味的肯定是花茶，其他的味道也许并不适合乡下人的口味。乡下市场上能够买到的茶叶，八九成是粗茶，精制的很少见，即使有，也买不起。

品茶或者说讲茶道，我觉得需要几个条件，要有钱，还要有闲。有钱才能买到上品的茶叶，才能购置成套的茶具，一只一般的紫砂壶也得几百元钱，还要配上其他的茶杯茶海公杯滤器之类，没有千把元拿不下来。既是有了一套茶具，时间也是一个问题，为生活奔波的人不会用大块的时间来喝茶的，那样会被认为是浮浪子弟或者败家子。我也会这么认为，和朋友一起喝茶聊天时，总感觉很别扭，使不上劲。仔细想，总是脱离不了乡村简朴粗俗的生活积习。

用精致的茶具喝着乡村市场上几十元钱一斤的粗茶，很有些幽默，好像放羊娃突然穿了一身名牌西装，手不是手，脚不是脚。

城里的朋友懂茶道，也已经习惯于那样一种品茶的生活，请我喝茶后，并且拉着我去了一趟茶城，选了一套茶具送我，意思是叫我也学会用那种方法喝茶。我内心里很是难为，知道自己本是粗俗的人，即便是被泡在茶海里，也不会就此变得文雅了。但难推却其好意，终究还是拿上了，心里已经成了负担。国人的习惯，任何一件事情，总会与文化扯上关系，比如茶文化、酒文化、饮食文化、服装文化等，一方面可以看出来，我们对于生活的热爱，另一方面也能看出，我们的文化皆是源自生活。仔细品味时，居家的平常日子，原本充满着诗意，只是我们并不知道，有些愧对生活了。说回来，我依旧崇尚简朴的生活习惯，过于复杂的事情，会变成负担。不诗意，不文化也罢。

同事们听说我有了一套茶具，嚷着要来喝茶。我便学着泡茶，特意买了矿泉水，弄出了一身汗，总算把茶泡好了，一人只能喝上一口。总是等不及下一杯，说，这么喝着，人都渴死了，不如先来一杯凉水解渴。

我知道，这套茶具终究会很寂寞的。

录古人品茶诗一句，聊作自娱：饭囊酒瓮纷纷是，谁赏蒙山紫笋香。

烛光

那个晚上突然停电，四周一片漆黑。总有这样的一些夜晚，但停电的时间都很短暂，不到三五分钟，就又回到光明之中。已经适应拥有光明的夜晚，没有灯光的黑夜是痛苦的事情。黑暗对现代人是一种精神上的折磨，即便是没有任何事情需要光明，人们也无法面对突然失去的光明。没有灯光的时刻，犹如困兽，莫名地烦躁，辗转不安。

那个晚上不知什么原因，大面积停电，看来一时半会儿不会重新获得光明。只好找出半截蜡烛来点燃，放在茶几上。烛光昏暗，不能照亮整个房间，只在茶几的周围放射着一圈暗淡的光亮。什么事情都不能做，电脑死机了，不能上网。妻子在电脑前坐了一会儿，无所事事，飞蛾趋光一般到沙发上来，坐在我身旁。就着烛光无法看书，我也只好放下那本非常喜欢的《三国志》。我们就那样相依着，坐在沙发上，看着眼前那一星如豆的烛光。什么事情都不做，只安静地坐着，有一搭没一搭地说些无关紧要的话语。

我们的心里都希望着电快些回来，灯立即发亮，房子里充满光明，赶快回到光明的生活中来，好让我们上网、读书，或者干其他的事情。但这一次并不像原来那样，停电的时间在持续延长，没有立刻恢复的希望。妻子催促我咨询一下供电热线，看究竟是什么原因。我只说是正在抢修，没有下文。我们谈论了一些关于电的话题，也谈论了许多其他的话题。眼睛在渐渐适应着蜡烛的光亮，或者是我们的心在逐渐适应了那微薄的光亮。在逐渐地适应中，我们开始安静了下来，似乎这样就很好。烛光温暖地摇曳着，甚而有些暧昧。我们在烛光里说着很家常的话语，到后来似乎忘记了停电的事情，好像日子本来就在烛光里过着，并没有因为烛光而使时间停止。我内心里甚至有了一丝难得的温馨感。

倒一杯茶，慢慢地啜饮。

妻子说，唉，我们很少说过这么多的话。

是吗？近二十年的共同生活，真的没有这样说过话么？

回味时才发现，真的有很长时间没有这样说话了。生命里最美好的岁月已经流逝，留给我们的只是两鬓渐生的华发。想寻找一些值得回味的内容，最终发现一篇虚空。我们并非讷言寡语的人，却无意中放弃了语言这种生活的必需品。也许相濡以沫的人可以极大可能地简化语言交流，但不能够一概而论，人与人之间、心与心之间，只要是牵挂着，语言是必需的工具。内心有一种隐约的东西被触动，像冬眠后醒来的虫子，渐渐地睁开了眼睛。感动、温暖，或者其他一些词语。不，那是一些难以言传的感觉，不能用词语来表达，是在暗淡的烛光里亲人之间轻声细语地交谈中流动着的一种温情。烛光成为最柔弱的传媒，也许是最柔弱的东西才能融化生活里最细微的浮尘。烛光如涓涓溪流，使浮躁的情绪得以沉淀，使我们变得透明，清纯而澄净。

在电灯的光明里，我们也许将最珍贵的东西疏忽了。虽然生活很是平静，并没有多少冲突或者裂痕。但当爱情在流逝的岁月里逐渐演变为亲情之后，还是缺少了必要的语言交流。电的时代使我们都各自忙碌着自己的事情，更多的时间里，我们也许更愿意沉湎于虚幻的网络世界或者古老的故事之中而忽略了现实中的彼此。据说现在是一个娱乐至死的时代，而疯狂的娱乐离不开声光电，离不开酒池肉林。那些地方泛滥着糜烂的激情，但肯定不会有亲情。即便是用烛光来装点，那光晕里也散发着做作的伪善。那里距离家很遥远，突然间就有了一丝愧疚之情，突然间就觉得烛光是那么可爱。

我们安静地交谈着，说起许多过往的人事，以及原来没有通电的时代。那是我们的童年以及少年时代，电灯之类仅仅是书本上的一个概念，生活里的黑夜只有煤油灯惨淡的光亮。有月光的夜晚，甚至连煤油灯的光亮也被取消。那时候我们并不觉得黑夜是多么漫长，在鸡鸣犬吠声里，在母亲呢喃的古经里，逐渐进入梦乡。梦境并不黑暗，我们的梦里总是充满光明。那时候从来不会惧怕黑暗，我们适应黑夜，喜欢黑夜里漫天闪烁的星星，喜欢皎洁如银的月亮。也许每个人的童年都会拥有美好的记忆，不论黑夜里是否拥有灯光。每个人童年的心里都自然拥有一盏明亮的灯。

电仍然没有来，蜡烛快要燃尽了，烛光在逐渐暗淡下去，我们谁也没有动手去救助那暗淡下去的烛光，任其摇曳着。我们继续说着一些无关紧要的话语，或者干脆沉默。妻子斜倚着身子，靠在我旁边。可以隐约听见她的心跳，她的头发里散发出一丝若有若无的洗发膏的清香。我熟悉那种味道，但我从来没有这样在意过一丝从妻子的头发里散发出来的味道。在这个夜晚，在微弱的烛光里，这一缕清香被放大，渐渐变得浓烈起来。

突然想起那些烛光餐厅、烛光酒吧、烛光舞厅，创意者一定是非常懂得生活的人。暗淡的光线可以使距离缩小，使心率减缓，使情绪安静，使生活接近本真。烛光适合产生浪漫的爱情，也同样适合温馨的亲情。

停电的夜晚原来并不可怕，拥有烛光的夜晚更加美好。

不务正业

早晨上班时，看见同事正在读一本很厚的书籍，扫了一眼书脊，知道是一本中医典籍。他阅读得很认真，甚至没有注意到我在他的身旁。这个情景对我触动很大，突然间感觉到无比羞愧。回想一下，我已有许多年没有认真地读过一本专业的书籍了。

我的专业是医学，从卫校毕业起一直在临床上工作，算来已经二十年了。这二十年间，看了多少病人，没有仔细统计过。看好了多少，没看好的多少，更是一个未知的数字。还有误诊了多少，甚至因为医术匮乏而导致死亡了多少，都是一个很含糊的数字。有些事情是不敢碰触的，像一个伤疤，硬痂下面包裹着记忆的伤痕，既是轻微地碰触，也会产生剧烈的疼痛。尤其对于一个生命消亡的事件，没有人敢于坦然面对。总是遗憾地说，尽了力了，回天无力。其实那个时候，我的内心里总是充满了惭愧和恐惧，痛恨自己学业不精，误人生命。更多的时候，是宽怀地原谅了自己，毕竟是基层医院，缺乏设施等等的借口都会让我很快地忘记许多不愉快以及羞愧心理。

据鲁迅先生的说法，是因为看到被杀的人而产生了放弃学医的思想。我却是因为看到病人的死亡而产生过更加努力学医的思想。曾经有一段时间，对于医学确实很是投入。大抵有四年多的时间里，一直在阅读医学书籍，并且参加各种考试。但后来因为各种原因，对于医学渐渐产生了厌弃的念头。没有鲁迅先生那么大的志向，挽救国人的灵魂或者劣根性。我只是从心理上厌弃了本职的工作，不再在那里用功。个中情结只有自己知道，所谓“不如意事常八九，能与人言无二三”。即使到现在，我仍然不能说出来。总是有一种顽固的思维习惯，把更多不堪的理由推给别人，而留给自己的都是能够证明自己是光荣伟大正确的理由。眼睛永远盯着别人的短处，心里永远装着自己的完美。不知道别人如何，我真是这样的龌龊。所以在这种积习没有割除之前，最好不要来探讨一些事情的经过。

总之，我在逐渐地荒芜着本来的学业，逐渐地走向邪道，逐渐地颓废，以至于不务正业了。但内心里明白着，职业是我活命的粮食，是养家糊口的资本。只好以一些所谓的经验换取每月的薪俸，心里偷着乐，像一个考试作弊的学生，仍然得了及格的成绩，可以名正言顺地回家向父母汇报。我不需要向谁汇报成绩，我是自己的家长。但我感觉到那个小偷一般的我猥琐地拿着每月的工资来给另一个我说，这个月又到手了。不敢非议别人，其实这个社会里小偷一般者，绝对不止我一个，当大多数人都成为小偷以后，就成为了一种常态，谁也不会脸红。忘记了是谁的道理，当劣币数量大于真币的时候，真的会被当成假的。

感觉到了自己的卑劣，总得找个借口来开脱。于是大言不惭，公然在空间里写道：医以糊口，文以抒情，嗜好山乡之野趣，淡漠城市之虚浮。今天说到这里了，顺便揭露一下自己的虚伪，除了前面四个字是真的，后面全是假的。文字最会捉弄人，假借了情，欺骗了多少眼目，我等蝼蚁般苍生，有多少豪情可发。嗜好山乡野趣是无奈，淡漠城市虚浮是无能。无奈加上无能之后，只好给自己一点虚伪的装饰，好遮挡了羞丑，面子上算是过得去。

猛然回想时，知道自己确实是荒芜着。但无论如何也找不到发力的支点。懒惰是一个原因，喜新厌旧更是一个根系。据说很多人都具有这样的毛病。这已经牵扯到人性的问题了，想要探究，还是过于懒惰。凡夫俗子，难以逃脱人性的束缚。对于喜新厌旧，多数人会立即牵扯到爱情，倒可以说上一点感想。爱情也一样，难免喜新厌旧，只不过没有人敢于公然说出来而已，维持十年以后的婚姻家庭不是靠爱情，而是靠亲情。亲情是一种天性，历久弥新。这些是题外话，还是说我的不务正业。

确实用在正业上的精力太少了。曾经假设过，我可以成为一方名医。如果把阅读杂书的时间用来阅读医学书籍，这些年来，不想成为名医都不可能。我却早已厌烦了那些枯燥的文字，在那些文字里找不到乐趣，虽然那些文字里隐藏着巨大的财富和利益，但是我没有办法改变对于文字的选择，有时候就滋生了诸多烦恼。常常想到一个词：精进，这两个字太博大了，很少有人能够做到。即便是我们平常智力的人，真正做到了这两个字，不论在任何领域，没有不成功的。

近来读到一本书，叫作《悬壶外谈》。很精美的随笔体文章，洋洋洒洒，在医学与文学之间行走，自有另一种潇洒之态。其间涉及诸多古代医家，同时也是著作家，阅后让人倾慕不已。诸如孙思邈、李时珍、傅青主等，皆是大儒大医，且道德超群，成为一世楷模、历代师表。回想现在医学界种种事件，总是怒目相向，甚而拔刀相见，以致血溅白衣。想想总让人惊心战栗。究竟为何到了这种地步，其间一定有些问题存在着，是丢失了一些什么还是多出了一些什么？思考时总让人迷茫而伤怀。

我已经是不务正业多年了，由此招来诸多指责，好在内心苍凉淡然，并不愿意计较。至于不正业，更是务不来，一路走得磕磕绊绊，一日曝十日寒，连业也算不上了。

看见别人上进，自己惭愧了，拉出来自我检讨批判一番，或者可以知耻而后勇，也未可知。

产　房

其实产房并不是男人的禁区，我经常到产房去。

不回家时，住在单身宿舍里，离医院的产房很近。生孩子多是在夜间，那时我大多还没睡。遇到有生命危险的产妇或婴儿，妇产科大夫会叫我去帮忙抢救。

出入产房是件很让人尴尬的事。尤其像我这样喜欢联想的人。似乎窥视到了生命的秘密，我看到上帝严肃地板着脸，对我说，你要保持沉默，最好闭嘴，把你看到的和听到的，全部烂在肚子里，否则后果自负。

我只好离开产房，怀着敬畏心、厌恶心、分别心、残酷心、厌倦心，当然还有一丝慈悲心。我看到孩子有了哭声，产妇已疲倦入睡。

产房实在是一个误区，是一个陷阱，一个抽象地让人困惑的甲骨文碎片。无法阐释或解读其中的意义或象征，只剩下茫然的空，空得令人窒息。

但我无法管理自己的念头，就像猫无法管理探出洞口的老鼠一样。上帝既然能够左右大千世界一切有情无情，为何不把我可恶的念头消灭掉呢？可见上帝并不是万能的，有时候他老人家也很无奈。

我看到红色的血液，听到痛苦的呻吟，嗅到浓烈的血腥，想到了生命的脆弱和无助。

分娩的痛苦是幸福的。如果这话是一个男人说的，绝对是撒谎，是妄说，是幸灾乐祸，是没生过孩子不知道肚子痛。如果这话得到女人的认同，我只能说我被我的眼睛欺骗，未能看到痛苦地号叫后面的实相。

但目前的状况，我尚不能背叛自己的眼睛。我不得不说，生命的开始伴随着血腥和痛苦。那种血腥是暗红色的海洋，翻滚着咸涩的巨浪。没有风，风在窗外幽灵般游荡。红外线取暖器指示灯，像一只眼睛，窥视着粉嫩无助的婴儿。婴儿的哭声仿佛尖利的剑，划破夜空。妇产科大夫沾满血迹的手，屠夫一样，她们表情冷漠，眼神疲惫。当脐带被剪断时，一个生命便开始在这世界上独立行走了。剪刀被扔进器械盘时发出清脆的金属声，这声音冰冷而生硬。

回到宿舍，婴儿的哭声依旧在耳边回响。

生命在哭声中开始，渐渐伴随了悲伤的泪水，直至泪水干枯，又在哭声中离去。来时自己哭，走时别人哭。哭泣是情绪的释放，但婴儿有情绪吗？突然觉得婴儿绝对是有感知的，他不愿意离开母体，不愿意离开子宫里那个温情的世界，他已经预知了这个金属世界的残酷和冰冷。他在用他幼嫩的哭声来宣布他的抗议。

生命从开始就断了退路。羊水干枯，脐血断流，子宫的大门无情地关闭。

寻找意义，才知道意义永远在空洞的书籍上，血腥的故事随时发生，前面的道路随时塌方。要撤离则必须走另外一条路，一条没有脚印、没有痕迹的路。上帝只给了你阳光、空气、水和食物，然后消失。他在虚空中关注你，永远不会来扶持和帮助你。但他保留着随时回收的权利。

突然莫名地悲哀。

产房注定是一个血腥的始发站，也可能随时变成终点站。

在这个站点上徘徊得久了，开始变得麻木起来，在梦里，常常会泛滥着红色的潮汐。

围城

厦门的朋友打来电话，我们聊了很久。

他是医学研究生毕业，拒绝了在我们这里工作，自己跑到厦门去发展，十多年不见了，想必是发展得很好了。

他说，很想那些原来的老朋友，想说说话。他的口音没有一点变化，我们说话时就像原来那样，没有一点障碍。这么远的距离，听见他的那些语气，都可以想起他的表情来。也许见了面不一定认得出来，但一张嘴说话，一定就可以确定是谁了。真是乡音难改啊！一个永远带着乡音的人，绝对不会走失。

他三十多岁了，刚结婚不久，还没有孩子。

他记得我们每个孩子的名字，问起每个孩子的情况。我的叙述让他吃惊。每个孩子在他的记忆中都是原来的样子，都是小时候的样子。他说实在不能想象那些孩子现在的模样。他说时间真是过得太快了，不是一般地快，好像刹那之间，梦一样就过去了。

他说那里的人过得是快节奏的城市生活，拼命地挣钱，然后拼命地消费。除了上班工作，然后就是消费、娱乐，电视也很少看，上网也是用手机。

他的一句话让我很是吃惊，他说那里的人很少看书，几乎不看书。我说那闲了干啥呢？他说闲了就喝酒、唱歌、娱乐。我说为什么这么晚了打来电话聊天呢？他说，周围的人聊天只谈一样事情，那就是钱，而他想找老朋友说说话。他说春节如果有时间想回来浪一回，和老朋友聚一下。

我说很有钱了吧。他说是有一点钱，但更多的是无聊，有时候非常的无聊，没有目标，盲目得很，找不到生活的意义。我很吃惊，说可别抑郁了。他说，周围抑郁的人多了，大部分的人都不同程度地患有抑郁症，各种表现都有。我说为什么呢？他说没有人想过，自己也没想过。

他说，有些人没有道德底线，什么事都做得出来，没有生活目标，像一群苍蝇，只撵着金钱的臭味奔走。

他问我还在乡下吗？问为什么不进城里工作呢？我说怕得抑郁症，乡下闲云野鹤，逍遥自在惯了，进城里适应不了。他说你倒是消闲，神仙一样。我说我是没本事进城市里来，给自己开心着呢！自己想进城里去，可谁要啊。心里想，就你说的那样的城市，还是不去的好。

聊完了，心里总是平静不下来。令我们向往的大城市，原来是这样子啊，所有的城市都是这样吗？他的话语，他的生活能代表所有吗？要真是这样，是多么可怕的事情啊！

我们的同事，在乡下工作的，为了能进入到城里工作，各种办法都用上了，只要能牵扯上的关系，恨不得都当亲舅爷对待。其间，自然少不了夹杂着礼品或者金钱的交易。每个人心里都明镜似的，即使再要好的关系，如果不出血，不奉上银子，事情也很难以办到。没试过，具体情况不得而知，也许是我贪财吝啬的缘故，那就只好适合在乡下待着。因为我爱惜着我的银子，也同样爱惜着我的乡村。我的村庄依旧纯朴陈旧而安详，充满了青草味和烟火味而缺少铜臭味和血腥味。

伴随着城市化空前扩张的同时，出现的是传统伦理道德大堤的崩溃。城市化促使人与人之间的陌生感和戒备心理，城市有多大，人与人的陌生感就有多大。城市是滋生享乐主义的温床。都市文明只能制造更多的抑郁症患者。也许是我对于现代都市文明怀着深刻的偏见，但我不能违背自己的内心说话，住在城市里总是找不到安全感，我从灯火辉煌和车水马龙后面总是想到停电、停水，立交桥的垮塌、无休止的车祸、尖锐的警报、焦虑恐慌的人群以及废墟。

已经习惯了乡村彼此熟悉的面孔，彼此熟悉的乡音，这里的鸡鸣犬吠，这里的树木庄稼，这里的山峦土路、小桥流水。在祖辈居住的村庄里，没有人敢于过于张扬放肆，敢于对别人的眼神视而不见，没有人敢于轻易挑破伦理道德底线。乡村基本是相对缓慢但安静的，也正是这种缓慢的节奏，决定了乡村的持久和安全的更新。

一种文化或文明的维持和延续，需要土壤。这土壤在乡村里，城市里已经没有土壤了，尽是混凝土、柏油和砖石。

孤独的行者

这个日子实在平常，可能谁也没有觉得有什么特别，匆匆滑过去了。早晨七点半天亮，晚上六点半天黑，短暂、寒冷、干燥。

不一样的是心情，对于我来说，这个日子是特殊的，所以值得记忆。就像结婚的日子，孩子出生的日子。

内心里充满喜悦时，一切情景都是美好的，每个人都是菩萨一般慈悲可爱。常常觉得自己已经很淡定了，这时候才发现，仍然是被喜怒哀乐、七情六欲包裹着的一个俗物，仍然在名利里沉浮，仍然贪嗔痴慢，可见积习的力量之威猛。

夜幕降落时，心情也随之阴暗下来。喜悦犹如渐冲渐淡的茶水一样，已经没了多少滋味值得品尝。反观自己，觉得像一个单纯的孩子，考了好成绩，蹦蹦跳跳地回家向父母汇报。突然觉得可笑，但也有几多天真可爱之处。

十点多时，火会亮老师从银川打电话说，告诉你一个好消息，你的小说《老汤》被《小说选刊》选上了，恭喜恭喜。我说老兄别开玩笑了，有那个可能吗？他说真的。我想今天是不是愚人节，这家伙开我的玩笑呢。自己又不知道哪天是愚人节，况且他从来是不很开玩笑的。就只好当真了，就说，那不把人美死了么！心里开了花一般，笑得差点裂了牙床。过了十几分钟，接了一个电话，是北京的号，说是《小说选刊》的鲁太光老师，问我是不是李继林。我说是。他说我发表于《朔方》十一期上的小说《老汤》被《小说选刊》选上了，他们需要作者简介和联系地址，尽快发个邮件到他的邮箱里。我就觉得这事情是真的，不知道说啥好，只一个劲说谢谢谢谢。接鲁太光老师电话时，正好有几个病人等着看病，听见我说着半拉子普通话，他们一个劲儿地笑，说李大夫还会说洋话啊！我们都是熟人，开玩笑很随便。我就说北京的，自豪地不行了，像阿Q戴上了银桃子。

事情总是有很多变数。又想，火会亮老师和鲁太光老师不至于和我开这个玩笑，实在大没必要。火会亮老师我们见面时会喝酒要牌，鲁太光老师并不认识，只知道名字，连是男是女都不知道，今天听声音是男的。那么我只能姑且把这个事当真地对待了。但心里总是有些担忧，悬着，落不到实处。

这时候一个人坐下来回味，仍然狐疑不决，仍然不可思议，仍然觉得是个玩笑，是个恶作剧，梦幻一般，缺少真实。

我向来对自己没有多少信心，对写作更是以玩耍的心态对待，从来没想过自己的作品上国家级的刊物，何况是权威的选刊。没有这样的梦想，也没有这样努力过。断断续续写作有十来年了，兴趣来了写一点，没兴趣了喝酒打麻将，到处乱逛，一半年也不写一个字。县文联的几位老师经常通知我去参加一些聚会，比如各种文学活动，区内国内的著名作家座谈之类的，我都以请不上假或者工作忙推脱掉了。我总觉得自己写不出来东西，即使每天跟在作家身边，也绝对不会成为作家。路总得自己用脚去走，文字总要自己动手去写。这行道不像美女傍大款，傍上了，一夜之间自己也变作了贵妇。我甚至羞于出入那些文学活动的场合，总觉得自己像个沽名钓誉、蹭吃骗喝的小丑；更不要说在那些场合做发言之类了，即使在会后吃饭时，连一句体面的祝酒词也说不到位。多年的老朋友，只要在那种场合，也只有躲避了。

我只适合乡村，适合孤独，适合一个人寂静地枯坐。最近反省时发现，语言是我最大的障碍。

但我又是这么地热爱着文字。即便是好几年一个文字都没有写过，但我可以肯定地说，从来没有间断过阅读。阅读也是一种行走，在别人的文字里行走。偶尔遭遇到智慧的文字，便被俘虏夹带着走。

总是想起虚云和尚的故事，他孤独地行走了三十多年后，才走进了门里，后来遥承禅宗五家法脉，成为一代宗师。虚云和尚的故事让我警醒，嘴上说的不算，脚下走的才是真实。

孤独地走着，安静地走着，携带着我幼稚的文字，书写着我真实的情感。没想到，很意外，不经意间叩开了一扇门，那就进去看看，也许有别样的风景。

逍遥丸

中药里有个方剂，叫逍遥丸，由柴胡、当归、白术、白芍、茯苓、煨姜、薄荷、甘草组成。其功效为疏肝解郁、健脾和营。

几个月前参加一个小聚会，都是几个熟悉的朋友同学。酒足饭饱之后，时间尚早，就有人提议，再换地方，继续聚会。这种聚会的模式最近好像很是流行，吃饭喝酒似乎已经不能使聚会达到高潮，非要去 K 一次歌，才能抒发思念的幽情。在娱乐多样化的时代，吃喝唱歌成为一种大众消费，这个时代确实非常迷醉。KTV 的生意火爆。

突然想起一句广告词："给相聚找个理由。"但那广告词确实不错，很经典的，最近好像没有了。那种勾兑的白酒已经没有人喜欢喝了，我记得那种酒喝过之后唯一的享受是头痛。

在大厅里等待安排房间时，见有精干的服务生穿梭往来，彬彬有礼。楼道里不时传出歇斯底里的吼声掺和着劲爆的音乐声，那是某一包间的门打开的一瞬间流泻出来的内容……我们坐在大厅的木雕茶几旁，眼神迷离而暧昧，彼此用手机照相取乐。等待了好长时间，好像是没有空闲的包间，服务员正在协调。我很迷惑，几层楼的房间，少说近百间，真的都有人在里面唱歌？都是些什么人等在消费呢？正在费神思索，我们就被安排进了一间灯光暗淡的房间里，里面便散发着浓烈的 K 歌的气味了。

包间里的沙发并不舒服，音乐流动起来后，交谈成为点缀。高分贝的声音如同海水，人便成了水里游动的鱼，多数交流需要依靠眼神，而不能用语言。海水过于浓厚，几乎需要看着嘴唇来理解对方的意思。有一种被咸涩的海水腌制的味道，加上高价的低度小瓶装啤酒的作用，最终确实变成了一条腌制的咸鱼，僵硬而失魂，忘却了自己的身份。这也许即是KTV的意义之一、目的所在。人是否都是这样逐渐忘形的？娱乐时代娱乐的天才设计者，一定是一个非常懂得人性的家伙，让人逐渐蜕变，显出原形。KTV的另一个意义是释放，或者叫作发泄。也许每个人的内心里都会随着生活的磨难而淤积了诸多不快。痛哭流涕是一种方式，酒后放浪也是一种方式，甚而泼妇骂街或者为最佳选项。而人总是善于伪装的，并不经常选择这些方式。因而更加淤积起来，成为胸中块垒。任何社会都不总是理想状态，除非天国乐土。KTV成为了这个时代的逍遥丸，真是一剂良药。这里没有欣赏，没有受众，没有耳朵，只有自我的宣泄，或者内在的流露。当然优美的歌喉一定可以赚得热烈的掌声。傻瓜也不会拒绝美的诱惑。但这里估计缺少优美的歌喉，来此地消费的大概是普通的人群，并非卖唱者流。让自己消融在优美的声乐里，变化成一个音符，也是个不错的选择。何况KTV里可供选择的声乐非常多。KTV不同于音乐茶座，啤酒也不同于茶水，澄净和亢奋是两个极端的态度。音乐茶座让人沉醉于古典或者安谧的状态，KTV却让人处于开放以至于疯狂。

KTV的另一种意义在于偶尔的撞击或触动。比如一首歌或者一个眼神，一句平时没有说过的话，一个略显出格的手势，等等。这个需要情景，起码必须拥有共同的东西。我向来不很喜欢流行歌曲。爱好歌唱是一个年龄阶段的事情。二十世纪八十年代后，我们已经进入了闭嘴的阶段，所以最近二十年流行的歌曲，陌生而新鲜，更多的是抵触。总是搞不明白为何会流行，会让那么多少男少女为之疯狂。甚至一直有种偏见，流行歌曲正在堕落、媚俗、色情、做作，歌词缺少文化，音乐不胜优美，等等。总是挑剔诸多不好。其实是自己拒绝着而已，其实是自己已经默然退出于歌唱的群体而已。每个时代有每个时代的歌声，有每个时代的追求，有每个时代对于美的标准。不必苛刻，耳目老朽，代沟而已，何必妄加评断。而仔细体味之后，还是有很多值得欣赏的东西。

那天我唱了一首歌，突然觉得那是一首非常优美的歌曲，尤其感动于歌词。那首歌是毛宁唱的《涛声依旧》。我甚至很快就记住了那首歌的歌词。

带走一盏渔火让他温暖我的双眼，留下一段真情让它停泊在枫桥边，无助的我已经疏远了那份情感，许多年以后却发觉又回到你面前……

流连的钟声还在敲打我的无眠，尘封的日子始终不会是一片云烟，久违的你一定保存着那张笑脸，许多年以后能不能接受彼此的改变……

和我一起唱歌的是我二十年前的同桌，一位那时候清纯可爱的女生，现在的半老徐娘。当我们唱到其中某一句时，突然对视了一眼，然后大笑到不能继续唱下去。或者因为这一句词，碰触到了一些曾经的记忆。二十年前的日子，青春年华，朦胧的情感，无言的结局，一些隐约的纠葛，等等。从来都没有谁敢于面对而坦白地诉说过，但总是在心里留下过一些难以言说的东西。二十年以后，一种似曾相识的情景，突然间随着一首歌的旋律流动出来。我相信那一刻的眼神是真诚的。不惑之年以后，我似乎变得真实了许多，不再虚伪地掩饰内心的悸动，当然也不会因为突然的触动而逾越过现实生活的门槛。我知道歌词的作者，是一个懂得生活情感丰富的人，是一个优秀的诗人。除去音乐的旋律，仅仅词句就可以给人以撞击的力度，如同优美的诗。《红楼梦》有一个人物，叫妙玉，自称槛外人，曹氏给其判词有言：欲洁何曾洁，云空未必空。真是精妙得很。蓄了头发的人，断不得人情世故，最终还是个俗人，还是在槛内活着。钱钟书先生的《围城》更是一个绝妙的比喻，谁能说得明白，城里城外的意义有何差别。现实的日子，并没有尘封，也不会是一片云烟。不管日出月落，总要面对。毕竟我们都是凡夫俗子，都是落在尘埃里的众生。只在乎那相视一笑的洒脱，只在乎那一刻的默契。既然是过期的船票，只有作为纪念而珍藏。

还学唱了另一首歌《同桌的你》。好像专门为那位同桌而学习，有些多情的样子，但最终不懂得旋律，唱得非常别扭，直到现在也没有完全学会。毕竟不是学唱歌的年纪了，只好伤怀于岁月的无情，光阴易逝，容颜不再。

> 老师们都已想不起猜不出问题的你，我也是偶然翻相片才想起同桌的你。谁娶了多愁善感的你，谁看了你的日记，谁把你的长发盘起，谁给你做的嫁衣。
>
> ……
>
> 从前的日子都远去，我也将有我的妻，我也曾给她看相片，给她讲同桌的你。谁娶了多愁善感的你，谁安慰爱哭的你，谁把你的长发盘起，谁给你做的嫁衣。

非常相似的情景，是否很多的故事都是用了同样的版本，或者美好的故事都具有同样的情节。词作者只是道白了自己的故事，我们却觉得如此雷同。或者，很多人都觉得是如此雷同的故事，同样感动于这样柔美的叙述之中。也许这就是艺术的魅力所在了，歌唱家唱出了我们内心的声音，一直想这样表达，突然有一天发现，所有人都在这样的故事之中。并且非常地流行着。

进了一次 KTV，一直有触动的想法，想写点东西，一直懒散着。前天谢氏同学请客小聚，几乎是原班人马，席间又说起唱歌的事情，今天突然来了兴趣，写点感想出来。

KTV 成为了这个时代的逍遥丸，真是一剂良药。

考 核

在我们的体制中，考核已经成为一种常态，不论是个人还是单位，总要被上级部门或者领导定期或者不定期的考核。单位的考核是领导们操心费神的事情。个人的考核，也并没有感觉到与自己有多少相关。每到年终，总会接到一张相同模式的表格叫填写，知道无非是些千篇一律的套话，没有多少心思去理会，随手递给写字快的同事，全权委托，至于好坏，不再去关注。知道没有人会给自己填写上不合格的评语，大概没有几个人觉得自己不是优秀的。至于需要表彰的先进工作者以及优秀公务员之类，是老早定下的，与考核无关。这些事情在体制内的每个人心里都是非常明白的，毋庸多言。

不料我就成了优秀公务员，只是听说，并没见着那红彤彤的本本。但我知道不会错，那本本正在印制之中。

以上其实是些多余话，我要说的是自己对自己的考核，对自己内心的见地、思维、承受能力，以及细微的意识状态等等的考核。这些工作大概是作为隐私被每个人遮掩着，不能随意填写在表格里的。这样的考核需要事件的检验和衬托。当我把自己具体地放在年末的某个很小的事情中检点的时候，猛然发现这么一年的时间以来，自己仍然在原地徘徊，一幅痞子相，只是满嘴讲出了许多每个人都懂得的道理，而自己的腿脚依旧抖抖索索，并没有走出去一步。就像《小马过河》里的那只小马，不敢将蹄子深入水中。

这样的考核中，自己得了零分，便猥琐地躲在电话后面叙述着自己的狼狈情景。好在妻子的笑声爽朗，给予我极大的宽慰。她发来一条短信，温婉而善意，慈悲而大度。我知道自己不经意间潜入了苦海，痛苦地挣扎着，需要一只手的力量。她将手伸了过来，轻轻一拉，这个冬天就温暖地要开花了。偷偷地在心里将家庭年度优秀奖颁给了妻子。

我得将具体的事情说出来，否则许多人并不能明白我在说什么，但我又耽心说出来成了闲话，假若我的亲戚好友看到了言传出去，又要演绎出许多是非来。只好隐晦罢了。

但我又如何表达我对自己的考核呢？着实是个难题。那就简化了吧，简化了也不妥，说过了不能将这个事情再提起来，干脆不说了，留作悬念。

只说自己的感觉、委屈、不舒服、心里憋得慌、很矛盾。为什么这样呢？不能管理自己的心，那些念头是自己跑出来的，真是自己跑出来的，它们一旦跑出来后，就像一群出栏的野马，收管不住了，自己也随着跑了。跑着跑着，牛也出来了，羊也出来了，兔子来了，狐狸来了，狼来了，啥也出来了，自己也化作了其中一种猥琐的小动物跟着跑。跑过草地，跑过山冈，跌进海里去了。海水苦涩、寒冷，透心的冰凉啊，狂风吹着，巨浪打着，鲨鱼游过来了，水蛇游过来了，自己被缠绕着、啃噬着，满身的脓血，肮脏、疼痛，撕心裂肺样。只是意识尚清醒着，知道自己葬送着自己，寻找船只，寻找一块木头、一棵草。猛然惊醒，救命草在手里攥着，是一条鞭子，狠狠一挥，野马霎时间回到栏里，一些情景都消失了，复归宁静。

怎么就忘记了这条鞭子呢？可是一直攥着的，一直演习着，关键时候就忘记了。接下来的是用鞭子来考核自己，才发现，零分。一年的光阴就这么荒废了。

悲哉！

古 诗

严格地说，我要说的是格律诗、绝句、律诗或者长律一类的。之所以说古诗，是相对于现代自由体诗歌而言。我曾经写过一些诗歌，当然是自由体诗歌，那是十几年前的事情，最近几年来，不但不写诗歌，连阅读诗歌的兴趣都没有了。说实话不嫌丢人，不是不想阅读诗歌，而是我实在读不懂诗歌了。不知道是当下的诗歌变异得太厉害，还是我的阅读水平本来就很低劣。不去说了，这里还是说古诗。

古诗大概是从唐代兴起且兴盛一直到清代末期，持续了一千多年的一种文体。到了五四新文化运动以后，这种流行了千年的文体便日渐式微了。到现时代，我感觉有些要消亡的征兆。许多濒临灭绝的动物都有专家呼吁保护，这样一种优秀的文学体裁也应该保护并且流传下去。白话文运动，也有很多不妥之处，一概推广了新文化，而把旧文化的根系几乎斩断，不让一些血脉流传下来，实在有些过分了。旧的东西不一定全部是糟粕，新的东西也不一定全部是精华。那一辈的老前辈们也很符合中国人的脾性，都是思想很激进，要么极左，要么极右，总是找不到中间的路来走。一直持续到现在，国人的这种脾性还是没有改变。而中华文化的精髓确实是中庸之道，口头上总这样说着，做起事情来就忘记了祖宗的训诫。那一拨人里面，我知道最有名的是胡适先生，他是白话文运动的倡导者，他自己也做古体诗，但自他之后，古体诗就渐渐衰退了。在这个事情上，胡老先生是有些责任的。

只要是上过学、读过书的人，都绕不过唐诗宋词这一章。这样说来，我们还是继承着祖宗遗产，但这种继承只是一种形式上的继承，从上小学到高中，背会几十首唐诗宋词之后，就没有人再去理会那些劳什子了。即使舞文弄墨的人，也只热衷于小说、散文或者现代诗歌，谁还会去写那些七言五言的小东西呢？古体诗的命运注定了只能成为一种遗产。现时代，诗人几乎遍地都是，可能够做古体诗的没有几个。

其实仔细想来，我们都是非常喜欢古体诗的，那些朗朗上口而又简短的文字很适合学习记忆。很多家长从孩子还没有上幼儿园起就开始叫孩子背诵古诗，古诗几乎是我们接触到的第一种文学启蒙。“春眠不觉晓，处处闻啼鸟。夜来风雨声，花落知多少。”“白日依山尽，黄河入海流。欲穷千里目，更上一层楼。”等等。哪个人不会背诵上几十首呢！我们确实是古诗喂哺着长大的，长大后却背叛了。我觉得那些古诗起码是非常干净的东西，就像天然的母乳，不会有添加剂，不会致病害人。而现在很流行的许多杂志，却非常危险，和添加了三聚氰胺的毒奶粉差不多。但现代人就是喜欢那些有毒的东西，娱乐性的文字和垃圾食品一样有非常广阔的市场，应运而生，也是一种市场经济。

而文学一旦和金钱勾搭起来，发生出轨则是必然。

我做过一个猜测，为什么古诗会那么长久的流传，而到现在逐渐消亡了呢？和书写有关系。古代的纸张是非常稀缺的东西，因为古代人用毛笔写字。所以古人对于作文要求就非常精炼，绝对不会多用一个字，免得浪费纸张、浪费时间。要叫李白、杜甫们写一篇几十万字的东西，可能得花上一生的时间。曹雪芹一辈子不就写了一本《红楼梦》么？他要是像现代的作家那样动辄几十万上百万字的写小说，估计早就累死了。据说现在每年都有好几千部长篇小说问世，我只能说是靠了电脑的力量。要是叫现在的作家们用毛笔来书写，估计每年能写成二十万字以上长篇小说的不会达到两位数。听说去年评茅盾文学奖，有一部小说是四百多万字。内容如何不得而知，恐怕能够真正阅读完的人不是很多。要使叫时间穿越回去一百年，现代的作家诗人们也会热爱古诗写作。

老祖先们真是智慧，发明了古诗这种优美的文体。古代文人和现代文人表达的欲望也许是一样的，他们选择了用最精练的语言来表达内心的感受，二十个字、二十八个字，或者几十个、上百个字。他们在有限的空间里，纵横驰骋，恣意渲染，表达出了他们丰富的情感思想，对世事的观点，对生命的思考。字数的限制没有成为诗人们发挥的障碍，却成就了他们成为伟大的诗人，流传千古。白话文以后，有哪首诗歌能像“床前明月光，疑是地上霜。举头望明月，低头思故乡”一样妇孺皆知呢？在文学的流传上，无限制的字数的堆积也许已经成为一种障碍，长篇大论促使文学离普通人群越来越远，是文学成为一种圈子里的奢侈品。

从另一个方面说，古人能够在那么有限的几个字里面表达出如此丰富的内涵，说明古人对于文字的掌握是多么稔熟从容。简短的一首小诗，所表达的内容，比我们上千字的一篇散文，有过之而无不及，其对于文字的提炼考究，不是我们能够想象得到的。古人对文字怀着非常的敬畏心理，而现代人却在亵渎挥霍着文字。就像现在普遍的对于食物的浪费一样。文字养活着一个民族的灵魂，食物养活着一个民族的性命。对文化或文学来说，我们是退化了，我们并不比祖先有知识有智慧。现在无数著名或者不著名的作家里，没有谁比得上忍饥挨饿的曹雪芹。无数著名或不著名的诗人里，没有谁比得上颠沛流离的杜甫。

有没有一个专门发表推广古体诗的杂志呢？我没见过，不知道。现在有多少写古诗的人，也很少见到。半月前经朋友引荐，见到了一位写古诗的朋友，和我年岁相近，实在而固执的一个人。他忠实而寂寞地写着古诗词，然后用规矩的小楷书写成方格，发表在他家的墙壁上，供自己欣赏。据说他坚持了好多年，不求其他，只是爱好而已。他曾经把自己的诗词抄写好了，挂在门扇上，背到街市上去寻求知己，展览一周时间，却无一人欣赏，自己却落得笑柄。我被他的憨厚和坚守所感动，拜读了他的一部分墙壁诗词。突然就仿佛梦回唐宋，遇见一位拙衣素食的诗憨，一味在自己诗词的境界里且歌且行且笑。突然就觉得，一粒遗落在民间的古老种子，在悄悄地艰难地发着一星幼芽。无独有偶，昨天在 QQ 空间里转悠，看见两个网友，两个文气十足的女子，互唱和诗，五言诗做得优雅精致，情趣横生。读后感慨良多，深感中华文化源远流长，脉系不断。有多少优秀的东西在民间这块土壤里悄悄地滋生着、流传着。

墨　香

有些事的发生，是谁也难以预料的。比如我写字。在此之前，我从未想到会在这个地方学写字，并且竟然写出味儿来。每日写上几个小时，郁于浓烈的墨香之中，从未有过的心平气和，神清气爽，忘乎所以，不知其所归。写着写着，禁不住哈哈大笑，趣乐自心头自然泉涌，而不能言于表，所谓“此中有真意，欲辨已忘言”。

字练百日自醒。练了三月有余，字还没练醒，却把人给练醒了。“塞翁失马，焉知非福。”当一个人被扼杀时，也许正是被成全的时候。

领导说，那个窝窝子热闹得很，去吧。便来了。这地方并不热闹，热闹的地方不会让我来。我上了六年学，进修了两年，自以为还有两下子，幼稚地想为父老乡亲解疾疗苦，却不料愈走愈偏远，买药的人也见不了几个，还看病？看星星看月亮去吧！足足有一年的时间，被无聊和寂寞包围着，看见专业书就来气，让那劳什子见鬼去吧！读之何用？我整天整夜地睡觉，直到实在睡不着了，又整天整夜和一群老头打麻将，直到输完了所有的钱，指头上磨出了茧，还是解决不了内心的空虚和孤独。人在痛苦中时，看见美丽的花朵，也会觉得可恶。

大概是我佛慈悯吧，只有在看一些佛教经论时，心灵才会得到些许的平静和安慰。佛说：“何其自性，本来清净。”佛说：“烦恼即是菩提。”佛说：“嘻！原来众生皆有佛性。”在佛光的普照下，看山中的日出日落，草枯草荣。但终未参透“青青翠竹尽是法身，郁郁黄花无非般若”的禅机。有一天却无意中提起一支老毛笔在报纸上练起了书法。天不灭我,甚幸甚幸!

我终于走了出来,我走进了那一群白发苍苍的古人:颜真卿、苏东坡、柳公权、欧阳询、米沛……他们或劲健清俊、舒展大方,或雍容大度、神采飞扬,或清绝流畅、刚猛有力,或活泼潇洒、简洁明快,或端庄雄伟、遒劲有力……他们一个个如此充实丰富,如此可亲可敬。

我收集了几个单位的废报纸,开始静心挥毫,从随意书写到临帖,慢慢体会,细细咀嚼。开始时,我不会悬腕,手也抖得厉害,写了十来天,手不抖了,就悬腕写,怎样走笔,怎样用力,仔细揣摩,却总是不到位,莫说整个字,一个笔画也难写出个模样。于是,不停地给自己鼓劲、打气,只要坚持,总会写好的。写了一月有余,终于横也像横竖也像竖了;信心便大增,悬着肘写,也不怎么吃力了,同时也感受到写字的不易。我才知道墨池之说并非传说,力透纸背确是功到自然成,没有"十年磨一剑"的精神,肯定拿不出来一个像样的字。写了三个月,有时一个字写上几百遍,却连个形似都没有,离神似真是差了十万八千里。真不知道那些老先生是如何练就那身功夫?把一个方块字能够写得如此出神入化?我从没有这样坚持干一件事,总是虎头蛇尾的,这次却不知哪根筋开窍,竟然走火入魔一样,满脑子全是字,梦里都是字。真是"念念相续,无有间断"。有时写着写着,偶尔写出一个像样的字来,左看右看,欣赏着自己的佳作,那享受,只可意会不可言传,饭也忘记了吃,家也忘记了回。是我在写字,还是字在写我?那些名利、钱权、痛苦、孤独、寂寞、愤懑、郁闷、牢骚……不知什么时候全都悄悄消失了,只有满心的欢娱随着笔尖的舞动流露出来!

"千年的字纸会说话。"说话的不是纸,而是写字的人。在那些字帖前呆呆地静坐,一连几个小时,定定地盯着看,体味每一笔的走势,每个字的神韵,每一篇的布局、气势,不要说话,不要走神,敛声屏气,即可与书者神交。他们会活起来,会从纸上走下来,会从容地对你微笑,会亲切地和你交谈,会泼墨挥毫、下笔如神,会让你知道,每一个字都是一首诗、一幅画;他们衣袂飘飘,仙风道骨,字如其人;他们童颜鹤发,心静如水,淡泊名利,忘却了世界,忘却了自己,只有一支笔、一张纸,他们是把自己当作墨汁、当作毛笔书写的，他们是用生命在书写。我被他们诱惑着、渲染者，不觉间时空倒流，竟飘到唐宋时代去了。我感受着淳朴的民风，体味着浓烈的墨香。在那些优美的字里行间，沐浴着、陶冶着、迷失着，把自己变成一行行行云流水的字，躺到宣纸上去，刻进石碑里去……

快乐或者烦恼，原来并非别人强加于你，而是自内心生成。一味地要求别人或者外在条件，在无节制地攫取金钱财富、名声地位的过程中寻找快乐，寻求生命的乐趣，只能是缘木求鱼，只能永远轮回在烦恼的苦海里。这是现代人的通病。

机缘使我走进墨里，嗅到了浓浓的墨香，又岂肯走出来呢？

在文字里漫步

写下这么一个富于诗意的题目时，突然间觉得日子也同样地富于诗意了。这么安静的夜晚，这么温暖的房屋，这么明亮的灯光，一杯清茶，一把舒适的座椅，几本朴素而高贵的书籍，能够拥有这些看似平常情景，也许是难得的福报了。然而常常被忽略，并不知道当下的情景既是无比的幸福。烦恼与快乐之间的距离，只是一个念头的转变而已。终于懂得了一个词叫作“回光返照”，并不是濒临死亡的现象，而是鲜活的生命的自我关照反省或转变以及回顾。让内敛的目光反照自己的内心，看到清净的内心世界，看到幸福快乐的内心世界。

在这样寂静的夜晚，拥有一本智慧的书籍，在智慧的文字里漫步，品读每一句话语、每一个词，甚至一个字、一个标点符号。似在聆听智者的教导，似笼罩在智者慈祥的光辉里。浮躁的心渐渐平静下来，烦恼痛苦以及诸种不快之事于刹那间消散于无形之中。白昼间发生的种种有关或无关的事情尽皆忘却，统统与我无关，犹如黑夜的来临将世间万象隐藏了一般，我只沉浸在阅读的喜悦之中，忘情地阅读会伴随着深刻的体验，而体验的快乐不是语言可以言说。阅读文字者，被文字阅读。我被这样的文字分解、消融。继而自己幻化为其中一个词语或者一个微不足道的符号。

常常有这样的疑问，这么美妙的文字，是如何写出来的？据说李太白夜梦笔下生花，故而才有了那些流传千古的不朽诗篇。“太白斗酒诗百篇”，犹如神授，那么这世间是否真的有掌管诗文的神仙呢？又说“文章本天成，妙手偶得之”。这样说来，书写者仅仅是一个媒介、一个载体而已了。是文字成就了他们，也是他们成就了文字。一直有这样的猜疑，许多美妙的文字并不是书写而成，仅仅是智慧的自然流露，犹如一弘清泉，本来就在那里存在，智者不过清理了其间的泥土，泉水汹涌而出。据说老子书写《道德经》在城门之下，一挥而就，潇洒而逝。是否既是此等情景呢？

人体的能量不仅仅来自进入口中的食物，同时来自目之所及的文字。被文字喂哺过的人不同于目不识丁者，显而易见。不同的文字成就了不同的人群，民族种族的划分，肤色、音声、体型、外貌并不是确定的标准，文字以及文字所演化而来的文化是其中最重要的一个条件。人不仅仅只是行走着的肉体，人同时具有思想精神甚至灵魂。肉体需要食物喂养，精神需要文字喂养。灵魂游离在肉体和精神之外，也许并不需要食粮，或者是其他更加美妙的东西喂养着。

千百种文字犹如千百种食物。经律论藏、四书五经、志史地理、诗词歌赋、小说传记、玄谈妙论、书信公文、民俗风土、耕种稼穑、建筑医术等不一而足。万卷诗书，都由文字组合而成。同样的文字，书写者不同，读来味道各异，就像同样的原料，经不同的厨师做出来的食物，味道万千差别。厨师是食物的烹调着，养育肉体；作者是文字的烹调者，养育精神。文字普通而又神秘，如空气一般。离开空气，躯体会死亡；离开文字，精神将枯萎。行尸走肉是一个很恶劣的词，就是形容没有经过文字喂养的人的情形。

文字可以成就人，也可以毁灭人。智慧者因为文字而成为伟人圣人，愚痴者因文字而成为阶下囚，而成为千古罪人。有的人驾驭着文字，叱咤风云；有的人被文字驾驭，庸碌无为，而成呆子。有的文字清新可人，犹如溪流，一眼可以见其全貌，卵石历历可数，游鱼疏忽往来；有的文字汹涌澎湃，犹如大江大河，气势磅礴，震慑魂魄；有的文字深奥晦涩，犹如大海，深不可测，表面看似平静，内里却是滔滔巨浪，包罗万象。

选择文字实在是一件很慎重的事情。很多文字是有毒的。毒蘑菇、毒螃蟹等，没吃过的并不知道会因此丧命。何况现在科技发达的时代，什么三聚氰胺、瘦肉精、苏丹红等，都是在日常生活里出入的。食物里的毒物毕竟直接伤及性命，人人趋避。文字里的毒物，并不能轻易觉察，甚而许多人趋之若鹜。其实毒素已经深入骨髓了，仍在贪婪地吸食。文字之毒犹如罂粟花，绚丽耀眼，令人欲罢不能。

一种风格的文字流行，其实是一个族群生命现状的显现。每个时代的繁荣兴衰，都被当时流行的文字悄悄地忠实地记录着。文字承担着历史的流变更替，文字承担着生命的进化延续。虚伪的时代不会有诚实的文字产生，浮躁的时代里每个文字都泛滥着腐败的气息。

我希望一直能够在智慧安详的文字里行走漫步，但总是不小心就陷落进那些让人呼吸急促、让人愤怒或者忧伤的文字里。常常被这样的文字俘虏了，遍体鳞伤。

相信每个人内心都是善良聪慧的，也看到许多人在慎重地选择着文字。我们已经有了选择的理由，有了选择的环境。

病　余

一场小病，起来时已经是春天了。阳光灿烂，空气温润。到外面转了一圈，突然感觉，心情也春天，身体也春天了。

原来世界是这么可爱，生命是如此值得珍惜。不枉这场小病，让人明白了一些东西。健康的人也许从来不去想，也没时间去想。生命总是在匆匆逝去，仅在不经意间留下一丝痕迹，几缕白发或者额头上渐深的皱纹而已。匆忙的现代人已经忙得没有时间思考了，能够深刻仔细思考生命问题的时间也许只有在病榻之上。

当病情缓解、躯体不再痛苦时，我体验到一丝的幸福感，终于可以这么安静地躺着，没有任何外来的干扰，可以不去管任何与自己相关或者不相关的事情，这么大段的时间完全是属于自己的，可以安然地睡觉，慢慢地吃东西，甚至什么也不想什么也不做地发上几个小时的呆，没有人会觉得你不正常，你拥有一个非常堂而皇之的理由——养病。也许我的想法非常可笑，我觉得要是可能的话，我宁愿这样一直待在床上，宁愿这样幸福地体验美好的孤独。可当病痛的折磨袭来时，这幼稚的思想随即变化了，不想在这床上多待一分钟。我需要健康，健康是生命的必需品。看来生命的存在，永远以躯体的需要为第一，但躯体等于生命吗？这个问题需要智慧的上师来解答，我等世俗的生命，暂且或许永远只能囿于躯体的喜怒哀乐之中。

突然间觉得，疾病这东西，是一个非常可爱、非常合理、非常公正，甚至是非常必需的东西。这个世界，除了空气和阳光，也必须得有疾病。就像断了臂的维纳斯,残缺也是美的必需。假使真的没有了疾病,这个世界也许并不完美,也许并不好玩了。

一部人类史,等于是一部疾病史。疾病与生命并行不悖。造就这个世界者,是一位绝对的智慧者。生命不可能永恒不灭,最终都要老去、消失。疾病便在生命的过程中扮演着一个极为重要的角色,最终成为完结生命的使者。即使在生命的过程之中,永远的快乐和健康也太过于奢侈,疾病就会适时地出现,不停地制造麻烦和痛苦,作为生命必需的调剂。生命是多彩的,疾病是其中鲜艳的一种色块,每个人的记忆中都会有这个色块凸显。

佛祖因为看见疾病所折磨者的苦痛而愈加增加了出家修行的信心。他真诚地告诉世人,作为生命的肉体,永远不会摆脱疾病的折磨;他也告诉了世人解决这种折磨的办法。但人们好像并不喜欢听他,依旧沉浮于世俗的欢乐之中,不以为生命的过程是苦难的过程。人生确实是美好的,美好地让人希望永生不灭。是不是世人把生命的意义给理解错误了或者把生命的方向给搞反了呢?

我相信人是有灵魂的,那么人的灵魂会不会生病呢?有对治灵魂疾病的医学吗?

我觉得现代医学已经走入了一个可怕的误区,像修理一件器物一样不停地在修理维护着人的肉体疾病。人的寿命在不断地延长,人的种群在不断地急剧扩大。一切都在以人为本了,世界是以人作为主宰和核心。那么要是有一天,这个世界上存活下来的只有人类这一个唯一的生命时,会发生什么样的事情呢?人类会感觉到孤独吗?人类会孤独地继续存在下去吗?

不是痴人说梦,现实在预示着这一天的来临。

亲眼见过十种以上野生动物的人能占到几成呢?不包括在动物园里见到的,那里的动物不是野生的。

疾病是上帝调剂世界的一种手段,医学是和上帝作对。上帝永远微笑着,不会说话。

距　离

前天有个聚会,酒酣之际,说起上网的事情来。朋友说自己建立了微信群,最近又玩微信了,邀请我也加入一起玩。我愕然,不知微信是何物。朋友们便笑我老土,随即各自拿起手机,互相炫耀,照相,现场表演一番。我只有吃菜喝酒的份,呆子一般。热心的朋友开始为我讲解。他们的眼神里甚至充满了怜悯或者是同情的神色,可以读懂那些眼神后面的语言:这老家伙待在乡下,真是待成傻瓜了,典型一个顽固的土老帽,终归要被时代淘汰的。更有甚者,那意思是:这个人彻底完蛋了,一辈子乡巴佬的命。我微笑,不置可否。酒菜味道不错,只管大快朵颐。孔老先生在陈绝粮,三月不知肉味。如今乡下小镇,酒肉不是很欠缺,只是我真的很久没有喝酒了,有求醉的意思。

感谢朋友的盛情邀请,也感激他们对我的同情和期待。其实不是我不懂,或者不会玩那些。说实话,只是不想玩,懒得玩而已。我知道这个时代叫作信息化时代,几乎所有的事情都被设计好了,一个软件就可以解决很多问题。软件就像饥荒时代的粮食一样,成为日常的消费品。软件确实是个好东西,这个看不见摸不着的东西神奇得很。但我对这神奇的东西有些想法,如同对西药的想法。从医二十年的经历使我知道,抗菌素、激素如同无形的杀手,正在让人类变得不堪。拯救世界的同时,也在毁灭世界。电脑软件也如此,尤其是娱乐软件总是精确地击中人性的弱点,确实要娱乐至死了。娱乐软件的设计者和核武器、化学武器的设计一样,从某种程度上说是个魔鬼。任何事物都具有矛盾的两面性，没有人能够奈何。

这个时代因为网络而精彩，也因为网络而隔膜。距离不是问题，世界变成一个村庄，天涯海角如同相邻而居。每个人都近在眼前，3G、4G时代已经来了，接着肯定还有5G、6G或者其他XY之类。可以和万里之外的亲人随时说话，可以围观千里之外的某一个事件，成为现场参与者。可以发表自己成熟或幼稚的观点而不必羞涩。可以和某个素昧平生的人成为朋友，甚至相恋，发生爱情，可以毫不忌讳地说出一些暧昧的脸热心跳的语言。可以随时进入任何私人的空间，做一个陌生的访客，不必顾及主人是否高兴或者在不在、有没有时间，可有诸多的可能。几乎没有距离的隔绝，几乎无所不能。《西游记》里的行者，也不过如此，倏忽天堂，倏忽地狱。这个时代，人们都成了自由的行者。

但在很多时候，总有些莫名的失落和不安。手机时代到来之后，再也没有收到过一封朋友或者亲人书写的信件，所有的信件都是印刷的广告品或者以会议为借口的旅游邀请函。一封手书的退稿信是我十年之间收到的唯一可以珍藏的信件。有时候无端地回味那些拥有书信的时光，充满期待，满含温馨。每逢节日之际，手机里难免充斥许多祝福的短信，大抵是转来转去的内容，仅仅代表一份牵挂而已，别无内涵可言，所有的文字都是从短信批发商那里批发来的，要求真情实意实在是奢望。不敢否认短信也是一种文化现象，但相比较书信文化，确有小儿科的味道。历来文学的地盘里，书信占有相当的分量，而短信要挤进文学的地盘估计困难。从鲁迅、许广平的《两地书》里读到爱情的缠绵，从托尔斯泰和甘地的通信里读到伟人的悲悯。不知道现在还有书写信件的人没有，要是有一定是个异类。

网络信息时代，人与人的距离变得很近，几近于亲密无间。而同时又好像非常隔膜而遥远。每个人都沉迷于网络之中，电脑或者手机，而忽视旁边人的存在，难免让人揪心。夫妻、父子、亲友、同事之间，真没有可以交谈的话题了么。“低头族”确实是很好的总结，也是很可怕的一族。文字的交流和语言的交流有很大的差别。文字是有灵性的，是可以抒发情感的，但真正能够驾驭文字到那种境界的人并不是很多。即便是大师级的文学家，也不可能完美地描述出某一特定时刻某一个人的眼神或者语气神态。人与人之间需要交谈，交谈的信息更多地在神态语气之间，而不在语言，何况文字。很多的时候，一篇几百字的短文，不及一声叹息更有力度。人们在这个喧哗的世界里，选择了沉默。让手指和眼睛忙碌着，却紧闭了嘴巴；热衷于和陌生人狂欢，却对身边的亲人熟视无睹。这个世界变异得有些陌生了。担心有一天口语退化了，人都变成了哑巴。

空间的距离空前萎缩，心与心之间的距离极度遥远。

儿子打电话说，他参加了一个社团，好像是主张口语交流而抵制网络交流的意思。我心里倍感欣慰。

我自己本来不大喜欢网络娱乐之类，一是害怕自己定力不好，进化成网虫；二是自己思想落伍，不愿随俗。心里也没有被时代抛弃的感觉。岁月对任何人都是公平的。

自我调侃一句，作为结尾：只缘身在此山中，且将冷眼看世人。

懒 汉

很久没有写东西了，荒芜得厉害。担心自己能不能写出通顺的文字来。昨晚试着写了一篇，最后总算勉强成文，回头看时，很是惭愧，词不达意的地方太多。总之是下手写了，也算作是一种进步，给自己鼓励一下。

我觉得写作的事情，如同种地。懒惰的农夫自然种不出好庄稼。陶渊明估计是个懒汉，所以才有了“草盛豆苗稀”的佳句。老先生种地是个懒汉，写作却是勤奋。我不敢自比。离开庄稼行当多年，耕种的手艺肯定不行了，哪怕是锄草也做不好。写作算是我的业余爱好，但总是荒疏着。播种的季节过去了，收获的季节过去了，而我的田园里依旧荒芜着，没有种下几个文字，当然也没有收获几个文字。回过头看，满心里无奈。而时间并没有停下来等待。酷热的阳光日渐暗淡，瑟瑟秋风日渐凉爽。虽不见黄叶纷飞，冷雨绵绵，而一年的两个季节已经烟消云散。饥荒的日子肯定会来临，想起小学时学过《寒号鸟》那篇课文，不由得打个寒战，仿佛严寒已袭击到了窗外。

夜很寂静，听得见遥远的犬吠，此起彼落。

习惯于这样无作为的状态，任光阴流水般逝去，留给自己的唯有感叹而已。实在厌烦自己这样堕落的情况，希望有所改变。心总是浮躁着沉静不下来，几乎没有坐在电脑前的勇气，害怕打开 Word 的时刻。一种习惯，尤其是恶习，是很容易形成的，只需要两三次，就已经在记忆里留下了深刻的刺激，会形成生物钟。

昨天和侄子通电话，以大人的口气教育了一会儿。但我很是心虚，怕被侄子说穿了。自己堕落着，还有资格教育别人吗？我没有力量说服侄子，而侄子却教育了我。他说，道理他一直很懂得，就是很难做到，一切都有了规划，理解得透彻，就是要做的时候，不知道如何下手。一天推一天，最后时间推过去了，事情却没有动手做。侄子的话令我汗颜，似乎针对我而言。

想起一个词：行者，只一味行走的人。没有语言，没有书写，只是用脚走过去，目的地自然会到达。行者是一个很完美的名词，用脚在大地上书写的人。一切都在他的脚下，诗意、文章、学问，以及智慧。有一次在山里碰到一位先生，不很善言，却嗜好行走。问，为何喜欢行走。先生答，一个人孤独地行走时，会彻底融入大自然，成为自然的一部分，自然包含一切智慧。融入自然，即是吸纳智慧的最佳捷径。我最终难解其意，觉得有些高深。只觉得他形貌高古，气度非凡。他是一位行者，常常避开市井喧嚣，在荒山野岭行走。

《三字经》里的开篇似乎很有些值得探讨的问题。“人之初，性本善。性相近，习相远。”人初生之时是否都具有善良德性呢？求教方家做解。前些时辰读《唯识论》，其中有学说，人生而为人，会沿袭前世各种积习，善良的、邪恶的等，一并沿袭下来，存在于阿赖耶识里，如同种子，只等待着适宜生长的环境。恶的或者善的种子的萌发，只因后来的环境而定。恶的土壤只能培育恶的幼芽，善的土壤只能培育善的幼芽。这学说似乎很有些道理在里面，说得通。但必须有个前提，得相信佛学里的轮回学说才行。

我们这地方，流行一句老话，叫作“下坡路好走”。老先人的智慧，说话简单，却是入木三分的深刻。接下来的意思是“上坡路难走”了。一个人的堕落确是很容易的事情，如同下坡的车子，轻轻用力，就自行滑了下去，直至谷底而不能自止。而要成就一件事情，不敢说一番事业，总是需要百倍的努力才行，即便是努力过，也未必能够真正成功。成功者如背负重物上高山，非有坚强毅力者不可，半途而废者属大众之流。

不能以贤者的标准来看待周围的人，更不敢以贤者的标准要求自己。每个人对于自己都非常宽容，所有的教条好像都是为别人制定，如同法律，只能针对适合的群体而有效力。这个想法似乎很叛逆，而我更愿意退而求其次，我只是芸芸众生中之一，现实的状况需要正视。懒汉有懒汉的哲学，行走需要力量和意志，何况谁也无法消灭自己内心那些邪恶的思想，除非圣贤。

但又想，总不能永远躺着，即便是慢慢地走，也总得起身吧。

终于懂得了“人最大的敌人是自己”这句话的深刻含义。说得油滑了，未必思考意义，总是顺势而过。而很多要命的事实就是在日常的生活里，每次都说已经很懂得的时候往往是最难懂得的地方。忽略常识已经是一种流行的习惯。一生之中，永远在和自己战斗着，当确实能够驾驭自己躯体的那一天，也就是接近成就的那一刻了。

午夜寂静，深感不安，写一段文字，培育常惭愧之心以自责。

回光返照

有一句俗话叫作“病从口入，祸从口出”。听到好久了，也时常讲给别人听，只是随耳听来，随口说出，从没有深究过其中的意义。这是我最大的毛病，对于音声反应地迟钝；也是我的愚昧，不能理解语言的力量。有一天，听见一位智者讲了一句话：“语言是人类交流最拙劣的工具”。先是头脑被撞击了似的，愣了半晌，继而朦胧，似窥见一丝光亮，接着有所醒悟，知道了在特定的语境下，语言竟然有如此魅力。懂得了一个词叫作“醍醐灌顶”。反过来仔细琢磨那句俗话时，就觉得虽然高明，但尚欠究竟。

人类总需要用语言来交流，不能因为怕惹祸就全体禁口、集体失语。那样的状况属于蒙昧时代，文明离不开语言地推动。人类区别于动物的最大标志之一就是人类具有语言以及由语言演变产生的文字。我们确实是这样认为的。至于在动物学家看来，动物有属于动物的语言。那是另外的话题，毕竟不是所有的人都是动物学家。

人类离不开语言，但又被语言困扰着。很多时候，没有足够的词汇来表达内心的思想；也有很多时候，说出口的话语和所想表达的意思截然相反。语言是必需的工具，也同时成为巨大的障碍，相同的词语在不同的语境下，意思会变得相反，不同的词语在不同的语境下会表达出相同的意思。一样的话语，从两个人口中说出来，结果大相径庭。语气的轻重、语速的快慢，一个尾音、一个停顿，等等，都会流露出无尽的意味。语言确实是一门艺术。有时候，语言并不能成为交流的全部，需要辅助眼神、动作、表情等，由此演化出一个词叫作肢体语言。发明这个词的人一定是个很有智慧的人，其语言学识业已登峰造极，深入骨髓了。很多的时候，意思在语言之外，话语可能是说给场面上人听的，明理者或默契者却从中领会了另外的意义。某些场合，几个千字公文所产生的结果并不比一个眼神的力量有效。一个成功的人，肯定是掌握了语言艺术的人；一个失败的人，语言表达的欠妥必定是其缺点之一。文字可以仔细推敲、品味、更改，但语言不行，语言是射出口中的箭，脱手的刹那就不可以悔改了。

说话的人是疯子，听话的人是钉子。某一日静下心来回味时，突然发现自己是个十足的疯子，就像发现身体的某个部位生长了一个肿瘤，一块正在恶变着的癌细胞。这发现让我汗颜、羞愧，无地自容；同时，也把我惊醒，深深地感到恐慌。说了多少年话，竟然不会说话！语言可以决定或者改变一个人的生活轨迹，语言可以成就一个人，也可以败坏一个人。尤其是生活中的语言，书面语言和文字语言是另一种状况。语言尖酸刻薄的人，在别人眼中一定是可憎的。但深沉的人往往将这厌恶掩饰起来，并不会针锋相对，以自己的刻薄来对抗，内心里却已经竖起了藩篱。自己尚徜徉在自得的氛围里，加倍地助长着这样的恶习。

突然回眸，发现刻薄别人是因为自己缺少宽容的心，自己的内心被傲慢、妒忌、嗔恨占据着。

孔子说，人需要每天三次来省查自己的过失。本来是滚过天空的惊雷，却被我当作蚊虫的微鸣接纳了。不要说一日三省，一个月、一年、十年、二十年、三十年，可曾反省过一次，敢于反省吗，有那样的勇气吗，能把自己那些花花肠子里的肮脏翻出来暴晒吗，能剥下自己谦谦君子的表皮来露出猥琐小人的面目吗？每天小心翼翼地维护着那点可怜的自尊，每句话都离不开"我"，真正以我为中心。两只眼睛向外生长，总是盯着别人的不足，从来看不见自己的龌龊。

要是在三天之内，不说一个"我"字，会怎么样呢？语言是一把双刃剑，刺伤别人的同时，自己也鲜血淋漓，"我"便是那剑上最锋利的刃。舍弃了"我"，那剑就变作了温厚的香板，敛去了锋芒、敦厚、宽容，而使人警醒。

基督教里向神父忏悔，以求得心灵的安慰，是一个很伟大的仪式。我们没有神父，我们的内心有可敬畏的神灵。

佛陀教导，要护持自己的身、语、意。如何管理好自己的这张嘴，看来是非常有意义的。

老子说，大道不称，大辩不言。那境界太过高妙，非常人所能达到。生活在世间，总不能闭了嘴巴不说话，那样会憋死，何况我是一个饶舌的人。我只能让自己学着少说话，说好话，说别人爱听的话。

甘愿做个很世俗的人。假使自己的话语可以让每个人都欢喜，不是很好吗？

永恒的幻灭

看了一个电影，泰国的，主人公的名字是商蒙和玉帕蒂，是侄子和婶婶的关系。大概的情节是恋人的故事。叔叔是当地的族长，很有权势的人物，换过无数女人，近日又得了一位美女玉帕蒂，视为至爱。不料玉帕蒂难耐森林中生活的无聊和寂寞，勾引了丈夫的至亲侄子商蒙，勾搭成奸。男欢女爱，侄子和婶婶之间畸形的关系如烈火燃烧，终被叔叔知道。族长自然难以忍受此番奇耻大辱，以一条锁链将他们锁在一起，让他们时刻不能分开。随后的情景可以想象，最后的结局是，玉帕蒂开枪自杀，商蒙随后变成疯子，野人一般整日号叫。

故事并不离奇，看后总觉得余味无穷，似有更深刻的寓意在背后隐藏。电影的名字叫《永恒》。但我并未看到其中的永恒的主题，爱情或者生命。永恒是一个反讽，这个世界上并没有什么永恒的东西，永恒只存在于誓言之中。情欲之火燃烧正炽之时，恨不能终生厮守、永不分离。而真正让他们一刻也不分离时，痛苦随即而至。所谓爱情及誓言，随着距离的消失，也快速萎谢凋零。

那条锁链冰冷而坚固，不可断裂，钥匙掌握在权力手中。没有谁可以超越权力而打开锁链，一切又似乎在道德的外衣下进行，伦理是一个超越民族的主题，背叛的结局注定是悲惨的。整个故事也变得冰冷而凄凉，似乎人间的爱情或者性欲都是残酷的。风景美丽的森林山水也不能成为爱情的背景，而充斥着阴森的死亡之气。

半夜里传进庄园的凄惨号叫，宣告了永恒主题的破灭。美好的爱情需要适当的距离、适当的环境，也需要在人伦以及理智的范围内进行。背叛即是死亡，锁链就是地狱。这里有一个很诡异的暗示，生命是个体的，是必须独立存在的，过分地依赖直至距离消失成为附庸，则注定两败俱伤的结局。

《圣经》上说，女人是男人的一根肋骨，必须依赖于男人。但这根肋骨已经脱离了男人的躯体，而独立成为另一个人，并不附着在男人的身体之上。女人不能成为男人身上的虱子，不能形成共生关系。所谓绝对的爱最终不过是瞬间即逝的幻影，它难以与岁月相抗衡。这话好像是日本的渡边淳一说的吧。

很多人都喜欢追求永恒，但每个人都很明白，永恒不过是一个奢侈的幻想、一个美丽的泡泡。永恒只在精神层面存在，现实生活里不能生长。缺乏绝对的条件，就没有绝对的永恒。一切事物都逃不脱成住坏空的过程。而我们总是喜欢在美妙的幻境中意淫，像傻瓜一样。我们看不见那条无形的锁链，何止是一条锁链，我们处在一座无法开启的牢笼之中，被自己囚禁着。

所谓欢喜、愤怒、忧伤、思虑、恐惧、惊慌等，往往用很夸张的形容词来修饰这些情感。其实从来没有那样夸张的情绪产生。一种情绪的持续不会维持过长的时间，衰减是生命的基本定律之一。《岳飞传》里牛皋笑死了，金兀术气死了，估计也就不到半个小时的事情。任何一种情绪维持到超过一定时间时，对于生命就会造成损害，甚至死亡。

电影是艺术，总会给人以启发。这个电影是一个比较沉重的主题。我无法探讨其中更加深刻的寓意。我只想说，平静平淡的生活乃是一种真实的生活。任何超越自己能力之外的追求都会成为陷阱，都是骗局。